夢の夢、そして、夢のまた夢

――グロムの子・時空彷徨い人の物語――

小堂　了一

文芸社

目次

私の魂が、父の身体を動かしている。
父の魂が、私の身体を動かしている。

夢の夢、そして、夢のまた夢

―グロムの子・時空彷徨い人の物語―

第一部　父と子

1　谷川護

元外交官、谷川護は、昭和二十二年、父・正一、母・春子の長男として、東京都北区滝野川で生を受けた。

育子という名の姉がいて、姉弟の仲はよく、笑い声が絶えない姉弟であった。

少年時代の護は、学校から家に帰ると、すぐさま外に飛び出し、遊びに夢中になる活発な少年だった。

護の父母は、結婚当初、生まれた子どもは、将来、外交官にさせようと話し合っていた。

しかし、その後の海外赴任を通して、その願いを達成させてよいものかどうか、迷うようになっていた。

護に勉強を教えるのは、母の春子の役割であった。

護は勉強好きな子どもに育ち、私立の有名進学校を経て、最終的には、国立大学の法学部に進学した。

両親の、複雑な思いとは別に、護は、小さい頃から、父の仕事を継いで外交官になる希望を持ち続けていた。その希望は、なんなく叶い、護は、大学在学中に外交官試験に合格した。護は、大学卒業後、迷うことなく外務省に入省し、外交官の道を歩み始めたのだった。

父母は、複雑な思いでそれを見守っていたが、一切、口出しはせず、護の好きなようにさせていた。父母は、護の前途を祝して、高級万年筆を護にプレゼントした。

昭和四十五年、内部研修を終えると、護の外交官生活がスタートした。

二十三歳、前途に満ちた、若き外交官のスタートであった。

初めての勤務地は、英国のロンドンだった。護は、昭和四十五年九月、意気揚々とロンドンに旅立った。

しかし、ロンドンでの勤務は、二年で終わりを告げ、護は、転勤を命じられた。

護は、不満であった。エリートコースから外されたのではないかと失望もした。

しかし、それは、護の考え違いであった。優秀な護に、若いころから、重要国での経験をさせ、世界の実情を得させようという方針からの異動であったのだ。

中国での赴任地は、首都の北京であった。

配属先は、大使館で、二等書記官として緊張感をもって護は職務に励んだ。

北京での二年間の勤務によって、護は、中国が、日本にとって、今後、ますます重要な国になるであろうことを、実感として確かめることができた。中国の重要性を知った護は、もっと深く中国を理解したい、否、理解すべきだと考え始めるようになり、二年後の異動では用意されていたアメリカ行きを辞退し、自ら申し出て、中国近辺に留まる道を選んだのだった。

北京での二年間の勤務中に、護は、大きな転換をする運命に遭遇した。日本が、満州に設立した満州帝国で動乱が発生したのだ。いわゆる「張作霖暗殺事件」である。

この事件をきっかけに、日本は満州地域に出兵し、日本の直接的支配地にしようと試みた。

しかし欧州各国やアメリカは、日本の動きを容認せず、一気に、緊張関係に包まれた。

北京にいて、その状況をつぶさに見ていた護は、外交官としての血が騒ぐのを止めることができなかった。

今は、アメリカに行く時ではない。満州帝国に入り、欧米や中国との外交に携わらなくてはならない。そう考えた護は、アメリカ行きを辞退し、満州に赴任したいと申し入れた。

護が赴任地として希望したのは、満州帝国の首都であった新京であった（新京は、旧名長春、満州帝国設立に伴い新京と改名）。

誰もが驚く選択だった。

直接の上司の、首席書記官は、「本当にそれでいいのだな」と、護に念を押したほど、意外な申し出であったのだ。

それは、誰が考えても無謀な選択であった。

報告を受けた大使は、驚いた。この願いを聞き入れたなら、キャリア候補生としての道が閉ざされる可能性がある。大使は、護を思いとどまらせようとした。しかし、護の決意は固く、止めることはできなかった。キャリア候補生としては、将来を失うかもしれない危険な選択であったが、護は、迷わず新京赴任を、自ら、希望したのだった。

北京勤務を経験する中で、護は、満州の持つ潜在的な魅力を感じ始めていた。満州は、今後、外交官にとってやりがいのある地になると確信したことが、大きな理由であった。

それと、もう一つ、極めて私的な理由も護には、あったのだ。

護は、小学生の頃から動物園を訪ねるのが好きで、北京勤務中に、珍獣や猛獣のいる長春の動物園を訪ねて、もう少し、見てみたいという希望を抱いていたのだ。

護は、自ら選んだ新京で、思いがけない事件に遭遇し、運命の歯車が軌道を外れる事態となってしまった。

それは、想像もつかない事態であった。その事態の招来によって、護の人生は、思いがけない方向に急転換していったのだった。


護は、紅葉という女性と、大学卒業前に結婚していた。当時としては珍しい学生結婚であった。父の正一が学生結婚であったこともあって、護は、学生結婚を、それほど異質なものとは受け止めていなかったのかもしれなかった。

護が、卒業前に、既に、外務省試験に合格していたこともあり、紅葉は、そう遠くない時期に、自分も海外生活を送ることになるだろうと覚悟しての結婚であった。それだけに、紅葉は海外で生活することについては、しっかりとした自覚と覚悟を持っていた。

海外赴任前に、紅葉は、女児を出産した。生まれた子どもが女の子であれば、紅葉が名前を決めることを、二人は、約束していた。自分の名前が、色彩にちなんだ名前であったことから、紅葉は、娘も色彩のついた名にしようと考えていた。

子どもが生まれたのは、日差しが強い夏であった。

紅葉は、子どもに、「緑」という名前を付けた。若葉のように、「明るく、きらきらと輝く子になってほしい」という思いが込められた名前であった。

二人は、最初の赴任地が決まる前から、緑を海外に帯同することを決めていた。「家族は常に一緒にいるべきだ」という考え方を二人は持っていたのだ。

その時から、家族三人はそれぞれ、数十年に渉る長い海外生活を送ることになったのだった。


海外での生活で、紅葉は一度としていやな顔をしたことはなかった。そして、護の仕事を、支え続けてくれた。この後、護が巻き込まれた思いがけない事態にも、取り乱すことなく、しっかりと対応し、護と家庭を支えてくれたのだった。「良くできた女房」と言ってもよいほどの「良妻賢母」であった。

退職後、護が、紅葉の実家がある川越の地に住むことを提案したのは、そうした紅葉への感謝の気持ちの表れだった。

川越の地を終の棲家と定めた護と紅葉は、川越の実家の庭の片隅に離れを建て、そこを拠点として、国内の各地を訪ね歩き、忘れかけていた日本のよさを、じっくりと味わった。

ところが、予期せぬ悲しみが護を襲った。

令和の世を迎えてすぐに、最愛の妻、紅葉が、心筋の病で急逝してしまったのだ。齢、七十を超えて間もない頃であった。

苦しまずにこの世を去ったことが、せめてもの救いであったと、護は自分をなぐさめた。海外生活で苦労をかけさせたせいだと、護は、自分を責めた。

それ以来、護の行動力が衰え始め、家から出ないことが多くなってしまった。


紅葉亡き後、護の面倒をみたのは、娘の緑であった。

父母と離れて住んでいた東京の家を処分して、緑は、父の下で暮らし始めた。その時、緑は、五十歳の誕生日を間近に控えていた。

緑は、結婚せず、大学の研究職についていたこともあり、時間的に余裕もあって、父の面倒をみることができた。その上、幼いころから父親っ子であった緑は、父と一緒に暮らすことを楽しみにしている様子が窺えた。


愛する妻を失って以来、行動力が弱まり、外出も避けるようになってしまった護であったが、市立図書館を訪ね、新聞を読んだり、本を借りたりすることだけは嫌がらなかった。

護は、元来、読書好きであって、図書館から本を借りるためなら外出も苦にならなかったのだ。

その日も、護は、図書館に出向いた。

面白そうな本はないかと、書架を巡ってみたが、なかなか、そうした本には巡り合えなかった。

あきらめて、帰ろうかと出口に向かった護は、はたと、歩みを止めた。出口近くの展示コーナーを護の眼が捉えたのだ。

そこには、何冊かの児童向けの作品が平積みで置かれていたが、その内の一冊に、護の目が引き寄せられた。

二頭の象が、鼻を高々と上げている表紙の児童書であった。

懐かしい思いがした。

護は立ち止まって、「かわいそうなぞう」という名の薄い本を手に取った。

小学生向けの本であった。護はそっと表紙を撫でた。手のひらに象の涙が触れたような感じがした。

その作品に初めて出逢った時のことが、一気に甦ってきた。それは、五十年以上も前の、小学六年生の時のことだった。

それを思い出した護は、思わず、「大石先生」とつぶやいたのだった。


護は、『かわいそうなぞう』を手に持って、読書用スペースに向かった。心臓が早鐘のように鼓動していた。閉館まで三十分を切ろうとしていたが、この薄い本なら読み終えることができると思った。

護は、愛おしそうに本をテーブルに置き、丁寧に頁をめくった。

本独特のすえたような匂いが鼻をくすぐった。これまでの読者の涙が染み込こんだような匂いであった。

すると、子どものころの記憶が甦ってきた。

学級担任の大石先生の声が、遠くから聞こえてきた。護は、ページから目を離し、その声に耳を傾けた。

道徳の時間であった。

「これから、『かわいそうなぞうさん』という物語の紙芝居を、見せます」

護をはじめ、クラスの子どもたちの視線が、紙芝居に注がれた。それを確かめると、大石先生は、ゆっくりと表紙の絵をめくった。

一枚目の絵が現れた。賑やかな動物園内の様子が描かれた絵であった。

記憶の中の動物園とそっくりの風景であった。

護の意識が、絵の中に吸い込まれ始めた。すると、周りの景色が、何故か、薄くなり始め、ぼやけていった。

それと同時に、護の瞼が重くなり始めた。眠気を払いのけようと、眼を幾度かしばたいたが、効果はなかった。護の意識が少しずつ緩み始めた。まだ、一ページ目だというのに、眠気が襲ってきた。瞼が緩み、目が、何度も閉じられようとした。

そして、とうとう、護の視野から、本の活字と絵は消えてしまった。

代わりに、紙芝居を読む大石先生の姿が、ぼんやりと瞼の奥に浮かんできたのだった。

護の頭は、垂れ下がり、完全に、本の上にうつ伏せになってしまった。

それから後のことを、護は、覚えていない。

何やら温かな香りが、護を包み込み始めた。心地良い思いがしてきた。護はそれを楽しむかのように、夢の中に潜り込んでいったのだった。

大石先生の姿が、視野のどこかに、ぼんやりと浮かんでいる。

大石先生は、護が四年生の時に、大学卒業したての新任教師として、護の学校に赴任してきた。そして、護の学級の担任になった。

大石先生は、モダンで明るい女性で、護は、すぐに、先生が好きになった。先生は、父兄からの信頼も厚く、「新任の教師としては、教え方も上手だ」と、評判は上々であった。

当時、教職員組合が全盛の時代ではあったが、母の春子によると、先生は、それほど熱心に組合活動に参加していないようだった。

護が六年生になって、しばらくした頃、大石先生が、休みを取った。授業は自習となった。大石先生が休むのは珍しく、護は、少し、心配になった。「もしかして、病気にでもなったのではないだろうか」

お昼の給食が終わったころだった。教室の窓の外から、聞きなれない音が、聞こえてきた。たくさんの人のざわめきの声のようだった。

その声が、だんだん近づいてきた。教室の中が、ざわつき始めた。

「何だ？」

「何かしら？」

自分の席を離れて、子供達が、窓際に集まってきた。自習どころではなくなっていた。護もその中の一人だった。

窓を開けて、隣の学級を見ると、隣も同じ状態のようだった。

窓から乗り出して声のする方を見ると、旗を持った人達が、こちらに向かって歩いてくるのが見えた。

その中の一人が、手にスピーカーを持って、大きな声をあげていた。「…反対」と叫んでいるようだった。すると、周りの人達も、その声に合わせて「…反対」と叫ぶのが見えた。当時の護には、それがシュプレヒコールというものだとは分からなかった。

誰かが、「デモだ」と叫んだ。

赤い鉢巻をしたたくさんの大人が、次第に近づいてきた。中には、顔をあげて、窓際の子供達に手を振る者もいた。

すると、別の子どもが、大声で叫んだ。

「先生だ」

護は、その声に驚いて、指差した方向を見た。

初めは分からなかったが、隊列の中に、大石先生を見つけることができた。先生は上を見ずに、まっすぐ前を向いて歩いていた。

その時、護は、なぜか、激しい「羞恥心」に襲われた。先生が、まるで、裸で歩いているような錯覚に襲われたのだった。

護は、見てはならぬものを見てしまったような恥ずかしさで、顔が紅潮するのを感じた。まるで、好きな女の子の前で、顔を赤らめて恥ずかしがる少年のようであった。

今思い出しても、顔が紅潮するのを止めることができない。

もしかしたら、それは、恋の兆しであったのかもしれなかった。


道徳の授業で、護が忘れられない授業があった。

大石先生は、何故か、道徳の授業にあまり熱心ではなかった。そのせいか、道徳の授業はいつも退屈であった。

そんな道徳の授業の中で、護の心に残っている授業が一度だけあった。それは、「かわいそうなぞう」という題がつけられた授業であった。

その日、大石先生は、紙芝居を用意していた。

教卓の上に、紙芝居用の舞台を置き、「今日は、皆さんに紙芝居を見てもらいます」と、おもむろに告げた。

恐らく、大石先生は相当な思いでその授業に取り組んだのだろう。いつもに比して、「やる気」が表情にみなぎっていた。大石先生にとって、渾身の授業であったのかもしれなかった。

当時、子供達の娯楽は少なく、子供達は紙芝居が大好きであった。テレビは、漸く普及し始めていたが、護の母親は、家にテレビを置くことを避けていた。護の教育によくないと考えてのことのようだった。

大石先生は、子供達を教室の前に呼び集めた。子供達は半円になって紙芝居が置かれた教卓の周りを取り囲んだ。

大好きな紙芝居をこれから見せてくれるというので、いつになく、子供達の期待は膨らんだ。

子供達は、先生に向かってせがんだ。

「早く」、「早く」

すると大石先生は、「これから見せる紙芝居は、皆さんの好きなちゃんばらや漫画やクイズのように楽しいものではありません。どちらかといえば悲しい物語です。ですから、静かに観てください。終わった後に感想を聞きます」

そう、子供達に注意をして、絵を紙芝居の「舞台」に差し込んだ。

子供達の目が紙芝居に吸い込まれるように集中した。

子供達の目に、『かわいそうなぞうさん』という題字と、二頭の象が描かれた表紙が目に入った。

護は、春の小遠足で行った上野動物園を思い出した。

動物園には、二頭の象がいた。

のそりのそりと大きな身体を揺らしながら、象が柵の内側に設けられていた溝の向こうで動いていた。そして、コンクリートの地面に置かれた草を長い鼻でつまんでは器用に口に運んでいた。

護も、他の子供達と一緒に、その姿を飽くことなく眺めていた。時々、象の鼻が、護達を目掛けて伸びてくるので、ハラハラしながら見つめていた。

当時の動物園は、子ども向けサービスとして、子供達と象の記念写真を撮ってくれていた。

護の学級も、象を真ん中にした記念写真を撮った。写真の右端に、大好きな大石先生がまじめな顔をして写っていた。その写真が気に入った護は、一枚購入していた。

そんなこともあり、象の思い出は護の心にしっかりと焼き付いていたのだった。


遠足での思い出に心を奪われていると、大石先生の声が教室に流れ始めた。

「では、これから、『かわいそうなぞうさん』の紙芝居を始めます。戦争をしていたころの上野動物園が舞台です。当時を想像しながら、静かに見てください」

そう言って、大石先生は、ゆっくりと表紙の絵をめくった。

一枚目は、動物園全体が描かれていた。今にも、見物人達の楽しげな声が聞こえてくるような「賑やかな絵」であった。

二枚目は、二頭の象が、見物の子供達に向かって、鼻を高く上げている画であった。その動作は、先日見た上野動物園の象とそっくりであった。

三枚目は、象が、大きな玉の上で、バランスよく、玉を操る芸当の場面であった。見物の子供達が拍手をしている様子が、描かれていた。

象は、今と同じように、当時も子供達にとって花形動物であったのだ。

そして、とうとう、象が死んでしまう場面が訪れた。

象を殺すように命じられた動物園の飼育係は、飲み物に混ぜた毒薬を、象に飲ませようとしたが、象は、それに気づいたのか、飲み物を口にしようとはしなかった。

止むを得ず、飼育係は、食べ物を与えない方法に切り替えた。

初めは、象を殺さず、仙台の動物園に送る事も考えられたのだが、列車が空襲され、象が暴れだすことを恐れて、その方法は諦め、餌を与えない方法が採られることになったのだった。

餌を与えてもらえない象は、次第に衰え、体力を失っていった。そして、十七日目に、ジョンという名の象が息を引き取ってしまった。

次は、残ったトンキーとワンリーの番だった。日ごとに痩せていく二頭を見る飼育係の人達は、その姿を見るたび、胸が裂けるような思いになった。

二頭は、餌がほしくて、いつもやっていた芸当をして見せた。そうすれば餌を与えてもらっていたからだった。

特に、トンキーは、飼育係を見ると、膝をついて、鼻を上げる動作をした。そういう芸当をすれば、飼育係は餌を与えてくれると信じていたからだった。

その哀れな様子に耐えられなくなった飼育係が、たまらず餌を与えてしまったこともあった。

そして、トンキーとワンリーは、ある日、とうとう動かなくなってしまったのだった。

静寂があたりを覆った。

やがて、あちらこちらからさめざめとした泣き声が聞こえ始めた。女の子の殆どが、涙を流していた。日ごろ、暴れん坊の男の子も、涙がこぼれるのを必死にこらえていた。

その状態が暫く続いていた。

大石先生は急がなかった。

少し落ち着きが見られたころを見計らって、漸く、先生が子供達に語りかけた。

「皆さんの感想を聞かせてください」

先生は、ここで、本来の「道徳の授業」に方向を転換したのだった。

大石先生の期待に反して、誰も、手を挙げなかった。その様子を確かめると、大石先生は発言を求めて、何人かを指名した。

最初に、読書好きな真理子が指名された。

静かに立ち上がった真理子は、「ぞうさんが可哀そうです。人間って身勝手です」と、言った。

他の子供達も頷いていた。

「では、動物園の係の人達についてどう思いますか？」

先生が続けて訊いた。

その質問に対して、今度は、花江が立って答えた。

「係の人達も可哀そうです。あんなに可愛がっていた象が餌を与えられずに死んでいくのを見守ることしかできなかった係の人達は、どんなにつらかったことでしょう」

この発言に対しても多くの子供達が頷いたのだった。

ここで、大石先生は、最も重要な質問をした。

「そうですね。では、どうして象は見殺しにされてしまったのですか？」

何人かが、席に着いたまま答えた。

「軍の人達が象を殺せと命令したからです」

それが、子供達全員の思いであることは、確かだった。皆一様に深く頷いたのだった。

「そうですね。でも、軍の人はどうしてそのような残酷なことを命令したのですか？」

大石先生は、道徳の授業らしい、重要な質問を子供達に投げかけた。

暫く沈黙が続いた。

最初に指名された真理子が手を挙げた。

「戦争のせいです。悪いのは、戦争です。戦争さえなかったら、象は殺されることはなかったはずです」

期待どおりの返事が返ってきた。これにも、全員が、「そうだ」と言わんばかりに頷いた。

「そうですね。戦争さえなかったら、象は殺されることはなかったのですね。この間、上野動物園に行った春の小遠足で、私達は、象さんを見ましたね。象さんと一緒に記念写真も撮りましたね。それができたのは、今の世の中が平和になったからですね。今日、この紙芝居から、私達は、戦争はしてはならないということを学ぶことができたと思います。戦争が終わった今、私達は、可哀そうな象さんを二度とつくらないように平和な世の中を作っていきましょうね」

道徳の授業らしく、大石先生は、最後に「戦争＝悪、平和＝善、さらに、軍＝悪」という「公式」で授業を締めくくった。

それが、平和主義教育の考え方であったし、当時は、それに異を唱えることなど許されぬ風潮が支配している時代でもあったのだ。

護が、道徳の授業をあまり好きになれなかったのは、そのことがあったからかもしれない。初めから分かっている結論に、いつの間にか誘導されていくのが道徳の授業で、どことなく、「まやかしである」と護は感じていたのだ。


「それでは、今見た紙芝居の感想を書いてください」

そう言って、大石先生は作文用紙を子供達に配った。

すぐに書き始める子どももいれば、どう書いていいか分からず、目を上に向け、天井とにらめっこする子どももいた。

護もにらめっこする子どもの一人であった。

ただ、護がにらめっこする理由は、他の子供達とは、少々違っていた。

他の子供達と違って、護は動物園の係の人達やその他の大人たちに対して不満を抱いていた。「戦争」という抽象的なものに対してではなく、「飼育係」「軍人」という、具体的な職業と、それに携わる人に対して怒りを持ったのだ。

「象が死んでしまったのは、餌を与えられなかったからだ。しかし、誰かが餌を与えようとしたなら、助けることができたのではないか。誰かが、そっと餌を与えることぐらいできたはずだ。或いは、他の動物園に移せばよかったではないか？　当時の子供達は、空襲が激しくなると、田舎に疎開したではないか。人間の子は疎開できて、動物はどうしてできなかったのだ？

努力が足りなかったのではないか？　やればできたのではないか？」

護はためらっていたが、やがて意を決して、自分の思いを原稿用紙に力を籠めて書き始めた。

「芯も折れよ」とばかり、指に、力が籠められていた。

「僕は、象の命を救う道はあったと思います。その頃の子供達のように、田舎に疎開させればよかったと思います。そうすれば、象は死ななくてもよかったはずです。もし、また、同じようなことがおきたら、僕は、絶対に象を死なせません」

この感想文は大石先生の目に留まった。

その日の放課後、護は職員室に呼ばれた。

「護君、今日の感想文読ませてもらったわ。護君らしい、いい感想文だったわ。護君の考えは先生にも分かるわ。でも、当時の人達はそれができなかったの。なぜなら、象を疎開させることは象を生かしておく結果になるから。軍の命令は、象を殺しなさいということだったでしょ。当時の人達は、軍の命令に逆らうことはできなかったの。分かるわね」

その時以来、護は、疑問と不満をずっと持ち続けていたのだった。

その時は、よく分からなかったが、大人になってから、少しずつ分かり始めたことがあった。

護は、実際に手を下した人物をまず非難しなくてはならないと考えたのだ。つまり、命じた軍人ではなく、殺害に手を染めた飼育係こそ誰よりも先に責められなくてはならないと考えたのだ。

なぜなら、飼育係が殺害に手を貸さなければ、象は、わずかではあっても生き延びることはできたからだ。つまり、「飼育係こそ、動物達にとって、最後の砦ではなかったのか」と、護は考えたのだった。

護と同じように考えた者が全くいなかった訳ではない。

それは、戦後日本を支配・管理したGHQであった。

GHQは、A級戦犯の裁判で、戦争を計画し、指導した者達を裁いた。そして、同時に、アメリカ人の捕虜を虐待したり、日本が占領した国々の民間人の殺害に実際に手を下したりした軍人や協力者達も、B級、C級裁判で裁いた。

「直接手を下した者達」を、占領軍は許さなかったのだ。

「彼らは、ただ、上官の命令に従っただけだ。上官の命令は絶対であって、逆らうことは許されていなかった。B級、C級戦犯は罰せられるべきではない」という主張は、当時からあった。

しかし、アメリカは、許さなかった。厳しく対処した。死刑になった兵士もいた。

B級・C級戦犯に対する怒りは、日本軍に侵略された国で、より強く表れた。各国、特に、東南アジアの国々の裁判では、戦争犯罪者として、軍の幹部だけでなく、直接手を下した下級兵士達が（殆どが、命令に従っただけの兵士達が）、裁かれていったのだった。だとしたら、動物達を殺害した当時の飼育係達も当然対象となっても致し方なかったのではないだろうか。

護の感想はそうしたことへの「抗議」であったのかもしれなかった。

2　長春動物園

かわいそうな象の話の紙芝居を見せてもらってから十一年が過ぎ、昭和四十五年、護は、二十三歳になっていた。

大学在学中に難しい外交官試験に合格していた護は、この年、望みが叶い、外務省に入省した。

外交官になった護の最初の赴任地は、英国の首都、ロンドンであった。護は、在英日本国大使館の二等書記官として着任した。

護は、ロンドンに派遣されたことを喜んだ。

外交官として、出世の花道に乗ったことも嬉しかったが、まだ生まれたばかりの娘の緑を帯同することが可能であったからだった。

ロンドンの医療制度は、当時、世界の最先端をいっていたので、幼い緑が、万が一重い病気にかかっても高度な医療を受けることができる、という安心感もあった。

妻の紅葉も、ロンドン行きを喜んだ。女性にとって、ロンドンやパリは憧れの地であった。

しかし、護自身が、ロンドン赴任を喜んだのには、もう一つ別の理由があった。

それは、動物園がロンドンにあったからだった。

ロンドンに動物園があることは、動物園が好きな護にとって、他のことでは代えようがないほどの喜びであったのだ。

護は、かわいそうな象の話を知ってから、行く先々で動物園を訪ねることが習慣になっていた。

護は、忙しい仕事の傍ら、度々、動物園を訪れた。

入口の「LONDON　ZOO」と書かれた案内板が誇らしげに見えた。

動物園を訪れるのは、家族と一緒のこともあれば、護一人の場合もあった。護は、家族三人で訪れることができるよう、緑用の乳母車まで用意した。

ロンドン動物園は、リージェント・パークという、美しい公園の一角にあった。公園には、美しいバラ園があり、花好きな紅葉は、公園を訪れるのを楽しみにしていた。

ただ一つ、残念なことがあった。当時のロンドン動物園は世界一の立派な動物園でありながら、どういう理由か、象がいなかったのだ。

護は、拍子抜けした。

それでも、護を満足させる動物はいた。護が、象の代わりに、ロンドンの動物園で一番気に入った動物は、ゴリラであった。一人の時など、護は、ゴリラの園舎の前に立ち、半日、ゴリラと向き合うこともあった。

大熊猫（パンダ）もお気に入りの動物であった。当時、日本には、パンダはおらず、大きな体を床にペタンと座らせて硬い竹にむしゃぶりついているパンダを見るのは、楽しみであった。

紅葉と緑は夢中になって、その様子を見ていた。

しかし、ロンドンでの生活はあっという間に終わり、二年後の昭和四十七年には、中国、北京の大使館務めとなった。若い内に、多くの国を経験させようというのが、当時の外務省の方針であったのだ。

中国は、日本との戦争が終わった後も、依然として、日本に対し厳しい態度を取り続けていた。当時、戦争によって破壊されてしまった「日本と中国の関係」を修復するのが、大使館に与えられた大きな任務の一つであった。

護は、文化面での交流を進めるように命じられた。しかし、それは容易なことではなかった。北京を含む中国北部や東北部では、日本への反感が弱まるどころか、益々強まっていて、反日感情が渦を巻いていた。特に、中国東北部には、戦争の爪跡が色濃く残り、日本人は憎悪の眼で睨まれていた。

当時、中国人は、敗戦国日本を軽んじ、馬鹿にしていた。日本や日本人は、「小日本」「小日本人」と蔑む呼び方をされていた。映画では、残虐な日本兵の姿がこれでもかと強調されて演じられ、最後には、中国人から仕返しされて、視聴者から拍手喝采を浴びる筋立てになっていた。

そのような背景の下で、文化面での交流を進めるのは、容易なことではなかった。仕事は、思うように進めることができなかったが、その割に、護は、落ち着いていた。

護は、この間を利用して、中国語の習得に努めた。努力の甲斐があって、護の中国語は、みるみる内に上達した。最近では、方言も会得し始めていた。

仕事が行き詰まっても焦ることはなかった。護には一つ逃げ道があったからだった。

各地の動物園を訪れて動物たちを観察していると、気分が紛れることを知っていたからであった。

護は各地の動物園を訪ね、様々な動物達、特に、猛獣を見て、楽しんでいた。

当時としては、一人での動物園訪問は、決して安全とは言えなかった。特に、北京を離れた地方では、いつ、地元住民から襲撃されるか分からぬ危険があった。

それでも、護は、動物園通いをやめようとはしなかった。上司も、動物園訪問をした後の護が、気分一新して、仕事に励む様子を見て、護の動物園通いを止めることはなかった。

二年後の昭和四十九年、二十七歳の護は、北京の大使館勤務から長春にある代表所勤務に自ら望んで赴任した（戦後、新京は、長春という旧名に戻っていた）。

本来は、北京の次として、アメリカに赴任することが予定されていたが、その前に、長春に赴任することを、自ら申し出たのだ。

中国入りしたころから、満州に関心を持っていた護は、せっかく、近くの北京に来たのだから、この際、ぜひとも満州に寄り道をしようと考えたのだった。

それと、かつて、父が、領事として赴任していた瀋陽（戦前の名称は、奉天。戦後は、瀋陽と名乗った）に総領事館があって、一度は寄ってみたいと考えていたのだった。

そういうことから、出世に障害が生じることも覚悟して、「寄り道」を申し出たのだった。


しかし、問題が一つあった。

妻子を中国に残すか、日本に帰らせるかであった。

護は、家族は一緒にいるべきだと基本的には考えていたが、この時ばかりは、紅葉がどう反応するか読めなかった。反日感情が強い長春に、自分の我儘で、幼い緑を連れていくことは危険であるからで、紅葉は嫌がるのではないかと心配したのだ。それに、アメリカ行きを楽しみにしていることは、容易に想像できた。

そのようなこともあって、護は、なかなか言い出せなかったのだったが、辞令が下りる間際になって、漸く紅葉に打ち明けたのだった。

ところが、「案ずるより産むが易し」とはよく言ったもので、紅葉は、一も二もなく、中国残留を受け入れたのだった。

「本当にいいのか？」

それでも心配で、護は訊き直した。

「いいわよ。あなたのお父さんが、昔、勤めていた瀋陽はすぐ近くなのでしょう？」

「それはそうだが…」

「だったら一緒に行くわよ。あなただって、そうしたいのでしょう?」

妻の紅葉には、心の内をすっかり読まれてしまっていた。

紅葉は、長春に動物園があることを知っていて、護が楽しみにしていることも理解していた。

半分迷いながら、護は、妻の返事を喜んだのだった。

こうして、親子三人揃って、長春行きが決まった。


護一家が住むことになった長春は、かつて、満州帝国の都が置かれた町である。日本の敗戦のため未完成に終わったが、立派な都市計画が作られ、計画では、壮大な都市が造られる筈であった。

護一家は、邦人が多く住む、旧満鉄附属地区内に住むことになった。店も多く、生活に便利なことと、出先機関の「代表所」が、安全を保証してくれたからであった。

その上、勤め先の「代表所」もそれ程遠くなく、「代表所」からあてがわれた運転手付きの自動車を使えば、十分もかからず行き来できた。

住居は、鉄筋コンクリート製の中層住宅があてがわれた。当時としては、近代的な建物で、部屋から眺める景色も悪くなかった。

それに、各階に、各国領事館の職員や日本の大企業の社員達が住んでいて、安全面に於いても、ご近所付き合いの面でも、紅葉にとって、過ごし易い環境であった。

ただ、一つ配慮すべきことがあった。

当時、まだ、日本人に対する眼が厳しい時代、子どもを外で遊ばせるには危険があったのだ。過保護と思われるかもしれないが、中層住宅の住人達は、狭い屋内遊技場で子どもを遊ばせるしかなかった。

外に出る機会が少なくなった見返りとして、護は、家族を伴って、車で、外に出ることが多くなった。

当然、目的地は動物園であった。けれどもどういう訳か分からないが、総領事館のある大都市・瀋陽には動物園がなかった。

ところが、長春には昔ながらの動物園が残っていたのだ。動物園の名称は、新京と名乗っていた時も、「新京動物園」とはせず、「長春動物園」の名をそのまま受け継いでいた。もしかしたら、市民の多くが、「長春」の名前を残したかったのかもしれないと、護は想像したのだった。

長春動物園のよさは、猛獣の種類が多いということであった。ライオンは言うに及ばず、虎、豹、狼、熊などの猛獣類、それに、象まで飼育されていた。

園内には、遊具施設や飲食店もたくさんあって、一日いても飽きることはなかった。

ただ、施設の維持管理の状況はあまりよくなかった。コンクリートは劣化し、ひび割れが生じていたし、その他の施設も、改修が為されていなかった。つまり、戦前のままの状態で、旧態依然の姿で運営されていたのだった。

一方、昭和十八年に、父・正一が赴任した奉天は、もともと、満州族の旧都であった。名前も、瀋州→瀋陽→盛京→奉天と変わったが、満州帝国開国時は、奉天という名前であった。奉天は、満州族のヌルハチが金という国を打ち建ててからは、満州族の中心地として存在し続けた。満州帝国の首都が新京に移ったため、奉天は、政治の中心地ではなくなっていた。しかし、工業は、満州随一の街で、市内の西側（奉天駅の西側）は一大工業地となっていた。奉天には、七カ国の領事館が設置されていた。アメリカ、ロシア、フランス、ドイツ、韓国、朝鮮、そして日本の七カ国である。それぞれの国が、満州の支配権を握ろうとしていたことが、そのことからも見て取れる。

護一家は、長春では、落ち着いて過ごすことができた。護に与えられた文化面での事業は、依然として停滞していたが、生活面では、トラブルは殆ど生じなかった。

昭和五十年春、護一家の長春での生活は、二年目を迎えた。

その日、思い立って、護は一人で長春動物園を訪ねていた。家族で見物した時に、象に出会ったことを忘れられなかったのだ。

護は、この日も檻の前で、じっと象を見つめ、小学生の頃の「かわいそうなぞう」の紙芝居を思い出していた。

象に意識が集中していたため、背中に人が近づいていたことに、護は気づかなかった。

突然後ろから癖のある地元の方言が、護に語りかけてきた。驚いて、振り返ると一人の老人が後ろに立っていた。

「あんた、動物が好きなようじゃな」

相当な年齢であることを窺わせる年老いた老人が、護の顔をじっと見つめていた。

「ええ、大好きです」

護の中国語の発音を聞いた老人が、一瞬戸惑いの表情を見せた。

「もしかして、あんた日本人か?」

「ええ、代表所の外交官です」

「そうか、外交官か」

老人はその先の話を続けるかどうか迷っていたが、思い決めたように顔を護に向け名乗った。

「わしは、陸天心という者じゃ。この街で生まれ、この街で育った」

「私は、谷川護と言います」

「そうか、谷川さんか。あんた、動物園が好きなようじゃな。時々、ここで見かける。いつもは家族で来ているようじゃが、今日は一人かな?」

「はい、仕事の手が空いたもので」

「動物園が好きな理由があるのかな?」

「ええ、子どもの時に、日本の東京にある上野動物園の動物達の可哀そうな話を聞いた時から、動物園から離れられなくなってしまいました」

「ほう、可哀そうな話？　よかったらその話をわしに聞かせてくれんかな」

「はい、悲しい話ですが、ぜひ聞いてください」

護は、陸老人を近くのベンチに誘って、目の前の象を見ながら、大石先生が見せてくれた紙芝居の『かわいそうなぞう』の話を語り始めた。

陸老人は、途中言葉を挟まず、目を閉じて、その話をじっと聞いていた。

護の話が終わると、陸老人は目を開いた。

「そうか、日本でもそのようなことがおきていたのか？」

「日本でも？　ということは、こちらでも同じようなことがあったのですか？」

「ああ、あった。ここでも」

護は驚いて老人の顔を見た。

「聞きたいか、その話？」

「勿論です。是非聞かせてください」

その時、陸老人の眼が鋭く光ったことに、護は気づかなかった。

「分かった。それでは話してあげよう。ただし、今日は、少し疲れた。三日後、ここに来ることはできるか？」

「三日後ですね」

「そうじゃ、今頃の時間がいい」

「はい、大丈夫です。三日後のこの時間に必ず来ます。でも、その日は休園日ではありませんか？」

「だから、その日にした。誰もいない方がゆっくりできるからな。そうだ、あんた、いつも一緒に来る家族がいたな。子どもは幾つかな」

「はい、間もなく六歳になります」

「家族も連れてくるといい、動物達をすぐ近くで見られるようにしておこう」

「有難うございます。きっと喜ぶでしょう」

「では、わしは、今日はこれで帰る。三日後に会おう」

そう言って、陸老人はゆっくりと立ち上がり、長い杖を突いてその場から離れようとした。その時、何かを思いついたように歩みを止めて、護を振り向いて尋ねてきた。

「さっき、あんた、谷川と名乗ったな」

「ええ、谷川と言いました」

「そうか、似たような名前、昔に聴いたことがある」

護は閃いた。もしやそれは、父の正一のことではないだろうか？

「その人はまだ元気かな？」

「あなたが言うその人が私の思っている人であれば、何年か前に亡くなりました」

「そうか？　日本で亡くなったのか？」

「はい」

「そうか、亡くなったのか・・・・・」

そう言い残すと、老人は再び、前を向いて歩き出した。

護は、不思議な思いに捉われていた。

老人が、父の生死のことを訊いてきたのは、何か事情があったのではないかと思えたからだった。それを確かめようとしたが、老人は、既に、護から離れてしまっていたため、尋ねることはできなかった。

立ち去る老人の後ろ姿は、まるで、芥川龍之介が書いた『杜子春』に出てくる仙人のような印象を残していた。老人から何とも言えぬ不思議な雰囲気が漂ってくるのを、護は感じたのだった。

「あの老人は、父のことを知っているのだろうか？　もう少し詳しく聞けばよかったかな？　それにしても、不思議な人だ。あの老人は、一体どんな人物なのだろう。老人は、ここによく来ているようだが。何のために来ているのだろうか。ただ、単に、動物が見たくて来ているようには思えなかったが。そして、今度会う時、どんな話をしてくれるのだろう？」

護は、ゆっくりと立ち去っていく陸老人を見送りながら、大きなため息をついていた。

待ちわびた三日は、あっという間に過ぎた。

護は、居ても立ってもいられず、約束の時間よりもずっと早い時間に動物園に着いた。

紅葉と緑も、楽しみにしているようだった。

先に動物園に着いた護達三人は、園の入り口で老人が来るのを待った。護は、三日前、老人が語った事が気になっていた。

「陸老人は、紙芝居の話と同じことがここでもあったというようなことを言っていた。ということとは、以前、象やライオンや虎も、戦争の犠牲になって殺されてしまったということだろうか」

そう思うと、ここにいる動物達が、急に哀れに思え始めてきた。

時間になるまで、護は落ち着かぬ思いで、待っていた。

やがて、老人がゆったりとした足取りでやってきた。

「待たせたな」

「いえ」

「ほう、こちらが奥さんとお子さんか？　近くで見ると、賢そうな子どもだな」

妻の紅葉が老人に挨拶した。紅葉は、中国語が話せるようになっていた。

「今日は有難うございます」

「いや、なんの」

「緑、ご挨拶は？」

緑は、覚束ない中国語で挨拶をした。

「緑です。おじいさん、今日は有難うございます」

「しっかりした子じゃな。いくつかな？」

「六歳です。四月から、小学生です」

「そうか。日本の学校は、四月から始まるのか。ところで、何を見たい？」

緑は迷わず応えた。

「金糸猴です」

「ほう、孫悟空の話、知っているのか？」

「はい、大好きです」


四人は、入り口の門をくぐった。既に許可済みとみえて、門番は、ためらいもなく四人を中に入れてくれた。

休園日の園内はひっそりとしていた。動物達は人に見られることもなく、落ち着いて飼育舎を出て、飼育舎の前の飼育庭で日向ぼっこを楽しんでいるようだった。

四人はゆっくりと園内を見て回った。

疲れが出始めた頃、四人は、ベンチに腰を下ろした。象の檻の前であった。

妻と子どもは、二人に遠慮したのか、しばらくすると、別の動物達を見るため、その場から離れていった。

老人は、座ったまま、暫く象を見つめていたが、やがておもむろに口を開いた。

「では、話すとしようか」

陸老人の声は、かすれていて、その上、癖のある方言で話すので、護には聞き取り難かったが、傍に寄って、一言も聞き漏らすまいと緊張して耳を傾けた。

「あれは、この街が、満州帝国の首都になって、新京と名乗っていたころじゃった。日本式で言うと、昭和の十年代じゃったな。そのころ、わしは、この動物園で猛獣達の飼育係をしていたんじゃ。当時は。今よりもはるかに多い動物達がここにはいた。象もいた。ライオンもいた。虎もいた。豹もいた。それに、ハイエナもいた。象以外は、肉食の猛獣達だ。日の出から日の入りまで、そして、夜間も、わし達は、動物と一緒の生活をしておった。相手は、猛獣で油断はできなかったが、慣れてくると互いに信頼感が生まれ、襲われる気は全くなくなっていた。わし達にとっては、可愛い子どものようなものじゃった。戦争中ではあったが、平穏な時間だった」

「ところが、それが壊れる時がやって来た。日本が、次第に劣勢になり、太平洋ではアメリカに打ち砕かれ始め、大陸では、我が共産軍の八路軍や蒋介石の軍隊に追い詰められ始めた。すると、日本は、動物園の動物達の世話をする余裕を失い始めた。肉食の猛獣達にはたくさんの肉を餌として用意しなければならない。軍は、その餌を支給するのが困難になってきた。

　そこで、わし達は、肉を捜し求めたが、日に日に調達することが困難になっていった。今まで肉を分けてくれた所に行っても、分けてもらえるどころか、逆に、猛獣達を殺してその肉を食わせてくれと頼まれるほどじゃった」

「そして、形勢がさらに悪くなり始めると、日本軍は動物園を閉鎖することを命じてきた。当時の日本には、戦争時における動物園の運営方法を定めた法律があって、非常時には、猛獣達の殺害を動物園は行わなくてはならないようになっていたのじゃ。猛獣達が街に逃げ出したら大変ということで、軍は、猛獣達を殺すことを命じてきたのじゃ。わし達は、抵抗した。絶対に動物達を逃がさないから殺さないでくれと頼んだ。しかし、軍は、上層部からの命令だからそれはできないと、受け入れてくれなかった」

「ある日、トラックに分乗した何十人という日本の軍人達がこの動物園に乗り込んできた。動物達を殺すことが目的だった。初めは、『薬で殺すので、薬を供出せよ』と命じてきた。当時、動物園は、緊急事態に備え、薬殺用の薬物を保管する決まりになっていたのじゃ。しかし、わし達は、そのための薬を隠してしまった。一種のサボタージュだな。薬殺ができないことが分かって、軍人達は、動物達を銃殺すると言ってきた。それに対してもわし達は抵抗した。『動物を殺すならわし達を先に殺してくれ』と叫んで、動物達の前に立ちふさがった。じゃが、抵抗はそこまでじゃった。わし達全員、軍に捕らえられ、縄で縛られ、倉庫に閉じこめられてしまった」

「わし達を排除して、軍人達が獣舎に向かった時、殺気を感じたのか、動物達が暴れ始めた。大きな声で吼え、軍人達に向かって歯をむき出して威嚇した。しかし、命令に従った軍人達は容赦なく、次々と猛獣達を射殺し始めた。その銃声は、離れた所に縛られていたわし達の耳にも届いた。銃の発射音が響いた。猛獣達は、断末魔の声を上げた。恐ろしい声じゃった。耳を塞ぎたかった。しかし、手を縛られていたわし達は、耳を塞ぐことはできなかった。ただ、動物達の最期の叫び声を聞くしかなかった。それは、地獄のようじゃった」

「やがて、銃の音も、動物達の叫び声も、聞こえなくなった。先ほどまでの騒ぎが、まるで嘘のような静寂じゃった。兵隊達が、トラックに戻る靴の音だけがざくざくと聞こえてきた。

そして、トラックは、きしむタイヤの音を残して、動物園から去っていった」

「沈黙が、あたりを支配していた。暫くして、縄を解いたわし達が見たのは、地獄絵そのものだった。それぞれの檻の中に、動物達が転がっていた。ある者は口を開け、ある者はあお向けに倒れていた。死骸の周りには、夥しい血が流れ出ていた。軍人達は、銃で殺した後、遺体を片付けることもせず、流れ出た血を洗うこともせず、墓に埋めることもせず、遺体をそのままにして、動物園を去っていったのだ」

「わし達は、あまりの衝撃で立ち上がる力も失っていたが、誰かの発した、『動物達を埋めてやろう』という声を聞き、やっと身体を動かし始めた。荷車の荷台に動物達を載せて、園内の動物達の墓場に遺体を集めた。最後に、一番大きい象の園舎に行ってみると、二頭の象はまだかすかに息をしていた。身体には何発も銃撃の跡が残っていた。象の急所を知らなかった日本の兵隊達は、闇雲に銃を象の身体に浴びせたのだった。しかし、致命傷には至らず、象の命を絶つことはできなかったのじゃ。軍人たちはあきらめて、そのまま捨て置いて去っていったのじゃ」

「残酷な仕打ちじゃった。象は命を落とさず、かろうじて小さな息をしていた。わし達が近づくと、どうしてこんな事を？　といった眼差しで、二頭の象はわし達を見上げた。哀れだった。わし達は象に近づき、そっと身体を撫でてあげた。象は、わし達の為すがままに身体を横たえているばかりだった。何としても命を救ってあげたかった。しかし、既に手遅れであることは一目瞭然であった。このままでは、象が苦しむだけだということで、わし達の手で、象の息の根を止めてあげることにした。わし達は、やむなく、刃物で急所を突いて像の息の根を止めてあげた。

象の目の周りに涙が流れた跡が残っていた。つらかった。悲しかった。そして、怒りに震えた。

わし達は泣いた。いつまでもいつまでも泣いていた」

「これが、この動物園で起きたことじゃ」

そこまで話すと、陸老人は目を閉じ、手を合わせた。

それは、大石先生の紙芝居の上野動物園で起きたことと同じであった。動物園の動物達は、人の手によって命を奪われてしまったのだ。

辺りを沈黙が支配した。

護は、その場に固まってしまい、息すらできないほどであった。護の頬を一筋二筋大粒の涙が伝って落ちた。


陸老人が、護の涙に特段反応することもなく、護に尋ねた。

「わしの話を聞いてどう思った?」

鋭い眼差しだった。

曖昧な答えは許さないぞ、という強い意志が籠められていた。

陸老人は、単なる思い出話をしたのではないと護は感じた。これは、長春動物園で、当時の日本の軍隊が為した蛮行を非難しているのだと理解した。

その非難は、当時の軍人に対するだけでなく、中国を侵略した日本の国そのもの、ひいては、国を構成する日本人への非難であると理解した。まるで、『B・C級裁判』を受けているような気がした。

自分も、日本人の一人であるのだ。日本は、動物園の動物達を虐殺したことをまだ謝罪しておらず、中国の人たちの恨みを買ったままでいたのだ。

　そして今、日本人の「代表」として、護は老人から睨まれているのだ。護は、涙を拭って、老人の前に立った。陸老人は、眼光鋭く護を睨んでいた。答えようによっては、現在に生きるお前も許さぬぞ、という強い意志が籠められた視線だと護は思った。

　護は老人の視線から逃れることはできなかった。このような惨事は、中国各地で同じような悲劇が繰り返し行われていたのだろうか。と、するならば、日本への怨嗟は、中国全土で、戦後も続いているのだ。

　それ故、自分達が進めようとしている日中文化の交流事業は、受け入れてもらえないのではなかろうか。

　護はやっとの思いで応えた。

「私が謝ってすむことではありませんが、同じ日本人として、謝らざるを得ません」

　それを見た陸老人が言った。

「確かに、あんたが謝ってすむことではない。悪いのは戦争だ。そして、この中国の地で戦争を始めた当時の日本だ。更に言えば、それを止められなかった我々中国人だ。だから、あんた達、現在の日本人は、二度とこの中国で戦争を起こさないと誓ってほしい。動物達が殺された事実を忘れず、手を合わせ続けてほしい。わし達もそうして動物達に謝り続けて生きてきた」

「それで、毎日、動物園に？」

「そうじゃ。毎日、動物達の墓場に行って、手を合わせている」

護は、陸老人の言葉に胸を打たれた。被害を受けた動物園のかつての飼育係の老人が、今でも、動物達を弔っていることに強い感銘を受けた。

けれど、日本人で、陸老人のように、動物達の墓を訪れ、手を合わせる者など一人もいないのだろうと思った。

加害者の日本人の薄情さが情けなくなった。自分も、気楽な思いで、動物園巡りをしているではないか。

護は、小学六年生のあの時、大石先生が見せてくれた紙芝居の授業を思い出した。あの時は知らなかったが、日本の軍隊は、日本国内だけでなく、遠く離れた中国に於いても、動物園の動物達を殺害していたのだ。

そして、陸老人を始めとする中国人の飼育係の人達は、自分の身体を張って、動物達の虐殺を止めようとしていたのだ。

護は、感想文で、飼育係の人を責めたことを恥ずかしく思った。

飼育係の人達は、命を懸けて抵抗したのだ。それなのに、自分は、あの時、係の人達を責めた。更には、他に移せなかったことを非難した。何と思い上がった考えだったのか。飼育係の人達が軍に逆らうことなど、できる筈はなかったのだ。そんなことは当時不可能であったことを強く実感したのだった。

護は、自分の考えが甘かったと今になって気がついた。六年生であったあの時、自分は、害の及ばない所から高みの見物をしていたのではないだろうか。自分が、飼育係であったらという、当事者の立場に立っていなかったのだ。だから、あのように、飼育係の人達を一方的に責めてしまったのだ。もし、自分が、同じ立場に立たされたとしたら、どのような行動を取ることができるのだろう。陸老人達のように、身体を張って守ろうとしただろうか？

護は、言葉を失い、陸老人の前に呆然と立ち尽くしていた。

やがて、気を取り直した護は、妻と娘を呼ぼうと二人の姿を目で捜した。しかし、二人の姿は、近くに見えなかった。不安になった護が、二人を捜しに行こうと長椅子から立ち上がった時であった。

陸老人の冷たい声が、護の耳に届いた。

「あんた、奥さんと娘さんはもうここにはいないよ」

意外な言葉であった。不安が一気に押し寄せてきた。

「どこに行ったのです？」

「二人は我々が　預かった」

「何ですって」

「二人は我々が預かったと言ったのじゃよ」

「…」

「あんたの奥さんと娘さんは人質として預かった」

「何ですって、人質ですって」

「そうじゃよ」

「何で？」

「あんたを含めた日本人に復讐するためじゃよ」

「私に？」

「あんたは、前回ここで会った時、代表所の領事だと言ったな」

「それが…」

「つまり、あんたは、国を代表してここで働いているということになる。我々は、動物達が、日本の軍部の命令によって殺されたことを今でも忘れていない」

「我々とは誰ですか？」

「ここの動物園の飼育係じゃよ」

「飼育係？」

「彼らは、必死に軍に頼んだ。殺さないでくれと。しかし、日本の兵隊達は耳を貸そうとはしなかった。動物達は、殺されてしまった。そのことは、今に語り継がれておる。そして、わしには、その時の銃声と、動物達の恐怖と怒りの叫び声は、今も消えることはなく、耳の奥に残っている。夢にも出てくるのじゃ」

そこまで話すと陸老人は、暫く息を整えていた。少し興奮しているのかもしれなかった。

「軍は、当時、国の代表じゃった。だから、国の代表の領事であるあんたに復讐するんじゃ」

「娘と家内は無関係だ」

「そのとおりだ。そんなことは分かっておる。しかし、二人が死ねば、お前は悲しむ。愛おしい動物達を失った我々と同じ苦しみを味わうことになる。飼育係達は皆そう思っている。彼らの親達も当時飼育係じゃった。その親達から彼らは話を聞かされている。そして、いつかは復讐したいと考えていたのじゃ」

「そんな理屈があるものか。その時から何十年も経っているではないか。あなたは気が狂っている。そんなことが許されるわけがない」

「おまえも気が狂えばいい」

「さっき、あなたは、我々日本人を許すといったではないか」

「あれは、嘘じゃ」

「嘘？」

「そうだ、あんたを油断させる為の嘘じゃ」

「そんな」

護は、老人の意図が読み取れなかった。

許すといった方が正しいのか、それとも、復讐するという方が正しいのか。

護は、話を戻した。

「二人を助ける方法は？」

「ない」

「何でもします。何か条件を出してほしい」

「ほほう、今度は条件闘争か。分かった。それほど言うなら、一つだけ条件をつけてやる」

少し間を置いて、陸老人が続けた。

「動物達を生き返らせろ」

「何ですって」

とんでもない要求だった。それは、絶対に不可能な要求だった。

「そんな事できる訳はないでしょう。何十年も前に既に死んでしまったものを、どうやって生き返らせるというのですか」

「それでも、それが唯一の条件じゃ。生きて戻ってくれれば、我々の怒りも消えるかもしれない」

「無理です。過去に起きてしまったことを、変えることなどできる訳がない。未来は、変えられる可能性があるが、過去を変えることなどできる筈がない」

「本当にそうかな。そうやって、やらない前から諦めていいのかな?」

「あなたならできると言うのですか?」

「それは、どうかな。やるのは、わしではない。これは、お前の問題じゃ」

「あなたは、できないことが分かっていて、そんな条件を出してくる。卑怯だ」

「何、わしが卑怯だと。では、お前らはどうなのだ。抵抗できない動物達を皆殺ししたのは卑怯ではなかったのか? 生き返らせることができないというのなら、話はこれで終わりだ。じゃが、二人はどうなるのかな? 二人を見てみろ。ほら、向こうの、虎の檻じゃ」

言われた方に目をやると、飼育係が囲いの扉を開けて、紅葉と緑が飼育舎前庭の中に入ろうとしていた。

だめだ。入るな。入ったら、虎に殺される。

護は、虎の檻に向かって走った。心臓が激しく鼓動した。

足がもつれて一度転んでしまった。シャツが破れ、手のひらがこすれて、血が滲み出ていた。息が激しく乱れた。

やっとのことで虎の檻の前に辿り着くと、数人の飼育係が、妻と緑を虎の厩舎の前に連れて行くところであった。

老人が、ゆっくりとした足取りで近づいてきた。

護は、老人に、向かって叫んだ。

「何をするつもりだ」

「これから、虎の檻の扉を開ける。虎達には、ここ数日、餌を与えていない。恐らく、虎達は、二人に跳びかかり、二人を貪り食うことになるだろう。見ものだ」

「やめろ、それだけはやめろ」

護は、気が狂ったように老人に跳びかかった。そして、あらん限りの力を出して襟首を絞め上げた。

それを見ていた数人の飼育係が、護にとびかかってきた。そして、老人から護を引き離し、護に攻撃を加えてきた。激しい痛みを頭部に感じた。それでも護は抵抗を止めなかった。

飼育係の一人が刃物を取り出し、護の頭上に振りかぶった。

その時であった。

それまで穏やかだった空が突如乱れた。一瞬の内に黒い雲が空を蔽い、雷鳴が轟いた。

驚いた飼育係は、護から手を離した。その瞬間であった。

激しい雷鳴と共に稲妻が走った。

稲妻は飼育係の刃物を直撃し、その勢いのまま地面で炸裂した。飼育係は、空中に放り出された。護も、投げだされた。そして、態勢を整えることもできず、勢いよく、地面に叩きつけられてしまった。

護は気を失った。

3 谷川正一

谷川正一は、大正二年、東京の北区滝野川で生まれた。住まいは、省電赤羽線の板橋駅と十条駅の中間にあった。

一家は、日常生活では、板橋駅を利用した。仕事や生活に便利であった池袋駅が、十条駅より板橋駅の方が近いという理由からであった。

駅前広場の一角には、近藤勇と土方歳三の、墓碑が建てられていた。正一は、幼いころから、父の影響を受け、新選組に憧れる少年であった。

正一の父は、幕府側の彦根藩の武士であったが、明治政府が成立すると、こだわりを捨て、新政府の下で、警察官として、働く決意をした。旧藩士の中には、武士として、日ごろ鍛錬した剣術や柔術に長けた者も多く、警察官を志願するものが多くいて、正一の父もその中の一人であった。

しかし、彦根藩の藩士達は、そうした転向者を認める風潮はさらさらなかった。

正一の父は、昔の同僚達から、『裏切り者』と罵られ非難を受けたが、一向に気にすることなく、政府の職に就くことにした。

「これからは、侍の時代ではない。幕府も藩もない」

そう考えた父は、正一も、政府の役所の職に就かせようと考えた。

正一の父が、正一に勧めたのは外交官だった。狭い日本に留まって、旧弊に縛られてあくせく暮らすより、世界に目を向け、大きく羽ばたくことを望んだのだった。

正一は父の勧めどおり、法学を学び、外務省試験に合格した。


昭和十一年、二十三歳になった正一は、外交官の道を歩み始めた。

初めての赴任地は、ニューヨークであった。当時のニューヨークは、まだ発展途上中で、全ての面で、ロンドンには及ばないと思われていた。しかし、いずれは、世界のトップ・クラスの大都市になる気配は当時から、見せていた。

ニューヨーク滞在中、妻の春子は、子どもを産んだ。育子と名付けられた。紐育（ニューヨーク）生まれだったので、そこから一字もらって、育子と名づけたのだった。

その後、二年間のワシントンの大使館勤めを経て、昭和十五年、中国奉天市に異動になった。この異動は、正一には納得がいかなかった。これは、「左遷ではないか」と慨嘆した。アメリカでの勤務状況は、決して悪くはなかった筈だ。それなのに、中国、それも首都の北京でない、奉天という地方都市への異動であった。

「何で、そんな所に移らなくてはならないのだ」と、正一は、憤慨した。しかし、それを口にすることはなかった。自分が、明治維新に於いて、反政府側の彦根藩の出自であることの負い目が、反論できなかった理由の一つであった。

しかし、それは、正一の思い違いであった。

満州国は、当時の日本にとって、外交上、最優先の国であったのだ。いや、外交上というより、内政上といった方がよいかもしれない。それほど、内政と外交は結び付いていた。

米英諸国と対立して追い詰められていた当時の日本にとって、食糧や鉱業資源が不足し、働き口がない国民を養うためには、満州への移民は、どうしても必要であった。満州は、日本の「生命線」と看做され、無理をしてでも手に入れたい所であったのだ。他国から、「侵略だ」と言われても。移民をやめることはできなかったのだ。

満州は、外交上、最も重要視されていた所だったのだ。それ故、満州国に赴任するということは、外交官としては、手腕を認められたことを意味していたのだった。

赴任に当たって、正一は、満州について調べてみた。満州帝国の首都は、新京（旧長春）であったが、新京が所在する吉林省内では、決して一番の都市ではなかった。一番の都市は、吉林であったが、満州帝国は、吉林を避け、長春に首府を持っていったのだ。日本は、世界に冠たる先進都市を造る壮大な計画を立て、長春に首府にふさわしい近代都市を開くことにしたのだった。その意気込みを受けて、長春は、新京と名を改めた。首都になった新京は、その後、大いに発展し、正一が奉天に赴任した頃には、首都としての威厳ある街に変貌しつつあった。

正一の任地は、満州帝国の奉天市に置かれている総領事館で、正一は、そこで、領事を務めることになった。

領事の本来の任務は、日本人の生命・財産を守ることで、それほど、危険を伴うものではなかったが、正一の場合、それだけに留まらず、危険を伴う任務も背負うことになっていた。

正一は、落胆した気持ちのまま、赴任地の奉天市に着任した。現地に着任して、総領事から、任務の概要を知らされた正一の心は緊張した。

与えられた任務は、満州南部の情勢を調査し分析するというものであった。別の言い方をすれば、それは、諜報（スパイ）活動ということである。

総領事は、正一の心情を理解し、異動の背景を説明してくれた。

「君の四年にわたるアメリカでの勤務成績は優秀であった。これから受け持つ任務は、そうした能力を持った者にしか任せられない重要な任務である。誰にでもできる仕事ではないのだ。

君には、その能力があると、見込まれたのだ。君は、機密を守ることができる強い精神力と行動力があると、上層部は判断し君を選んだのだ。それと、もう一つ付け加えると、君がノーマークの外交官で、君の正体が中国やソ連にばれていないということも、君が選ばれた理由でもある。

それに、君は、アメリカ勤務でも、諜報活動に携わっていなかったので、アメリカも君に対しては警戒が薄いと睨んだのだ。さらに、ここに君が派遣されたのは、ここが、首都でなく、総領事館が置かれているだけの街であるからなのだ。つまり、ここは、秘密の任務をする者にとって、『隠れ家』的な存在の街なのだ。だからと言って油断することは禁物だ。小さなミスでも、命取りになることを、肝に銘じておいてほしい。いずれにしても、ここ満州が、今後の日本にとっていかに重要な地域であるかは、君もよく知っているだろう。そのことをしっかりと理解して、仕事に精励してほしい」

総領事の説明を聞いている内、正一は、気が付いた。

「この総領事は、単なる一外交官ではなく、諜報活動の任務を担っている重要な立場の特殊工作員なのではないだろうか」

正一は、任務の危険性を知り、できることなら、この任務を拒否したかったが、総領事にそうまで言われては、受けざるを得ない。

それに、任務は、日本にとって重要な意味のある仕事なのだ。むしろ、やり甲斐があると考えてもいいのではないか。そう理解した正一は、黙って受け入れたのだった。

正一は、もともと、今回の異動に関して、妻子を帯同するか迷っていた。その上、与えられた任務を考えれば、妻子を帯同しない選択肢を選んだ方がよいとも考えられた。二人が、何らかの危険に巻き込まれないとも限らない。そのような地に、妻子を同行させてよいものだろうか。当時の満州は、あらゆる点で、それまでの赴任地・ニューヨーク・ワシントンとは異なり、不便で、危険な地であった。その上、子どもの育子が、程なく幼稚園にあがる年齢で、十分な教育を受けられるかの不安もあった。

それでも、正一は、二人を帯同する道を選んだ。

二人が苦労することは分かっていたが、家族が離れればなれに暮らすことは、もともと、選択肢になかったのだ。家族同伴は、外交官になったころから思い決めていたことだった。

外交官になった以上、世界の果てであっても、赴任することは避けられないことであり、正一だけでなく、妻の春子も、そのことを十分理解していたのだった。

しかし、任務が任務である。自分の身に何が起きるか、保証できない。

ところが、妻の春子は、意外と、「芯の強い女性」であった。

不便な満州での生活ではあったが、愚痴一つこぼすことはなかった。それどころか、逆に、満州での生活を楽しもうという意欲さえ示していた。

幸い、外交官の正一には一戸建ての家があてがわれた。中国東北部の厳しい自然環境に応じられるよう、現地風の造りの家であった。一年の内、半年以上は寒気に晒される劣悪な生活環境を乗り切れるように、暖房はオンドル式のものが採用されていた。その上、内部には和室風の部屋や、日本式の風呂も備わっていた。

さらに、有難かったのは、下働きの男性と家事を手伝う女性、それに、自動車とその運転手まであてがわれていた。日本の外交官の権威を示す意味もあったが、まだまだ不安定な状況でも安心して暮らせるようにという配慮が為されていたのだ。掃除、洗濯、買い物など、日常生活に必要なことは、彼ら使用人が殆どやってくれた。春子は主婦としての仕事は殆どしなくて済んだのだった。

そのため、春子は、子どもの教育に専念することができた。心配していた奉天での子どもの教育も問題なかった。この頃、奉天には、既に、日本人学校がいくつも造られていて、日本式の教育を受けることができるようになっていたのだ。

娘の育子は小学校まで、まだ、間があったが、幼稚園もできていたので、遊び友達には不便を感じなかった。仲のよい子ども同士、互いの家を訪問し合って、楽しく遊んでもいた。

そして、女性達も淋しがらずに暮らすことができた。日本の各省から派遣されている役人の配偶者が、茶飲み友達になってくれたのだ。それどころか、「日本人妻の会」まであって、月に何回か集まって、料理を作ったり、雑誌を交換したりできたので、退屈することもなかった。

ただ、役所での夫の序列が、そのまま夫人の会の序列になっていたのだけは、よくも悪くも窮屈であった。

春子は、何事も如才なくやりくりし、取り立ててトラブルを起こすこともなかった。奉天は、北京に比べると辺鄙な地であったが、不自由なく日本式に生活する事ができたので、不満はなかった。むしろ、日本にいる時より、贅沢な生活ができたことを喜んだ。

贅沢といえば、夫の給料も、内地に比べると多く戴くことができた。そのため、使い切ることはなく、それだけ貯金に回すことができたのだった。

そのころ、満州では、満州国の紙幣も発行されていたが、日本の紙幣の「円」は、日本国内と同等の価値を持っていて、どちらを使うこともできたのだった。

正一の方も、余裕をもって生活することができた。

各省からの派遣職員同士、随時集まり、テニスなどのスポーツをしたり、室内でトランプやビリヤードなどの娯楽を楽しんだりすることができた。

夫も妻も、この地で、社交を楽しむことができたのだった。

けれども、安全への配慮だけは厳しくするよう上司から求められていた。「一歩外に出れば、日本人に好意を寄せていない現地の人達から、何をされるか分からない、十分注意するように」という達しが出されていた。

正一と春子は、その指示を忠実に受け止めた。用心深く振る舞い、ニューヨークで楽しめたピクニックなどは、全くしようとはしなかった。

春子は、折角、中国で暮らしているのだからと、中国語と中国刺繍を習い始めた。有り難いことに、国内よりも格安の授業料で習う事ができた。春子は真面目に習っていたので、他の夫人達に比べて上達が早かった。

子どもの教育は春子の役割だった。子どもにも何か習い事をさせたいと考えた春子は、押し付けるのでなく、「やりたいものがあればやってもいいのよ」と、それとなく育子に勧めてみた。すると、育子が選んだのは、ピアノであった。これも幸いなことに、帰国した前の領事が、ピアノを置いていってくれていたので、わざわざ購入する必要はなかった。

問題は、ピアノを教えてくれる講師を探すことであったが、運よく、帰国が決まった家庭がお願いしていたピアノ講師が紹介されて、この問題は解決したのだった。プロの演奏家ではなかったが、小さい頃からピアノを習い続けていた若い日本人の女性であった。彼女は、夫と二人で、満州に来たが、時間をもて余しているからと言って、育子にも、週に三回レッスンしてくれることになった。

こうして、家族それぞれが時間の使い方を見つけ、不便さを感じさせない充実した生活を送り始める事ができたのだった。

家族それぞれが、奉天での生活に慣れたと思った矢先、懸念していた事態が招来した。

着任三年後の昭和十八年、正一に重大な任務が命じられた。南満州鉄道沿いの地域の情勢を偵察するというものであった。

同行するのは、副領事二名であった。その他に、従者として、運転手一名、雑事を請け負う者二名、それに、警護の兵士一名であった。

正一は、その隊の隊長を命じられた。

現地の都市へは、鉄道を使用し、現地では、軍用車を使用することが命じられた。

軍の担当武官は、三人を呼んで、注意を与えた。危険を伴う任務のようだった。武官は、三名に拳銃を渡し、いざという時には使用するように命じた。その上、出発までの間、銃の取り扱いに慣れるようにと、訓練をすることを命じたのだった。

正一は、緊張した。銃を使うことなど、これまではなかった。今回は、それほどまでしなくてはならない任務であるのだ。


その上、出発にあたって、総領事から訓令までも受けた。

総領事は、正一と部下二名、計、三名を集めて訓令した。

「表向きの狙いは、各地に配属されている諜報員から、直接、情報を聴くことにある。特に、中国の様子に変化はないか、しっかりと確かめてほしいと、軍からも、強く、要請されている。

しかし、本音を言うと、情報集めは勿論大事だが、君達には、自分の眼で満州を見てもらいたいというのが、総領事館としての狙いだ。特に、谷川君は、満州は未経験の地だ。満州とは、どういう所なのか、自分の眼で、しっかり見ることも大切だ。軍からは、相当、脅されたようだが、行程全てが危険を伴うものではない。満州という地がどういう所か、満州人は、どのような生活をし、どのように行動しているのか、肌で感じ取ってきてほしい。そして、今後、それを仕事に活かしてほしい。だから、今回の任務では、無理はしなくていい。満州国はまだまだ未成熟な国だ。思わぬ事態が勃発しないとも限らない。だから、気だけは抜かないように。なお、各地には、関東軍の駐屯地があるから心配はないと思うが、いざという時には頼りになる筈だ。ともかく、無事に戻ってきてほしい」

三人は深く頷いた。

正一だけでなく、二人の部下も、緊張した面持ちを崩していなかった。

三人が、部屋を出ようとすると、総領事が、正一だけを引き留めた。総領事は、応接セットに座るように勧め、おもむろに切り出した。

「これは、君だけに伝えておくが、最近、ソ連の動きがおかしい。日ソ中立条約（日ソ相互不可侵条約）の期間はまだ残っているのだが、その前から、気になる動きを見せ始めている。そこで、ソ連の動きを、しっかり見届けてきてほしい。これは、秘密任務であるから、二人には伝えなくてよい」

正一は、これまで、ソ連のことはあまり気にしていなかった。日ソ中立条約がある以上、ソ連は、日本にとって、『友好国』であると看做していて、あまり、心にかけることはなかった。

ところが、そのソ連に、「不穏な動きがある」と、総領事は言うのだ。その情報は、軍から知らされていない情報だ。総領事は、独自のルートで、ソ連の動きを注視していたのだろう。

どちらを重んじればいいのだろうか。正一は、俄かに緊張感が高まったのだった。

正一の外交官としての血が、騒ぎ始めたのだった。

予想を越えた事態に、家族を残して家を離れることが心配になった。正一は、春子に、「安全には十分注意すること、そして、何かあったら、一人で対応せず、必ず、誰かを頼るように」と注意を与えた。そして、隣家の、同僚に、くれぐれもよろしくと頼んだ。

春子は、「私達のことは心配しないで、しっかりと務めを果たしてください」と励まして、正一を送り出した。

娘の育子は、父が暫く家にいなくなることを聞いて、泣きべそをかいた。しかし、春子から、「こういう時こそ、しっかりしましょうね」と励まされて、やっと、涙をこらえたのだった。

一行は、奉天からさほど遠くない撫順と鞍山から調査をスタートした。

撫順は世界無比の石炭の露天掘りで有名な街である。正一は、その規模の大きさに圧倒された。次の鞍山は、「鉄の街」として知られていた。鉄鉱石の埋蔵量は、これも世界屈指の量を誇っていた。精錬所の規模も壮大で、日本国内では見られない規模を誇っていた。

正一は、二つの街を見て、満州の将来性を確信した。「これこそ、日本が、満州に進出した理由に外ならない」と納得したのだった。

一行は、次に、鉄道を利用して北東に進み、新京に向かった。今回の調査地に、新京は含まれていなかったので、直ちに、東に向かった。

最初に訪れたのは、鉄道の終着駅の羅津という港町だった。

羅津は、日本と定期航路で結ばれ、毎日のように、定期便が出入りしていた。物資も情報も、そして、人も羅津を利用することが多かった。羅津港は、いわば、満州国の生死を左右する大事な港であると、正一は、判断した。

その羅津に、後日、また、訪れることになるとは、正一は、夢にも思わなかった。

次に、三人は新京方面に後戻りして、敦化という小さな町に降りた。敦化は、石炭採掘場に近く、日本向けの石炭の積み出し駅になっていた。

調査のため採掘場を訪ねると、働いているのは、朝鮮人の出稼ぎ労働者達であった。作業環境はあまりよくない印象を持った。

炭鉱夫達は、一行が日本人だと分かると、一様に厳しい視線を送ってきた。炭鉱夫達が暴動を起こさないか心配になった。

その夜、泊まった町のホテルで、三人は危険を感じながら、一睡もできず、一晩を明かしたのだった。

正一は、改めて、満州では、日本人が歓迎されていないことを、実感として味わったのだった。総領事は、この実感を味わわせようと、我々を送り出したのだと、納得したのだった。総領事の狙いが読めたような気がした。

途中いくつかの町を視察したが、所々で、ソ連が、日本の工場から重機器の機械を購入しているという情報を得ることができた。それらの機材は、軍事用に転用することが可能であった。

正一は、ソ連の動きに危険信号をキャッチしたのであった。総領事の心配は当たっていたのだ。

最後に訪れたのは、吉林であった。

ここは、首都の新京をしのぐ賑わいのある街だった。大きな建物も多く、経済の中心地と言ってもよい賑わいであった。日本人も多く住んでいて、今回の調査で、最も安心感を与えてくれる町であった。

正一は、移動日を含めて十日間の調査を、無事終えることができ、責任者としての責務を果たせて、ほっとしていた。少しばかりだったが、アルコールも入った。その安心感が油断となって現れてしまった。緊張感が緩んでしまい、また、最後の地であることも手伝って、周囲への注意に怠りが出てしまった。


その夜、日本の総領事館の役人が調査に来たことを知った中国人の集団が、最近、日本兵が起こした残虐行為に対して抗議をしようと、正一達の宿を急襲した。

その日は、夕方から激しい雷雨になっていた。暴徒は、悪天候を利用して、宿を急襲した。それぞれの手に、何がしかの武器を持っていた。

同行の兵士が、数人の暴徒に取り囲まれ、刃物で切り殺されてしまった。次に、二人の部下も、ほとんど抵抗する間もなく、刃物で切りつけられ、大怪我をしてしまった。

刃物は、隊長の正一にも向けられた。

正一は、壁際まで追い詰められ、身動きができなくなった。それを見て、先頭の屈強な男が、刃物を、鋭く、横に振った。


刃物が正一の喉元を切り裂こうとした寸前、激しい雷鳴が轟き、天井を突き破って、稲妻が部屋に走った。

落雷が、武器を振り回した男を直撃した。男は、跳ね飛ばされ、壁に叩きつけられ絶命した。

同時に、正一も床に放り出されてしまった。

正一は、意識を失った。

襲撃してきた暴徒達も、同じように吹き飛ばされていた。

部屋の中は、家具などが散乱し、惨憺たる有様になってしまった。

4　二人の時空彷徨い人

動物園で雷に打たれて気を失った護は、直ちに病院に運ばれ、眼が覚めたのは三日後の真夜中であった。

護は、一人、ベッドに横たわっていた。部屋には、護の他に、誰もいなかった。

眼が覚めた時、護は、自分の身に何か異変が起きているのではないかとすぐに気づいた。身体の節々が強い痛みを発していた。部屋の雰囲気から、そこは、病室のように見えた。

少し落ち着いてきたので、護は、思い返してみた。

あの時、妻の紅葉と娘の緑が、囲いの内側の、虎の檻の前にいた。二人に危険を知らせ、救け出そうとした。陸老人がそれを遮ろうとした。

護は陸老人を押しのけようと襟首を摑んだが、近くにいた飼育係達の逆襲を受け、危うく殺されるところだった。

それを救ってくれたのは、激しい落雷の直撃だった。

そこまでは思い出せた。けれども、その後のことは、まったく覚えていない。


ところで、ここはどこだろう?

病室のようだ。

私は生きている。

つまり、私は救かったのだ。

護は辺りを見回した。病室であることは直ぐに分かった。

しかし、「何かが違う」という、違和感を持った。室内が、どことなく古めかしく感じたのだ。

周りには、誰もいなかった。

やがて、護の視線が、枕元の名札に向けられた。

「谷川正一」という文字が目に入った。

「正一？」

正一は、父の名前だ。なぜ、父の名前の名札が掛けられているのだ。護を正一と間違って、名札が付けられたのだろうか。

疑問が、頭の中で、渦を巻き始めた。


看護婦が一人、部屋に入ってきた。

「谷川さん、目が覚めたようですね」

そう言って、脈を取り始めた。

看護婦の制服がやはり違和感を呼んだ。明らかに、一時代前の制服に見えた。

勇気を出して、正一は、看護婦に尋ねた。

「ちょっとお訊きしてもいいですか？」

「どうぞ、何ですか？」

「ここはどこですか？」

看護婦は、直ぐに答えてくれた。

「ここは、新京市の病院ですよ」

護に疑問がわいた。

新京？　満州帝国の首都の新京ということなのだろうか？

護の脳が目まぐるしく回転し始めた。

「ちょっとお聞きしますが、今は何年ですか？」

護は、不安を感じながら、看護婦に尋ねた。

「この人は、まだ、落雷のショックから回復していない」と看護婦は判断した。

「今は、昭和十八年ですよ」

護は、驚いた。

「自分は、昭和五十年にいる筈だ。それなのに、看護婦は、昭和十八年だと言った。これは、どういうことだ？」

そして、重ねて尋ねた。

「どうして、病院にいるのですか？」

看護婦は、躊躇せずに応えた。

「谷川さんは、吉林市の動物園にいる時雷に打たれたのですが、応急処置が終わるとすぐに、新京市のこちらの病院に転送されてきたのです」

護は、念を押すように訊き返した。

「そうですか。吉林で落雷に遭い、その後、ここ新京の病院に転送されたということなのですね」

「そうですよ。こちらの病院の方が、設備が整っているものですから」

なるほど、そういうことなのか。ここがどこなのかは、納得できた。

護は、気になっている日にちのことを訊いてみた。

「では、今は何年ですか？」

看護婦は、今度の質問には、「えっ？」という表情を見せたが、すぐに、元の表情に戻り、答えた。

「今は、昭和十八年ですよ」

「えっ、十八年？」

動揺した声が、護から発せられた。

「そうですよ、雷の衝撃で記憶がはっきりしなくなったのかも知れませんね。でも、心配しないでもいいですよ。万が一、何か症状が出ても、すぐに治るからと、先生がおっしゃっていますから」

そう言って、看護婦は部屋を出ていった。

ベッドで身体を横たえながら、護は不思議な思いに駆られていた。もしかしたら、自分は、別の時代に紛れ込んでしまったのかもしれない。看護婦とのやり取りから、そう思わない訳にはいかないと、推測した。

これは、大変なことになった。どうしよう。もしそうなっているとしたら、どうすればいいのだろう？

護は心配のあまり、寝ることはできなかった。眠ろうとすると、看護婦の言葉が、耳の奥で木霊して、眠りにつくことはできなかった。天井がぐるぐると回り始めていた。

不安は増すばかりで、結局、その晩は、浅い眠りのまま夜が明けてしまった。

翌朝になった。

護は、不安を表情に出すのは抑えることにした。焦って、事を荒立てるのは得策ではないように思えたのだ。

まずは、客観的な事実を把握しなくては。具体的な対応はそれからでいい。

朝食を済ませると、看護婦に頼んで、新聞を持ってきてもらった。

それを見るなり、護の心身は、石のように硬直してしまった。

日付は、看護婦の言葉どおり、昭和十八年になっていた。

その上、新聞の文字は、旧字体であった。新聞名は「満州日報」であった。

一面の記事を見ると、満州帝国が建国十一年目を迎え、ますます発展していることを祝うニュースが、大きく躍っているのが目に入った。

昨夜から心配していたことが事実であったことを改めて知った。

今は、昭和十八年で、ここは、満州の首都・新京であるのは確かなことのようだ。

しかし、その年には、私はまだ生まれていない筈だ。私は、昭和二十二年生まれなのだ。

そして、今、ここに横たわっているのは、名札から推測すると、父の正一であるということになる。

それなのに、「自分は、護である」と意識している。これは、どうしたことなのだろう。

意識は自分自身、身体は父の正一、つまり、心と体が分離してしまっている。

そんなことが有り得るのだろうか。

これを、どのように受け止めればいいのだろう?


護は、再び、看護婦を呼んだ。そして、ここが、満州の新京であることを改めて、確かめた。

その上で、「手鏡を持ってきてほしい」と頼んだ。

看護婦から手鏡を受け取ると、護は、急いで、鏡を覗き込んだ。護は、驚きで手鏡を落としそうになった。鏡に映っていた顔は、毎日、見飽きるほど見ていた自分の顔ではなかった。

その顔は、若い頃の父の面影を漂わせている顔であった。

改めて、護は、手鏡の中の、若い男の顔を凝視した。どう見ても、その顔は、自分ではなかった。やはり、それは、父によく似た顔であった。

父は、既に、昭和四十五年にこの世を去っている。

その父の若き頃の顔が、手鏡の中では生きている。それも、若い青年として。

そのことからも、今は、昭和五十年ではなく、昭和十八年であると考えざるを得ない。

さらに、それだけではないことに、護は気が付いた。

自分の声にも違和感を抱いた。自分の声が、自分の声でなく、父の声に聞こえるのだ。

納得いかないことが、次々に生じ始めていた。

護は、寝間着を脱いで、自分の身体を見てみた。やはり、身体は、自分の身体ではないと、すぐに分かった。明らかに、他人の身体なのだ。

護は、ため息をついた。自分の身体はどこかに消え、違う人の身体が、手鏡に映っている。心は自分だが、身体は、他人なのだ。

では、この身体は誰の身体なのだろうか。

それは、分かるような気がした。おそらく、名札に書かれていた、父の正一の身体なのだろう。

それも想像がつく。自分の身体は、昭和五十年の長春市に残っていると考えて間違いはなさそうだ。

では、自分の顔と身体は、今、どこにいってしまったのだ？

そうだ。そして、私の心（魂と言うべきか）の代わりに、父の正一の心（魂）が、自分の身体に入っているに違いない。つまり、二人の心（魂）は、入れ替わっているのだろう。

これは、もしかしたら、よく言われる「タイム・スリップ」なのではないだろうか。そう考えれば、辻褄が合うではないか。

そうだ、自分と、父は、同時に、タイム・スリップしたのに違いない。

考えれば考えるほど、不思議な現象に、護の思いが揺れ始めていた。身体がぐらつき、目の周りが、ぐるぐると回り始めたのだった。そして、どう表現すればいいのか分からない不思議な感覚に襲われた。

敢えて言えば、それは、「浮遊感」のような感じであった。身体が、宙に浮いているのか、それとも、魂が、身体から遊離してしまったのか、自分では、見定めることができない不思議な感覚であった。

この浮遊感はどこから来るのだろうか？　護は考えた。

もしかしたら、鏡が左右逆に映るように、心も、逆になっているのかもしれない。

手鏡の中の自分が「真実」で、必死に考えている自分が、「虚実」であるのかもしれない。

そう考える方が合理的のような気がするではないか。

つまり、こういうことだ。

これは、小説などによく出てくる「タイム・スリップ」で、自分は、異次元の世界に飛び込んでしまったのだろう。

そうだ。私は、昭和十八年にタイム・スリップしてしまったのだ。

護は、ようやく、納得できる結論に到達できたように思えた。

それにしても不思議だ。

普通、タイム・スリップといえば、心と身体が、同時に、別の場所、別の時代に瞬間移動する現象のことを意味している筈だ。

ところが、今の自分の場合、身体は移動せず、心（魂）だけが入れ替わってしまったようなのだ。つまり、身体は、父の正一で、心は、息子の私なのだ。

だから、他の人から見れば、私は、父の正一に見えているに違いない。

その証拠に、名札はそうなっているし、先ほどの看護婦は、そのように見ていたではないか。

その時、洋装の若い女性が、静かに、部屋に入ってきた。

手に、地味な風呂敷を抱えていた。

見たことのある女性のような気がした。護の傍に来ると、女性は声を掛けた。

「あなた、よかったですね。眼が覚めて」

その女性は、自分のことを「あなた」と呼んだ。

ということは、この女性は、父の妻、つまり、それは、私の母の春子ということになる。

そういえば、女性には、母の面影が漂っているし、声も、若い頃の母の声を思い起こさせる響きを持っていた。

それらのことから、目の前の女性が若い頃の母であることが、護には分かったのだった。

護は、危うく、「お母さん」、と言いそうになったが、慌てて口を押さえた。

「どうですか、身体の具合は、どこか痛いところはないですか？」

「大丈夫です」

護は、子どもが母に向かって言うように丁寧な言葉遣いをした。

それを聞いて、母の春子は、一瞬、不審な顔を見せたが、すぐに気を取り直し、そのことを口にすることはしなかった。

もしかしたら、衝撃の影響がまだ残っているのではないかと思ったからだった。

「お医者さんは、明日にも退院できるけれど、暫くは、休養が必要だとおっしゃっています。役所の方も、休んだ方がいいと言ってくれています」

「そうか、それは、有難い。実は、よく思い出せないこともあるのだ」

今度は、慎重に言葉を選んで応えた。父ならそういう言葉遣いをするだろうという言葉を選びながら言った。

「そうですか？　役所のことも思い出せませんか？」

「覚えていることもあるけれど、それが正しいか確かめたいから、これから、いろいろなことを教えてくれるか？」

「もちろん、お役に立つことならば何でもしますよ」

「有難う、頼りにしているよ」

こうなったら、父、正一であると振る舞った方がよいだろう。

今更、ここで、「私は、息子の護だ」と言い張ったところで、誰も認めてはくれないだろう。それどころか、誰もが混乱してしまうだろう。

やむを得ない。自分は、今、ここでは、正一なのだ。


翌日、護は、迎えの車に乗って、病院を後にして、奉天の自宅に向かった。

奉天の街に入ると、護は、車の中から、街の様子を興味深げに追っていた。それは、まるで、初めて見る街を訪れた観光客のようだった。護は、昭和十八年の奉天の街並みから眼を離せなかった。古い雰囲気を残した、落ち着いた街並みであった。

家は、平屋建てであった。家に入ると、今度は、珍しそうに、家の様子を確かめてみた。すると、少女がすぐに寄ってきた。

「お父さん、退院おめでとう。もう大丈夫なの？」

それは、まだ小さい頃の姉の育子であった。

護は思わず、眼を細めた。そして、父の正一のふりをして、育子に声をかけた。

「留守中いい子にしていたかな？」

育子は、護の呼びかけに、少しだけ違和感を覚えたようだった。

いつもの父と何かが違っているように見えたのだろう。

「育子、お父さんは、全快したわけではないのよ。思い出せないこともあるようなの」

「そうなの？　お父さん」

春子が助け舟を出してくれた。

「そうなのよ。だから、忘れていることは教えてあげてね」

護は、育子の手を取って、笑顔を見せた。

「頼むよ、育子」

育子は「はい」と言って笑顔を見せた。

「育子、お父さんは、少し休むから向こうで勉強していなさい」

「はい」

育子は素直に応じて、部屋を出ていった。

護は、姉の育子まで騙さなければ生きていけないことを悲しく思った。だが、今は、正一で通すことしか許されていない。

何かが起きて、元の護に戻る日が来るまでは、ここでは、正一でい続けなくてはならない。


護は、ベッドに身体を横たえた。

疲れていたのか、うとうとしてしまった。

しばらくして、眠りから覚めると、母の春子が、自分の脇で横たわっていた。

護が目覚めたことに気が付くと、それを待っていたかのように、母が護に身体を寄せてきた。

そして、護の背中に手を回し、優しく抱き寄せた。どこか、懐かしい感触が護を包んだ。

護は、どう対応していいのか分からず、母の為すがままに、身を任せていた。すると春子は、護の上半身をゆっくりと起こし、護の顔に自分の顔を近づけた。

護は、母の次の動作を見守っていた。すると春子は、そっと唇を重ねてきた。

それは、予想外のことだった。

戸惑っていると、母の両腕に力が籠められた。

「よかった。生きていてくれて」

母は、そう言って涙ぐんだ。護もそれに合わせて、思わず母を抱きしめた。

二人は暫くそのまま抱き合っていた。

禁断の抱擁であった。


しかし、夫がそれ以上求めてこないと気が付いた春子は、そっと身体を離した。

護は慌てた。まさか、この様な事態がおこるとは思いもしていなかった。

相手は母である。母と接吻など許される訳がない。

まして、それ以上のことなど…。

今の母にとって、目の前にいるのは、子どもではなく、夫である。その夫が無事戻ってきたことの喜びを表したに過ぎなかったのだ。

分かってはいたが、護は混乱した。

自分は許されぬ行為を受け入れてしまった。

二度と犯してはならない罪を犯してしまった。

護は、黙って母の行いを受け入れてしまった許しを、母に請わなくてはならないと思った。

だが、父・正一の姿をした今の自分は、それは、できぬ相談であった。


護は、その場の状況から逃れようと、話題を変えた。

護は、「これまでのことを思い出すきっかけを与えてくれる物がないか」と母に訊ねてみた。

しばし、考えていた春子は、何かを思いついたように立ち上がって、部屋を出ていった。

しばらくして戻ってきた春子の手に、幾冊かのノートが見えた。

「これがいいと思います。あなたが記している日記です」

手渡されたノートの表紙を見ると、太めの文字で『足跡』と書かれていた。

護は、自分と同じように、父が、日記をつけていたことを知って驚いた。自分の場合は、日記に、『使命感』というタイトルをつけた。それは、外交官になるに当たって、心に定めた己への戒めの言葉であった。

父も、外交官として生きていく覚悟を記していたことを知り、護は、嬉しくなった。

早速、表紙を開いてみた。すると、太字の文字が眼に入ってきた。

「この日記に『足跡』という題をつけた。男として生まれた以上、そして、外交官の職を得た以上、他人にも、自分自身にも恥ずかしくない足跡を残さなくてはならない。いつの日か、この世を去る日が来た時、納得のいく足跡を残すことができたと振り返ることができるよう、これからの日々を、心して生きていこうではないか。そういう自戒の念を持って、『足跡』と名づけることにした」

さらにページをめくると、『足跡』は『日記』と称していたが、毎日書かれている訳でなく、日付は飛び飛びになっていて、何か心に残ったことがある時だけ書かれていることが分かった。

護は、父、正一の自戒の言葉を心の中で唱えてみた。『足跡』、『足跡』、『足跡』、何度か唱えている内に、その言葉は、護自身の言葉になってくるように感じ始めていた。

「そうだ、自分も、そういう思いでこれから生きていこうではないか」

春子の援助によって、父の足跡をたどり始めた護は、次第に元気を取り戻していった。

やがて、護は、仕事に復帰することができるほど回復してきた。母の協力と父の日記の『足跡』によって、「新しい記憶」を獲得し始めた護は、正一になりすます自信を得て、職場に戻った。

護は、正一として、昭和十八年の奉天での生活を始めたのだった。


一方、暴徒達の襲撃を受けた際、落雷に打たれ、意識を失った正一の目が覚めたのは、三日後の昼のころであった。

目覚めた正一が辺りを見回すと、何かが違っているように見えた。

目につくすべてが、明るく感じられたのだ。

その上、見慣れぬ物が部屋の片隅に置かれていることに気づいた。その時は、それが何なのか分からなかったが、後にテレビというものであることを知った。

正一は、左右を見回してみた。

ベッドの傍に、見慣れぬ一人の女性が、じっと、正一の様子を覗っていた。

看護婦さん？

女性は制服を身に着けておらず、看護婦には見えなかった。

すると、その女性が、ブザーを押した。

すぐに、白衣をまとった男性と、看護婦のいでたちをした女性が入室してきた。明らかに、医師と看護婦であることが分かった。

「谷川さん、目覚めたようですね」

そう言って、脈をとり、眼瞼を調べたりした。

「うん、これなら、大丈夫だ。奥さん、よかったですね。すぐに退院できますよ」

「有難うございます。先生のお陰です」

傍らで見守っていた女性が、嬉しそうに礼を言った。

奥さん？

正一は、改めてその女性を見やった。妻の春子よりは若く、はつらつとした感じの女性であった。

そのことも含め、何かが違っている。正一の違和感はますます強くなっていった。


その時、正一は、枕元の名札に目がいった。名札には「谷川護」と書かれていた。

「谷川」それは、私の姓だ。しかし、名前は、「護」ではない。

これは、どうしたことだ。名札の名前が間違っている。間違いを指摘しなくては。

看護婦がいる内に指摘しようと、正一が口を開こうとした時、傍らの女性が、正一に語りかけてきた。

「まもるさん、よかったですね。お許しが出たので、明日にも帰りましょう」

正一は、衝撃を受けた。女性は、自分のことを「まもる」と呼んだのだ。

これは、どうしたことだ。私は、正一で、護ではない。正一は、呆然として、言葉も出なかった。

その様子を見て、女性が再び、声をかけてきた。

「お疲れのようですね。しばらく休むといいですね。私は、いったん家に帰って、退院の準備をしてきます」

そう言って、病室を出ていった。

一人になった正一は、先ほどまでの様子を思い出してみた。

自分は、護という人物と思われている。どうしてなのか、正一には、理解できなかった。

それより、そもそも自分がなぜ病室にいることになったのか、そのことから考えてみる必要がありそうだ。

自分は、三日間、気を失ったままでいたらしい。そこから考えてみよう。正一は、記憶を辿ってみた。

確か、自分は、総領事の命令を受けて、南満州鉄道沿いのいくつかの町を調査していた筈だ。

そして、最終日、吉林で、中国人の襲撃を受け、刃物で切り裂かれようとした筈だった。

そうだ、その時だ。突然、雷鳴が轟き、落雷が、自分を襲った。自分は吹き飛ばされた。

そこまでは、覚えている。けれども、その後の事は、思い出せなかった。

ということは、その後、この病院に担ぎこまれたことになる。

では、ここは吉林市の病院なのだろうか？

確か、事件が起きたのは昭和十八年の筈だ。しかし、明らかに、今は、昭和十八年とは思えない。もっと先のように思える。

まず、そのことを確かめてみる必要がある。


正一は、枕元のブザーを押した。

すぐに看護婦が飛んできた。

「谷川さん、どうしました？」

「つかぬことを訊きますが、今年は何年ですか？　どうも、記憶が飛んでしまったようで」

「今年は、昭和五十年ですよ」

「えっ、昭和五十年、それ、本当ですか？」

「そうですよ、それも忘れてしまったようですね」

看護婦は、驚いた様子を見せたが、それ以上は、確かめようとはしなかった。

三日間も寝ていたのだから、まだ、すっかり、元に戻った訳ではなさそうだと、看護婦は、推測したようだった。

「でも、大丈夫ですよ。特に悪いところはなく、すぐに治ると先生もおっしゃっていますから」

そう言って、看護婦は、部屋を出て行った。

正一は、驚きながらも、納得せざるを得ないと思った。正一は、自分の今の居場所を確認する必要もあると考えた。先ほどの看護婦をもう一度呼んでそのことをたしかめてみた。

「度々すみません。ところで、ここはどこなのでしょうか？」

今度は、驚くこともなく答えてくれた。

「ここは、長春市の病院ですよ」

正一は、長春という名を聞いて、懐かしく感じた。

ただ、時代は違っている。長春は、新京と呼ばれていた筈だ。

雷に打たれる前は、昭和十八年の吉林市、雷に打たれた後の今は、昭和五十年の長春市ということになる。

「吉林市ではないのですか？」

「ええ、そのことですが、吉林で落雷を受けた後、ここ長春に運ばれてきたのですよ。吉林の病院よりも、こちらの病院の方が、設備も整っていますし、日本人の先生もおられますのでね」

正一は、漸く、事情が呑み込めた。

そうか、今は、昭和五十年で、ここは、長春市の病院なのだ。

つまり、自分は、三十数年先の時代に迷い込んでしまったのだ。だから、何もかもが、見慣れぬものばかりなのだ。

もしかしたら、これは、聞いたことがある、タイム・スリップというものなのかもしれない。

これは、大変なことになったぞ。

もし、今が、昭和五十年だとすると、どうすれば、元の昭和十八年に戻ることができるのだろうか？　正一が真っ先に考えたのは、昭和五十年に生きていくことではなく、昭和十八年の時代に戻ることだった。

正一は、目を閉じて、黙考し始めた。

初めに、昭和十八年から、昭和五十年までの間、自分は、どこで、何をしていたのか考えてみよう。そうすれば、何かが分かるかもしれない。

しかし、その間のことを、いくら思い出してみようとしても、何一つ思い出すことはできなかった。

そのことは何を意味しているのだろうか。

答えは、一つだ。

自分は、昭和十八年から、一気に、昭和五十年に飛び越えてしまったということだ。だから、その間のことは、何一つ思い出せないのだ。

いや、そうではない。思い出したくても、それはできないことなのだ。タイム・スリップとは、そういうことなのだろう。タイム・スリップには、時間も空間も無きに等しいのだ。

正一は、そう思うことで、漸く納得することができた。

正一は、次の疑問に心を向けた。

今回の自分のタイム・スリップは、話に聞いていたタイム・スリップとはどこか違うように思える。

さきほど、洗面所の鏡に映った自分の顔は、自分ではなく、護という別の人物の顔であった。

これには驚いた。

ショックであった。

自分が自分でないように感じた。

頬をつまんでみたが、痛かった。夢ではなかった。

ということは、タイム・スリップしてきたのは、私の魂だけだということだ。

では、私の身体は、今、どうなっているのだろう。

今の、この状況から推察してみると、答えは、自ずと見えてくる。つまり、自分の身体は、昭和十八年に残っているということだ。

そうなると、別の疑問が湧いてくる。

昭和十八年に残った自分の身体は、魂がない状態、空っぽの状態になっているということなのだろうか。

そのようなことは、考え難い。魂がない肉体だけの身体が存在できるとは考えられない。おそらく、自分の魂が、瞬間移動したと同時に、別の人物の魂が、私の身体に入っているに違いない。

では、それは誰なのか。

これも、答えは、自ずと明らかのように思える。

自分の魂が、今、現在、護という人物の身体に存在しているという事実から考えれば、明白ではないだろうか。

自分の魂と、護という人物の魂の交換がおきたと考えれば、辻褄が合うのではなかろうか。つまり、護という人間の魂が、私の身体を動かしていることになるのだ。

そこまで、正一の思考は辿り着いた。

ただ、タイム・スリップの衝撃のせいか、正一は、それ以上、考え続ける力を失っていた。両の瞼が閉じられ、正一は、深い眠りに陥ってしまったのだった。


翌朝、昨日の女性が迎えにやってきた。

女性の名前は、紅葉ということが分かった。子どももいて、緑という名であることも分かった。

目の前の女性が、護という人物の妻なのか？　そう思うと、なぜか、愛おしさを感じた正一であった。

もうこうなったら、この女性に、身を任せるしかない。


家までの距離は短かった。

けれど、途中目にしたものは、衝撃的であった。

街並みは、まるで、子ども向けの雑誌に描かれている未来都市のようだった。道路は広く、無数の自動車が走っていた。両側には、高層ビルが立ち並んでいた。

正一は、まるで、おとぎ話の中にいるような錯覚に襲われていた。

これは、すごい。

昭和五十年とは、こういう時代なのか。正一は、街の様子に圧倒されていた。

自分は、この時代に生きていくことができるのだろうか。

それは、なかなか、難しそうだ。

やはり、昭和十八年に戻りたい。


車は、やがて、住宅街に入った。

こちらは、先ほどの街の様子に比べると、昭和十八年ごろの面影を残していた。

正一は、ほっとした。

これなら、ここで、生活することはできそうだ。

車は、やがて、一軒の家の前で止まった。正一は、ふらつく身体で車を降りた。


家に入ると、正一は、紅葉に、次々に質問を浴びせかけた。

私の名前は何というのか。今は、何年なのか、ここはどこなのか。

さらに、紅葉と娘の緑のことも訊いてみた。

そして、大切なことを最後に確かめた。

本来であれば、一番初めに確かめなくてはならないことであったが、怖くて聞けず、後回しになってしまったのだった。

護とは誰であるのか、
さらに、護の父の名は…。

こうして、正一は、護という人物は、自分の息子で、昭和二十二年生まれであること、護の父は、正一、つまり、自分であることを知った。

その上、自分は、まだ、息子である護に一度もあったことがないことが分かった。

そして、紅葉は護の妻で、緑は、護の子どもであることも知ったのだった。

ここに至って、正一は、全てを理解したのだった。

タイム・スリップによって、自分の魂は、息子の魂と入れ替わってしまい、他方、昭和十八年では、息子の魂が、私の身体の中で置き換わっているということを。

すると、なぜか、急に、自分のことより護のことが心配になってきた。


昭和十八年は、平和な時代ではない。日本は、アメリカや中国と戦争状態の真っただ中だ。

それに、現在は、何事も起きていないが、ソ連も危険だ。

一方、昭和五十年の日本は、平和で長閑な時代であるようだ。

そんな時代の護という息子が、戦争の時代の満州にタイム・スリップして、別の次元で生きていくことができるのだろうか。

正一は、自分がこのような事態に陥っていながら、まだ見ぬ息子のことを案じている自分に苦笑した。

こうなった以上、護は護で、危機を乗り越えていかなくてはならないのだ。

正一は、時と場所が離れている息子に、何の手助けもできない自分にいら立ったが、どうしようもできないことと、諦めるしかなかったのだった。

夫の様子がおかしいことに、紅葉はすぐに気づいていた。やることが、全て変なのだ。全ての記憶を失ってしまっているようなのに、覚えていることもあるような感じを与えてくるのだ。

どちらの状態が、本当の状態なのか、つかみきれないところがあった。

例えば、動物園で、危うく虎にかみ殺されそうになったことなど、一言も話題にしようとはしないのだ。動物園での出来事は、すっかり忘れているらしい。

紅葉は、心配になった。このまま、夫の記憶が戻らなかったらどうしよう。考え始めると、紅葉の不安は増した。

友人の祖母が、今の夫と同じようだったことを紅葉は思い出していた。

その祖母は、自分の娘のことを全く思い出せなくて、あなたは誰？　ここはどこ？　といった当たり前のことを思い出せないでいた。

友人は、「祖母が、痴ほう症になってしまった」と嘆いていた。

もしかしたら、夫も、同じ状態になってしまうのではないか。

しかし、誰かに相談したくても、このような秘密は、安易に外に漏らすことは避けなくてはならないだろう。

紅葉の額の皺は、深く刻まれていったのだった。

ここ長春は、日本国内に比して、医療体制は不十分だ。

それに、誰かにすがりたくても、頼れる家族もいない。

そのような状況下で、どうやったら、夫の記憶を元に戻してあげられるのか、不安が増すばかりであった。

それでも、紅葉は、諦めた訳ではなかった。ここで私が諦めてしまったら、夫の記憶は永久に戻らなくなる。今はただ、夫の記憶を呼び戻す努力を続けなくてはならない。

紅葉は、固く決意したのであった。


紅葉は、夫が記憶を失くしていることを誰にも伝えなかった。

周りの人達が、護が記憶喪失になっていることを知ったら、日本に戻されてしまう恐れがある。それは、外交官としてのキャリアを危うくすることを意味する。夫が、帰国を望んでいるのかもまだ分からない。

ここは、私が頑張って、夫の記憶を戻してあげなくてはならない。紅葉は、必死な思いで夫を守ろうと心に決めた。見舞いに来た人から不審に思われないように、その都度、相手や仕事上のことなど、予想される話題を、夫にレクチャーした。

その甲斐あって、正一は、誰からも怪しまれることなく、秘かに、記憶を「作っていくこと」ができた。

紅葉のレクチャーは、次第に効果を現した。以前の護が、徐々に戻り始めたようだった。

紅葉は、夫が記憶を取り戻しつつあると喜んだ。

もちろん、それは思い違いである。正一は、「過去の記憶を思い出している」のではなく、「新たな記憶を紡ぎ始めていた」のだから。

正一は、紅葉から得た情報を整理してみた。その結果、自分が、今、昭和十八年ではなく、未来の昭和五十年にいることをはっきりと理解したのだった。

そして、自分が、谷川護と思われていることを受け入れる心の余裕も、持ち始めたのだった。

正一は、谷川護がどのような人物であるのか、確かめた。

年齢は二十八歳、外交官、ロンドン、北京を経て、ここ長春の代表所の領事であることを確認した。

正一は、息子の護が、自分と同じ外交官になり、あろうことか、自分と同じ満州で働いていたことを聞いて、驚いた。そこに、親子の間の強い絆と縁を感じとったのだった。

家族は、妻の紅葉と緑という名の五歳の娘がいることも知った。

そして、息子である谷川護というその外交官が、妻や子どもと動物園に行った時、妻子が虎に襲われ、それを助けようとしたらしい。

さらに、護は、近くにいた老人に挑みかかったが、傍にいた中国人の飼育係の逆襲を受け、殺されそうになったらしい。老人と護の間に、どのようないさかいがあったのかまでは分からなかった。

大事なのは、その後のことだ。

突然、黒雲が辺りを覆い、雷鳴が轟き、同時に、落雷が生じ、その衝撃で、護は、意識を失ってしまったということだ。

それらの事実から、正一は、自分と護が、ほぼ、同時刻にタイム・スリップに遭遇し、互いの魂が入れ替わったらしいことを推測できたのだった。


驚くべき事実が判明した。

息子の護の誕生が、昭和二十二年で、生まれたのが北区の滝野川であるという事実だ。

そのことから分かるのは、昭和二十二年には、自分と春子は日本にいたということになる。そして、出産に備えて、前年の昭和二十一年には、日本に戻っていたと想像できた。

それは、つまり、今の昭和五十年の状態から、昭和二十一年頃に、再び、タイム・スリップできたことを意味しているのではないか。

昭和十八年に中国にいて、雷に打たれた自分は、一度目のタイム・スリップで昭和五十年に瞬間移動し、その後、今度は二度目のタイム・スリップに遭遇したと考えられるのだ。

その結果、今度は、昭和二十一年前後に、長春にタイム・スリップした、ということのようだ。

つまり、自分は、昭和二十一年頃にタイム・スリップを体験することが予測されるのだ。

これは、すごいことだ。自分は、昭和二十一年に戻ることができそうなのだ。

諦めかけていた過去へのタイム・スリップが叶えられることが分かって、正一の心は躍ったのだった。

その夜のことだった。

正一は、疲れのせいか、深い眠りに入っていたが、何かの拍子に、かすかに目が覚めかけた。

正一は、自分の横に、誰かが横たわろうとする気配に気が付いた。

紅葉が、正一のベッドに入ってきたのだ。

紅葉の息遣いが正一のうなじをくすぐり、唇が自分の唇に近づく気配を、正一は、感じていた。

次に何が起きるか、すぐに理解できた。

しかし、正一はそれを受け入れることを拒んだ。この女性は、自分の妻ではない。息子の妻である。自分の妻は春子である。妻でない女性を抱くことはできない。

ましてや、相手は、息子の妻なのだ。

「ごめん。今夜はちょっと無理だ」

そう言って、正一は、紅葉を彼女のベッドに戻した。

夫の心の痛手を、少しでも癒してあげたいという折角の思いを拒まれた紅葉は、心に大きな傷を負った。

これまで、夫が、私からの誘いを受け入れてくれなかったことは、一度もなかった。それなのに、夫は、今、明らかに拒絶したのだ。

驚き、失望、疑問、恨み、一言では言い表せない悲しみが、紅葉の心に広がった。紅葉の心は、深く傷ついてしまったのだった。紅葉は、自分のベッドに戻ると、隠れるように涙を拭った。

それ以来、紅葉から夫を求めることは無くなってしまったのだった。

二人の間に、言いようのない隙間風が吹き始めてしまったのだった。

5　谷川正一の昭和五十年

タイム・スリップは、時に、理解不能な状況を創り出す。

「時と所のねじれ」の複雑な状況が、昭和五十年、護として存在している正一を襲った。その「ねじれ」が正一の心に、思わぬ衝撃を与えることになった。


昭和五十年、東京、北区、滝野川。帰国を果たし間もなく秋分の日を迎えようとしていたある日、紅葉が、正一に、「お墓参りに行こう」と誘ってきた。

正一は、何のこだわりも持たず、気楽に訊き返した。

「誰の墓参り?」

「あら、私、話していなかった?　亡くなった正一お父さんのお墓参りよ」

正一の驚きは、尋常ではなかった。

顔色が、みるみる内に変わっていった。瞼は、大きく見開かれ、身体が震え出した。

正一は、喘ぐ声を振り絞って、紅葉に尋ねた。

「もう一度言ってくれ」

夫の様子がただならぬ変化を見せ始めたことに気づいた紅葉は、声を低めて応えた。

「あなたのお父さんのお墓参りですよ。もうすぐ、秋分ですから」

正一は、驚きを抑えることができず、興奮した声で尋ねた。

「いつ亡くなったのだ、お父さんは？」

紅葉は驚いた。この人は、お父さんが亡くなっていることも忘れているのだ。それほど、この人の記憶喪失は、強かったのか。

紅葉は、それでも、声を荒立たせず、穏やかに伝えた。

「今から、五年前です」

「病気だったのか？」

「肺の病が悪化して、息を引き取りました」

紅葉は、その時の様子を思い出しながら説明した。

「それほど苦しまずに、息を引き取ったそうです。穏やかな死だったそうです」


そうか。自分は昭和四十五年に死んでいたのか。

正一は、悄然として「空」を見つめた。胸の動悸は、なかなか収まらなかった。

夫の異常な反応に驚いた紅葉は、それ以上、語るのをやめてしまった。

二人の間に、深い沈黙の時が流れた。

やがて、正一は、覚悟を決めたように、紅葉に問いかけた。

「その時のことを詳しく教えてくれないか」

紅葉は、話してよいか迷っているようだった。

直ちには応じず、間が空いた。

待ちきれず、沈黙を破って、正一は、もう一度、紅葉を促した。

「頼む、教えてほしい」

夫の強い気持ちに動かされて、紅葉は、語り始めた。

「あの頃、お父さんの正一さんは、肺の病に罹り、病院に入院していました。けれど、三か月が過ぎても、病気は治る気配を見せず、重くなる一方でした。私はその頃、あなたの海外赴任に帯同してロンドンに滞在していましたし、緑が生まれて間もない時でしたので、帰国は難しく、看病することはできませんでした。あなたは、初めてのお仕事で、大変な時でしたので、伝えるのは控えました。そういう訳で、これから話すことは、後に、育子さんから聞いた話です」


「正一お父さんの奥様の春子さんと娘の育子さんは、毎日のように病院に行っていたようです。お医者さんは、当時としては最も効果があると言われていたお薬を投薬してくれたそうです。それでも、正一お父さんの病状はよくならなかったそうです。お父さんの呼吸は、日ごとに、乱れが強まりました。そして、お医者さんは、どことなく諦めているような印象を、育子さんに与えていたそうです。恐らく、覚悟をしておくようにというサインを投げかけていたのだろうと、育子さんは言っていました」

「お父さんの呼吸は、ますます荒くなっていきました。その状態を見て、お医者さんは、看護婦に、酸素マスクを使用するよう命じたそうです。それで呼吸は、大分、楽になったということです。けれど、病状の悪化は止めることができず、身体が思うように動かなくなっていくのが目に見えて分かったそうです。お父さんの意識が、日ごとに、薄らぎ始め、やがて、混濁するようになって、夢も見るようになっていったそうです。それを見て、春子さんと育子さんは、間もなく、その日が来るのは避けられないと、覚悟したそうです」

紅葉は、淡々と話し続けた。正一は、黙って話を聞き続けた。

「そして、その時がとうとう訪れました。お医者さんは、マスクを外すように、看護婦に命じました。それで、お二人には、お父さんとの別れの時が来たことが分かったとのことです。マスクが外されると、お父さんは、二人の手を握りしめたそうです。お父さんにも、その時が来たと分かったみたいだと、育子さんは言っていました。そして、僅かでしたが、唇を動かし、最後の言葉を二人に伝えたそうです　小さく、弱々しい、かすれた声でしたが、お二人には、こう聞こえたそうです。『これで、本当に死ぬことができる』と。息が止まった後の、お父さんの顔は、とても穏やかに見えたそうです。これが、育子さんから伺ったお父さんのご臨終の様子です」

紅葉の話は、終わった。

瞼に涙がうっすらと滲んでいた。正一は、言葉を発しようとはしなかった。

辺りは、沈黙に支配されていた。

それでも、意を決したように、正一は訊いてみた。

「どうして病気のことや亡くなったことを話してくれなかったのだ?」

「お父さんから止められたのです。護にとって、今は大事な時だ。もし、私に万が一のことがあっても伏せておいてほしいと。それに、春子さんからも、そうして欲しいと強く止められました」

「そうだったのか……」

正一は、それでも言ってほしかったと思ったが、口には出さなかった。


正一は、タイム・スリップのもたらす残酷さに、胸がふさがれてしまった。

自分の死の様子を、今になって、息子の妻から、具体的に、詳しく、聞かされるなんて、思ってもいなかった。

今聞いた話で、強烈な印象を与えたのは、自分の臨終に際しての言葉だった。

「これで本当に死ぬことができる」

自分は、死ぬ間際にそんなことを言ったのか。

だが、なぜ、そんなことを言ったのだろう。分からない。

自分は、きっと、タイム・スリップした時に、「死」に関わる体験をしていたのだろう。

何と残酷なのだ。それが、どのような体験だったのか、全く思い出せないのだ。

自分は、昭和四十五年のことを何一つ思い出せないでいる。

そして、死んでから五年も経った今、私は、初めて、自分が既に死んでいることを人から、教えてもらったのだ。

正一は、混乱する頭で思いを巡らせた。

昭和四十五年の死が、「一度目の死」であるのなら、これは、自分にとって、いわば、「二度目の死」と言えるのではないだろうか。

私は、自分の人生の中で、二度の死を体験してしまったのだ。

そして、今後、もし、自分が昭和四十五年に存在することができれば、「三度目の死」を迎えることになるのだろう。

だから、その時、自分は、「これで本当に死ぬことができる」と言ったのではないだろうか。

では、自分の今の存在は、生きている者としての存在なのだろうか。これから、昭和四十五年を迎えると考えれば、私は、生きていることになる。

しかし、昭和四十五年を基軸として置くならば、昭和五十年の自分は、既に死んでいることになる。

これについても分からない。分からないことだらけなのだ。

何故なら、既に死んでいる自分は今、こうして生きているのだから。

不謹慎だが、その時、正一は、一つの言葉を思い浮かべていた。

それは、『優先順位』という言葉であった。

正一は、自分に問いかけていた。自分は、昭和五十年の『生』を優先すべきなのだろうか。それとも、昭和四十五年の『死』を優先すべきなのだろうか。

これは、重大なことである。

一方を選べば、自分は死んでいるのだし、他方を選べば、自分は生きているのだから。

ハムレットの言葉を正一は思い浮かべた。

『死するべきか、生きるべきか』

正一は、神にすがりたいと思った。

けれども神は、一言も声を発してはくれなかった。正一は、神を恨んだ。

神は、そこまで私をいたぶるのか。私が何をしたというのだ。


正一に、一つの疑問が浮かんだ。

ところで、自分の墓はどこにあるのだろう。墓には、何が収められているのだろう。遺骨なのだろうか。それとも空なのだろうか。

遺骨だとすると、今の自分は、肉体がなくなっていることになる。

私の肉体はすでに亡くなっているのだとすると、昭和十八年にタイム・スリップしようとしても、戻れる身体はないということになるのではないだろうか。

疑問は、それだけではない。

自分の戒名は、何というのだろう。

そして、自分が墓参りをしたら、どういうことになるのだろう。「自分が自分の墓参りをする」ことなど許されるのだろうか。もし許されるとしても、何と言葉をかければいいのだろうか。

正一の身体が、小刻みに震え始め、次第に強まっていった。正一は、震えを止めることができなかった。


その様子を、じっと見ていた紅葉の口が開いた。

「あなた、お墓参りはやめにしましょう」

夫の異常な反応の様子から、お墓参りはしてはならないと、紅葉は感じ取ったようであった。

その日以来、正一は、部屋に閉じ籠り、動こうとしなくなってしまった。

紅葉は、黙って、その状態を受け入れた。今は、夫に言葉をかけてはならない。

娘の緑が、「お父さん、どうしたの？」と心配そうに訊いてきたが、「大丈夫、その内、元に戻るからね」と、自分に言い聞かせるように、緑を諭したのだった。


部屋に閉じ籠った正一は、衝撃の大きさに打ちひしがれ、ベッドに横たわったまま、いつまでも起き上がることができなかった。妄想が、ぐるぐると渦を巻き、頭の中は、混乱するばかりであった。もしかしたら、自分は、今、幽霊として、ここにいるのではないだろうか。

『幽霊』は、死者でもなく、生者でもない存在だ。時々感じるあの不思議な『浮遊感』は、自分が幽霊となって、この世を彷徨っていることを示しているのかもしれない。

一週間が過ぎようとした頃、正一は、漸く、部屋から顔を出すようになった。それほど、正一の受けたショックは大きく強かったと言える。

苦渋に満ちた熟考を重ねた正一は、一つの結論に辿り着いていた。

これ以上、自分の「生」と「死」について考えるのはやめよう。この疑問に対する答えはないのだ。仮令、有ったとしても、それを今見つけることはできないのだ。

それよりも、もっと、現実的なことを考えるべきではないだろうか。

これまで自分は『仕事第一』を旨として生きてきた。その生き方が、今回の混乱を招いているように思える。だから、これからは、自分の生き方にきちんと向き合って生きなければならないのではないか。

遅きに失したかもしれないが、今からでも遅くはない。仕事だけでなく、他のことに対しても、真剣に考え生きていこうではないか。

その上で、自分の「生」と「死」に対して、きちんと、真正面から向き合わなければならないのではないか。

時々生じる「浮遊感」は、タイム・スリップによって生じた『空白の時間』が原因であるのではないだろうか。そうであるならば、タイム・スリップによって失った空白を、一つ一つ埋めていかなくてはならないのではないか。

言い換えれば、自分の足で歩き、自分の眼や耳で見聞きし、自分で体験した「事実」で、この間の空白を埋めることが必要なのではないだろうか。

タイム・スリップによって飛び越えてしまった「時」は、いわば『虚の空間』だ。その『虚の空間』をそのままにしていては、自分と向き合うことはできないだろう。その『虚』を、『実』によって埋め戻す作業を通して、自分の「死」と初めて向き合えるようになるのではないか。

そのためには、昭和十八年に再び戻る必要がある。

戻った上で、今度は、自分の足で歩き、自分の眼や耳で体験した「事実」で、タイム・スリップで見失った「実」を取り戻していくのだ。埋め戻していくのだ。

その一歩一歩、一個一個の「事実」の積み重ねによって、自分の「死」と向き合える日が訪れるのではないだろうか。


しかし、過去に戻る日が来る前に、自分の命が尽きてしまったら、どうなるのだろう。

例えば、昭和六十年に死んだとしたら、昭和四十五年のお墓と、六十年のお墓が二つ存在することにならないだろうか。

正一は、今思い浮かべた「二つのお墓」という言葉に引っかかるものを感じた。

「お墓」という語ではなく、『二つ』という語の方に意識が向かった。

正一は、考えを巡らせた。こう考えたらどうだろう。

自分は昭和十八年に雷に打たれ、タイム・スリップを受けたのだが、その時、正一という人間が、『二つに分離』したと考えたらどうなるだろうか。

『分離体』の一つは、一気に時空を飛び越え、昭和五十年にタイム・スリップした自分。この場合、自分には、何も残っていないことになる。つまり、私の『足跡』は何一つ残っていない。

『分離体』の二つ目は、タイム・スリップせず、普通に生き続けた自分。こちらの場合は、昭和十八年から、昭和四十五年までの二十七年間、生きた証が『足跡』として、そっくり、自分に残ることになる。

そう考えると、昭和五十年の自分が、昭和四十五年に自分の死を知ったことの説明がつくのではないだろうか。

つまり、「二つに分離」した私は、『二つの異なる路線』に乗って、別々の人生を生き、今に至ったと考えれば、今の状況を説明できるのではないだろうか。

例えて言えば、一方は『飛行機利用の路線』、他方は、『各駅停車利用の路線』ということだ。

この考えが、どこまで、正しいのかは、分からない。余りにも身勝手な空想のように思える。

しかし、とにかく、一つの考え方に辿り着き、正一の心は落ち着きを取り戻すことができたのだった。

この考え方を確かめるために、昭和十八年に戻ることができればいいのだが……。

戻って、各駅停車の列車に乗れば、飛び越してしまった期間の現実を追体験できるだろう。

その結果、昭和四十五年の「自分の死」に巡り合うことができるのではないか。

しかし、昭和十八年に戻ることは容易ではない。

過去に戻るには、タイム・スリップに頼るしかない。もう一度タイム・スリップを経験する必要があるのだ。

だが、その時は、本当に来るのだろうか。来ないかもしれないではないか。

分からない。次のタイム・スリップがいつ生じるのかを予想することなどできる筈がない。

「神のみぞ知る」ことなのだ。

私は、昭和二十三年、東京の滝野川にいたのだ。

その時、妻が、息子の護を生んでいたのだから、私も、その時、滝野川にいたはずなのだ。

けれども、タイム・スリップが生じる瞬間を予測することはできないだろう。

タイム・スリップが来る日は、明日かもしれない。あるいは、明後日かもしれない。来るとしても、おそらく、予期せぬ時に、突然、やってくる筈だ。

これからの日々、私は、その時の訪れるのを待ち続けることになるのだろう。それは、つらい日々になるだろう。それでもチャンスを待つしかないのだ。


では、その時が訪れるまで、自分はどのように生きていけばいいのだろう?

怠惰に過ごすことは許されないだろう。神は、見ている筈だ。

今のこの時を真摯に生きて、初めてその日を迎えることができるのではないか。

今、私は自分のことだけを考えている。それで真摯に生きていると言えるのだろうか。

今、一緒に生活している紅葉と緑は、形の上では、私の妻子だ。それなのに、私の頭には、春子と育子のことでいっぱいで、私の頭から、紅葉と緑のことは、全く消えてしまっている。もし、何かあったら、誰が二人を護るのだろう。それは、自分しかいない筈だ。二人は、天からの預かり者なのだ。無事な状態で、護に返してあげなくてはならない。

今、共に生きている護の妻子を不幸にすることは許されない。二人に、幸せをもたらしてあげるよう努力しなくては、真摯に生きていると言えないだろう。

神は、天上から、私をじっと見つめているだろう。

もし、私が怠惰な生き方をしたら、第二のタイム・スリップのチャンスを、神は、永遠に与えてくれないに違いない。

真摯に生きることを、私は求められているのだ。そこに、私の生きる道がある。

正一は、自分の歩むべき道が、ぼんやりではあるが見えてきたように思えた。

自分が為すべきことが分かってくると、この先に希望が持てるようになる。

正一は、心の中で、小さくつぶやいた。

「期待は持ちすぎないようにしよう。けれど、絶望することはやめよう。何故なら、その日が来ることは確実なのだから」

正一の肌に赤みが戻り、食欲も戻り始めてきた。

それを見て、紅葉は、ほっとした。

夫が、元に戻ってくれそうだ。

「神様、ありがとうございます」と心の中で、感謝の言葉を述べたのだった

6　史実

真剣に生きることを心に誓った正一は、昭和十八年から、昭和五十年の今日に至るまでの空白を埋めようと資料を読み漁った。

幸い、領事館や代表所は、たくさんの資料を保管していた。

正一は、タイム・スリップで飛び越えてしまった三十二年の年月の間に、日本や世界で何が起きていたのかを知らなくてはならないと考え、資料を調べ始めた。

その作業を通して、正一は、日本や世界の動向を知ることができた。そして、正一は、日本や世界の急激な変化に驚かされるばかりであった。

昭和十八年の日本は、正一が思っていた以上に、追い詰められていたことが分かってきた。太平洋では、アメリカが、日本が占領していた島々を次々と奪還し、沖縄に迫っていた。

その勢いで、アメリカは、圧倒的な軍事力で、沖縄の日本軍を粉砕し、占領した。その際、多数の民間人が犠牲になってしまった。

アメリカは、グアム島から、大型爆撃機Ｂ29を飛ばして、日本の本土を爆撃した。Ｂ29は、都市部に焼夷弾を投下し、街を火の海にし、人々を殺戮した。そして、最後には、広島と長崎に原爆を投下し、日本の戦意を完全に奪ったのだった。

昭和二十年八月十五日、日本は、全面降伏し、日米戦争は、終結したのだった。

一方、自分が関わった満州でも、最後の戦闘が繰り広げられていた。総領事が指摘したとおりになっていたのだ。

八月十五日の直前、八月九日、ソ連が、日本と結んでいた「日ソ中立条約（日ソ相互不可侵条約）」を一方的に破って、満州に進軍し、戦力が低下していた関東軍を蹴散らし始めたのだ。関東軍の多くは、ソ連の捕虜となり、シベリア地方に輸送され、森林伐採などの重労働に従事させられてしまった。

ソ連は、日本の兵士達に容赦しなかった。劣悪な環境の下、捕虜となった兵士達は、次々に、異国の地で命を落としていった。中には、「反革命分子」ということで、処刑された捕虜も数多くいた。

正一は、自分の関わった満州の悲惨な状況を知り、言葉を失った。それは、民間人の悲惨な運命のことだった。

スターリンのソ連軍、蒋介石の国民党軍、さらには、毛沢東率いる中国共産党の八路軍の攻撃に抗すべき方法を持たぬまま、数十万人の民間人は、路頭に迷い、ある者は殺され、ある者は奪われ、ある者は暴力を振るわれ、ある者は親子離れ離れとなり、日本に帰国できない状況に追い込まれてしまっていたのだった。

絶望した民間人は、次々と集団自決を図っていった。まるで、地獄のような悲惨な状況だった。

調べを進める中で、外交官として押さえておかなくてはならないことがあることを正一は、知った。

その一つは、中国が戦勝国になり、英米仏ソの四大国と並んで、国連の常任理事国になり、強大国の一角を占めるまでになっていたことだった。

その中国が、国民党支配の中国ではなく、共産党支配の社会主義国家の中国であったことにも驚かされた。

さらに驚いたのは、日本とアメリカの立ち位置の変化のことであった。

驚かされたのは、日本が、連合国を中心とした国々と講和条約を結ぶと同時に、自国の安全をアメリカに委ねる条約、日米安保条約を、旧敵国のアメリカと結んでいたことであった。

それは、日本が他国から攻撃を受けた時、アメリカが護ってくれるという約束の見返りに、アメリカ軍の基地を、日本国内に置くことを認めるという内容の条約であった。

正一は、この条約・日米安保条約に、疑問を抱いたのだった。

日本が危険に陥った時、本当にアメリカは日本を護ろうとしてくれるのだろうか。大局的、現実的な思考を求められる外交官として、正一は、疑問を持たざるを得なかったのだった。

もし、アメリカが期待するような行動を起こさなければ、日本は、他国から攻撃を受け、国土が荒廃し、国民が殺戮され、再び、敗戦国になってしまう。

大国を簡単に信じていいものだろうか。現に、ソ連は、一方的に中立条約を破って、満州に攻め込んできたではなかったか。

ソ連は、樺太や千島列島の領有を主張していた。それどころか、北海道の北半分を自国の領土にすべく、戦後の冷戦に備えた行動を起こし始めていた。

初めの内、アメリカは、ソ連が主張する、樺太や千島の領有に異を唱えなかった。戦争が長引くことを恐れていたからだった。

ところが、原子爆弾の製造に成功すると、アメリカの態度が変わった。ソ連抜きでも、戦争を終結できる見通しが立ったからであった。アメリカは、ソ連の要望を受け入れなくなった。ソ連が主張した、北海道の北半分の領有を拒否した。

こうして、戦時中から「冷戦」は始まっていたのだった。

日本は、この後、冷戦のはざまに漂う、藻屑のような存在になってしまったのだった。

正一は、調べで分かってきた現状を「よし」とは思えなかった。何か、手を打たなければならないと考えた。この状況下で、長春の代表所勤めの一領事でしかない自分にできることは何だろう？　軍事力を背景に、強い外交力を有していた時と違い、武力を行使できない国になってしまった今、何ができるというのだろう。残るは、外交、経済、文化、教育等で勝負するしかないのではないか。

そうだ、逆に考えれば、そこにこそ日本が生きていける道があるし、自分が進むべき道があるのではないか。戦争に負けはしたが、日本はまだまだ中国や他国に勝っているものが多い。だから、自分は、一外交官として、経済、文化、教育、科学の力で対していけばよいのではないか。

それが外交というものだ。軍隊を持たなくても、まだまだ戦うことは可能なのだ。

そうか、そこだ。漸く、正一は、外交官としての自分の進むべき道がはっきりと見えてきたのだった。

新聞の論調を見ると、日中両国民は、「日中の友好」が一層進展していくことを強く望んでいることが分かる。

そして、それこそが、かつて、この地で生活した自分に課せられた責務なのではないだろうか。

そうだ、日中の国交が回復した今、かつての侵略の地を、花の香薫る友好の地にしよう。

そのために、長春に、外交の為の拠点を作ることから始めよう。

そして、そこを拠点にして、一歩ずつ、友好関係を構築していけばいいのではないだろうか。

その為に、ほしいものがある。それは、活動の拠点となる総領事館だ。

瀋陽（奉天）には、総領事館がある。だが、今、ほしいのは、満州の中心地である長春だ。長春には、日本の出先機関の「代表所」しかない。情報収集活動をした正一には、活動の拠点が必要なことをよく理解していた。

念のために、正一は、旧満州、特に、長春に、総領事館を設立する可能性について、調べてみた。いくつかの課題が見えてきた。

新しい領事館の設立はそう簡単なことではないのだ。

互換的・平等主義の問題が内在しているからだ。一方の国だけが領事館を造ることはできない。もし、長春に領事館を造るとしたら、それに見合う日本の都市に、中国の領事館を置くことを認めなくてはならなくなる。この話を進めようとするならば、両国が納得するインパクトのある理由付けが必要だ。

長春で事業を興すことも有効だろう。例えば、北京に、日本の政府の援助による病院が造られた。これが好評で、病院には「中日友好記念北京病院」という名前がつけられ、日本の支援が広く中国全土に認識されていた。

それと同じようなインパクトを与える何かがほしい。

正一は、自分が目指さなくてはならない具体的な方向を見つけたような気がした。かすかではあるが、暁に曙光が見えたような気がしたのだった。

しかし、すぐには、有効な計画は、思いつかなかった。

7　谷川護の昭和十八年

昭和十八年、奉天。

護の体調は、着実に元に戻りつつあった。

役所からは、完治するまで休んでよいと、休暇の許しが出ていた。

護は、休暇を利用して、長春動物園を訪ねた。運転手付きの公用車の使用が認められていた。怪我をした「正一」を慮っての、特別な配慮であった。

護にとって、動物園行きは、感慨深いものがあった。「未来に遡る」こと三十二年前の昭和五十年、全ては、ここ、長春動物園から始まったのだ。


護が、象舎の前に着いた時、象の世話をしていた一人の青年が護に声を掛けてきた。

「谷川領事さん、もうお身体いいのですか？」

護は、その青年の名を思い出せなかった。

「悪いが、君のこと、思い出せない、誰だったかな」

日本語で問いかけた。

すると、青年は、護に訊いた。

「すみません。中国語で話してくれますか？」

はっとして、護は中国語で尋ね直した。すると青年は癖のある中国語で応えた。

「まだ、記憶が戻っていないのですね。私は、飼育係の陸です」

「陸？　聞いたことのある名前だ。もしかして、陸天心さんは君に縁がある人なのかな？」

「天心は、私の叔父さんの名前です。でも、どうして、その名前を知っているのです？　叔父さんは、あなたに会ったことはない筈なのに」

「いや、天心さんには、いつであったかは忘れたが、ここで会ったことがあるような気がする」

思わず、そう言ってしまった護であったが、まずいことを言ってしまったと気づき、慌てて、発言を取り消そうとした。

天心に会ったのは、昭和五十年だったのだ。危ない、危ない。これだから、タイム・スリップは怖いのだ。過去の事と、現在の事が、ごちゃごちゃになってしまうのだ。

護は、前言を取り消した。

「口は災いの元だ」

護は、そう気づいて、口を押さえる仕草をしたのだった。

幸い、陸青年は、気づかなかったようで、それ以上、問い質してはこなかった。

「それでは象の世話に戻ります」

陸青年は象舎の中に戻ろうとした。護もその後について象舎に近づこうとした。

すると、思いがけず、険しい声が陸青年から発せられた。護の前に立ちはだかり、両手を挙げて大きな声で叫んだ。

「そこで止まってください。あなたにこの象は渡さない」

さきほどまでの柔和な表情とは打って変わり、眼光が鋭くなり、明らかに敵意に満ちた眼差しであった。表情全体も鋭さを増していた。

「どうした、陸さん。なぜ、そんなことを言う」

訳が分からず、護は問いかけた。

陸青年は、護の言葉を聞くと、ますます敵意を丸出しにした。

「何を言うのです。あなたはこの間、ここに来た時、このまま戦争が続けば、近い内に軍隊が来て、この象や他の動物達を殺すことになるだろうと、言ったではないですか？　それをもう忘れたと言うのですか。あなたは、雷に打たれて、頭がおかしくなってしまったのですか？」

「何だって？　本当に、私がそんなことを言ったのか？」

陸青年の表情はますます険しくなった。

「やはり、雷に打たれて頭がおかしくなったのですね。あなたは、今日、また、領事館の使いとしてここにやって来て、軍の命令をもう一度伝えるつもりだったのでしょう？」

「どんな命令だ？」

護は、何のことだか分からなかった。

「悪いが、もう一度、私の言ったことを教えてくれ」

まるで他人事のように言う護の言葉を聞いて、陸青年の表情はますます厳しさを増した。

「このまま戦争が激しくなったら、動物園を閉鎖して、猛獣達を殺さなくてはならなくなる。軍が、近い内にやって来て。動物園に保管してある薬で動物達を薬殺するだろう、と言ったではないですか。あなたは、その為に必要な薬物を用意しておくようにとも言ったのですよ。あなたは、今日、それを確かめに来たのでしょう？」

護は、愕然とした。

私が、そんな事を言った？

それは、本当か？　そんな筈はない。

私が、動物達を殺す命令を伝えにやって来たなんて。私は、動物を殺そうなんて一度だって考えたことはない。

これは、何かの間違いだ。

しかし、陸青年の言ったことは事実であった。タイム・スリップ前、動物園を訪れた正一は、確かに、軍の命令を伝えていたのだ。

けれども、タイム・スリップで入れ替わって、ここにやって来た護は、そのことを知らない。

呆然と立ち尽くす護を見て、陸青年は畳み掛けた。

「もういいです。仲間達とこれからの対策を考えなくてはならない。あなたの相手をしている暇はないのです。さあ、帰ってください。あなたにはもう用はありません」

そう言われても、護はその場を離れることはできなかった。

すると、陸青年は、護の手を掴んで、「さあ、帰れ」と思い切り突き飛ばした。陸青年は、護に対して、明らかに敵意をむき出しにしていた。

呆然として、立ちすくんでいる護の傍に、護に付き添っていた運転手が近寄ってきた。

「領事殿、大丈夫ですか？　飼育員が失礼なことを言ったのではないですか？　もし、そうならば、警察に引き渡しますが」

「いや、たいしたことではない」

「そうですか？　それならいいのですが」

運転手は、陸青年を憎々し気に　睨みつけていた。


護は、象舎を背にして、歩き始めた。

頭の中は、乱れに乱れていた。

その思いを消せぬ間に、護は、家に着いた。出かける前の晴れ晴れとした様子が護から消えていることに、妻の春子はすぐに気がついた。

何か嫌なことがあったようだ。

護は、春子の手を借りながら、部屋着に着替え、鏡を見た。二十九歳の父の姿が鏡に映った。

今、私は、二十八歳だから、父と自分は、ほとんど年齢が違っていない。けれども、鏡に映っている父の顔は、年齢より老けているように見える。明らかに苦労している顔であった。

先ほどのような重苦しい事態に追い込まれ続けている内に、父は、このように苦労した顔になったのではないだろうか。

鏡の中の父に向かって、護は語りかけた。

「お父さん、あなたは、本当にそのようなことを言ったのですか？」

「お父さん、それは、正しいことではありません。間違いです。仮令、軍から命令されたとしても、そんなことは、絶対、言ってはいけないのです」


昭和五十年に陸老人が言ったことは、嘘ではなかった。間もなく、動物達は、軍によって虐殺されてしまうのだ。それは、陸天心老人によって人質にされている紅葉と緑の命が奪われてしまうことを意味している。

父は、軍の命令を伝えるために動物園を訪れていたのだ。そして、今度は、私がそう命じていることになってしまうのだ。

護は愕然とした。

私は、二人の命を救うどころか、殺されてしまうことの手助けをしようとしている。このようなことがあってもよいのだろうか。

私は、こんなことをする為に、タイム・スリップしたということなのか。

護は、この状況を変えなくてはならないと焦った。

動物園の猛獣達の命を救ってあげなければ、二人は殺されてしまう。

護は、立ち続けていることができないほどの疲労感に襲われ、ベッドに横たわったのだった。

護は疲労から眠り始めてしまった。

夢を見た。

紅葉と緑が助けを求めている夢だった。

二人は、護に向かって両手を伸ばして、「助けて」と叫んだ。

護は、その手を摑もうとした。

しかし、すんでのところで手は離れてしまった。

そこで目が覚めた。

護は、ぐっしょりと汗をかいていた。

護は、心を落ち着かせようと体を起こし書斎に向かった。喉が干上がっていた。

コップに水を入れ、護は、一口、二口、三口と、立て続けに飲み込んだ。水が喉元を通過し、護は、漸く、心の落ち着きを取り戻すことができた。


落ち着いてくると、置かれている事態が呑み込めてきた。

今日、動物園で陸天心老人の甥の陸青年に会った。

陸青年から、タイム・スリップ前の父の正一が、「間もなく軍が動物達を殺害に来る。その為に必要な薬剤を用意しておくように」という命令を伝えにきていたことが分かった。

それを言ったのは自分ではなかったが、相手から見れば、正一も護も、区別がつかなかったのだから、自分が恨まれるのは当然だと考えた。

私は、護だが、護ではないのだ。ここでは、私は正一なのだ。

正直なところ、父でいることは苦しい。昭和五十年の心を持ったまま人々に会うのは、怖い。

しかし、逃げることはできない。逃げれば、紅葉と緑は殺される。

それならば、逃げずに、いっそ、今のこの時代のまっただ中に飛び込むべきではないか。

何がどうなるかは分からないが、昭和十八年の時代の中で、自分の生き方を探さなくてはならないのではないだろうか。


護は、迷った。

自分は、昭和二十二年生まれだ。昭和十八年の現在、私はまだ生まれていない。昭和十八年には、私は、存在している筈がない。

自分が生まれる前の時空に、自分は今、存在している。

そのようなことは、理屈で納得できることではない。しかし、そのことを受け入れなければ、自分は、ここで生きていくことはできない。

それと、もう一つ、恐ろしい懸念がある。

護は、病院から家に戻ったあの日のことを思い出していた。母の春子が私を父の正一だと思って、体を摺り寄せてきたあの日のことだ。

それは、決して受け入れてよいことではない。許されることでもない。しかし、母の春子が、私を父の正一と思い込んだまま、再び、夫婦の契りを求めてくることはないのだろうか?

そんなことはあってはならない。もし、そのようなことが現実に起きそうになったら、「私は、あなたの子どもです」と言わざるを得なくなる。

そんなことが許される筈はない。

ギリシャ神話に出てくるような悲劇を、母との間にもたらしては絶対にならない。

護は、母との間に、距離を置かなくてはならないと肝に銘じたのだった。

タイム・スリップが神の為した業であるのなら、そのことを打ち明けてはならない。それは、神の意志に逆らうことになる。その結果生じる事態は、想像もつかないほど衝撃的なものであるかもしれない。天地がひっくり返るような異変が起きるかもしれない。

護は、ますます目が冴えて、眠ることができなくなってしまった。


眠るのをあきらめた護は、父の日記『足跡』を読み始めた。

読み始めると、正一の思いがひしひしと伝わってきた。父の正一が、目の前にいて、自分に、直接、語り聞かせてくれているような錯覚を覚えた。

日記の中の父は、躍動感に溢れ、行動的な姿を見せていた。その姿は、後に、「むっつり右門」と綽名された人物とは思えないほど、自分の気持ちを表に出す人物であった。

そうか。これが、父の本当の姿だったのだ。護は、嬉しさで、胸が躍るのを感じたのだった。

中でも、護の関心を引いたのは、父が、ニューヨークの総領事館にいた頃の、英国人との交流の様子であった。

青年正一の生き生きとした息遣いが手に取るように伝わってくるエピソードが、いくつも書かれていた。

護は、日記を読み続けた。

そして、気がつくと、夜は明け、空が、白々と明るくなっていた。いつの間にか、朝を迎えていたのだった。

護は、とうとう一睡もしなかったのだった。

護は着替えを始めた。

やるべきことは、はっきりとしていた。一刻も無駄にできない。

動物達を救い出さなくてはならない。時間はあまりない。すぐに行動しなくてはならない。

朝食を取りながら、護は、知らずしらず、思いに耽っていた。心の中では、焦りとやる気が交錯していた。

そんな護の様子を、春子は心配そうに見守っていた。

護は、春子に申し訳ないという気持ちになっていた。

しかし、自分には、「使命」がある。長春動物園の動物達の命を救わなければ、紅葉と緑は、殺されてしまうのだ。申し訳ないが、母に関わっている余裕はないのだ。

護は、心の中で、ごめんなさいと、母に許しを乞うたのだった。

朝食を済ませ、背広に着替え、身づくろいをして、護は出勤した。

建物は、レンガ造りの堅牢な建物であった。領事室は、二階に位置していた。ドアの前に立つと、さすがに緊張した。二、三度深呼吸した後、意を決して、護は、扉を開けた。

それほど広い部屋でなく、デスクが七、八台並んでいるのが見えた。

既に出勤していた二名の領事らしき人物が、こちらを振り返った。

空気を払うように、「おはようございます」と、声を発して、護は、足を一歩踏みだした。すると、給仕らしき少年が護に近づいて、「おはようございます」と挨拶をした。

護と給仕の声につられ、中の二人も、その場に立ち上がり、挨拶をした。

護は、二人の前まで進んだ。

「ご迷惑をおかけしました」

すると二人から、次々に声をかけられた。

「退院おめでとう」

「お元気そうで安心しました」

護は、温かいものを二人に感じた。

給仕が、お茶を入れて、護のデスクに置いてくれた。護は、自分の席がそこであることを知った。

しばらく三人の会話が続いた。一人は、同僚の山下領事、もう一人は、村上副領事であることが分かった。護の緊張は、まだ、続いていた。二人に、疑念を持たれないように、注意して会話を進めた。

上司の鈴木首席領事も出勤してきた。身体が小柄の人物であった。

「谷川君、治ってよかったね。どうなるか心配したよ」

「本当に申し訳ありませんでした」

「身体の調子を見ながら、これからも頑張ってくれたまえ」

「はい。頑張ります」

「この間の君の仕事は、山下領事が補ってくれていたから、あとで、山下領事に訊いてほしい」

「分かりました」

護は、首席領事との話から離れ、山下のデスクに近づいた。

「山下君、有難う」

山下は、仕事の進捗状況を護に伝えてくれた。特に問題は起きていないようだった。

護は、気にかけていた同行の二人の怪我の様子を、首席領事に訊いてみた。

母の春江からは、同行の二人が大怪我をして、今も、入院中だと聞かされていた。

「怪我をした二人はその後どうですか」

首席領事は、声を低めて教えてくれた。

「それがね、思ったよりも怪我が重くて、まだ、入院しているのだ。退院は、当分無理なようだ」

護の表情が曇った。

「申し訳ありませんでした。私が、もっと注意を払っていればこんなことは起きなかったのですが」

護は、深々と頭を下げた。

「君が謝らなくていいよ。あれは、不可抗力だったのだから」

「近い内に見舞いに行きたいのですが、よろしいでしょうか」

「もちろんだ。もう少し、君も落ち着いてからにしたらいい」

「有難うございます」

「それと調査の報告書だが、これも、無理しなくていいからな」

「何から何まで気を遣っていただき有難うございます」

そうこうするうちに、他の職員も出勤して、総勢、七人ほどが揃い、しばし、護の話でもちきりとなった。


午後になった。

昼食を終えた護のもとに首席領事が近づいてきた。

「で、どうだった。動物園の反応は？」

護は、それが何を意味しているかすぐに理解できた。陸青年とのやり取りがあったので、動物園を閉鎖し、動物達を処分する話であることは推測できたのだった。

「はい、やはり、驚いていました」

「それで？　そのまま聞き入れてくれたか？」

「いえ、抵抗されました」

「それはそうだろうな、可愛がって育てている動物達を自分達の手で殺さなくてはならないのだからな」

「はい、若い飼育係などは、身体を張ってでも守ると息巻いていました」

「そうか、実際には、軍が処理する訳だが、それまでの間は、こちらが対応することになっている。くれぐれも事が荒立たないようにしてくれ。ただでさえ、困難な情勢の中、このことでこれ以上混乱することだけはどうしても避けたいからな。総領事が、君に指示したのは、混乱を避けるためだからな」

「はい、分かっています。慎重に事を運びたいと思います」

「頼むぞ、まあ君に任せておけば大丈夫だと思うが、事が事だ。十分気を付けなければな。何か、困ったことがあったら相談してくれ。それじゃあ、早速、総領事に報告しよう」

そう言って、首席領事は席を離れ、扉をノックして総領事室の中に入って行った。

護もその後を追った。

岸田総領事は、先ほど姿を現したばかりであった。

護も、総領事室に入った。

総領事からも、健康状態を訊かれたが、「もう、大丈夫です」と胸を叩いて、安心させることができた。

報告が終わり、自席に戻り、護はほっと息をついた。

よかった。ばれなかった。これなら、役所でも隠し通すことは可能だ。

動物園の動物達のことより、タイム・スリップがばれなかったことに護は息をついたのだった。

だとするならば、勇を奮って、この時代の中に飛び込んでみよう。ここで、自分の仕事を全うしよう。どこにいようが、私は、外交官なのだから。

そこまで考えて、護は、自分の顔を思い切りはたいた。

護は、思わず、父の顔をはたいてしまったことに、驚いた。小さな声で、「ごめんなさい」と謝ったのだった。

護は、改めて、気を取り直し、自分に向かって、「さあやるぞ。どんなことが待ち受けていても負けないぞ」と誓ったのだった。

新たな「使命感」に、護の心は燃え始めたのだった。


緊張の、初日の勤務が、終わった。

さすがに疲れが出ていた。

早めの退庁を許されて、護は、家に向かった。家に戻っても、緊張をほどくことはできない。春子と育子との対面が待っている。

幸いなことに、二人は何のてらいもなく、護を温かく迎え入れてくれた。


食事を終え、護は春子が用意してくれた風呂に入った。

日本式の風呂で、身体をゆったりと伸ばすことができた。

しかし、風呂に体を横たえても、今日一日の緊張感から、心を空にすることはできなかった。

鏡に自分の顔と身体が映っている。じっと見つめていると、自問が始まった。

「自分は誰なのだ。ここでは、私は、谷川正一の筈だ」

風呂場の鏡に映った顔は、自分ではない。二十九歳の父・谷川正一の顔が鏡に映っている。

湯気で曇った鏡をぬぐって、護は、鏡を凝視した。青年のはつらつとした表情が、こちらを見返していた。


その顔を凝視しながら、護は、考えた。

父と一緒に暮らしたのは、昭和二十二年から昭和四十五年までの二十数年間だ。

幼年時代のでき事は、よく覚えていない。

父の記憶がはっきり残っているのは、小学生の三年生の、八歳頃からだ。

帰国後の父は、外務省内で人事の仕事をしていた。父は、再び、外地に行くことを拒み、内地での仕事を希望したと聞いている。

その頃の父は、言葉数が少なく、笑顔を見せることはなかった。

仕事が休みの日には、一人で、趣味の釣りに出かけてしまうので、父と会話をする機会はほとんどなかった。

父は、定年まで勤めあげず、昭和三十五年、四十七歳で退官してしまった。

中学生だった自分には、辞めた理由などを教えてくれなかった。それどころか、外交官志望の自分に、海外勤務の様子なども一切語ることはなかった。子どもながらに護は、父は、よほど嫌なことを経験していたのだろうと、推察した。

そんな父ではあったが、ニューヨークで育子が生まれた時は、喜びを全面に出したそうだ。お祝いとして、ひな人形も与えてくれたらしい。

その時の父の笑顔は、その後の「むっつり右門」とは違って、「恵比須様」のような明るい笑顔だったと、後に母は語ってくれた。

自分が生まれた時にも、喜びの声をあげて祝ってくれたということだ。

しかし、その時以外、父は、笑顔を見せることはなかったらしい。

今、鏡に映る父の顔は、その頃の父とは違っていた。精気に満ちた、表情をしているのだ。

これが、本当の父なのだろう。

戦後の父は、心に鬱積したものを抱えていたに違いない。

そうやって、父のことに思いを馳せていた護の意識の端の方で、さっと、何かがかすめ飛んだ。

「なんだ？」

護は、それが何であったのか思い出そうとした。

暫くその正体を探していた護の意識が、はっきりとしてきた。

そうだ、それは、昨日のことだった。母の春子の顔が、少しずつ鮮明になり始めた。

鏡の中の母が、何か言っている。

「あなた、梅干し食べないのですか？」

それは、昨日の朝食の時だった。

護が食べ残した梅干しを指して、母が話しかけてきた。護は、梅干しが苦手だったのだ。一方、父は梅干しが好きであるらしい。

「梅干し大好きな筈なのに、どうしたのです？」

護は、はっとした。

こんな些細なことから、秘密はばれてしまうものなのだ。

危ない、危ない。護は慌てて弁解した。

「ごめん。後から食べるか、今食べるか迷っていたのだ」

「それならいいのですけれど、どこか、身体が悪い訳ではないですよね」

「大丈夫。元気だよ」

「そういえば、最近、食べ物の好みが変わったみたいですね」

「そんなことないと思うけれど」

「そうですか？　この間は、納豆も箸をつけなかったので、どうしたのだろうと、気になっていたのですよ」

「やはり、雷のショックのせいかな。意外なところに影響が出るのだな」

護は、どんなに注意しても、秘密は隠せないものなのだ、と気が付いた。

それにしても、母の勘というものは、鋭いものなのだなあと、護は感心したのだった。

湯船の中で、護は、別の事も改めて考えてみた。

タイム・スリップする前のことが思い浮かんできた。

あの時、陸老人は、紅葉と緑を人質にして、私に復讐しようとしていた。あのままだと、二人は飢えた虎の餌食にされるところだった。

私は、二人を助けようとした。その時、雷鳴が轟き、私は、気を失い、気がついたら、昭和十八年にタイム・スリップしていた。

では、紅葉と緑の二人は、今、どうなっているのだろう?

分からなかった。昭和十八年に存在している私には、タイム・スリップ後の昭和五十年のでき事が見えないのだ。


全てを思い出せない以上、悪い方に考えるのはやめよう。いい方に運を懸けてみよう。

そう思うと、護に、少しばかり、落ち着きが戻ってきた。

護は重要なことに気がついた。

今はまだ、動物達は殺されていない。昨日もそれは確かめている。今は、銃殺が行われる前なのだ。ならば、それをやめさせ、動物達を救い出すことも可能なのではないか。

つまり、今なら、歴史の進行を止めることができるのかもしれない。

そして、もし、私が、動物達を救うことができたら、老人が言った「動物達を生き返らせろ」という要求は、実現できるのだ。

不可能が可能に変わるかもしれない。

タイム・スリップしたことは、悲劇ではなく、むしろ、神が与えてくれた恩恵なのだ。


護は、動物達を救い出す方法はないか、どうすれば救い出せるのか、考え始めた。

相手は、日本の軍だ。手ごわい相手だ。

そして、もっと、手ごわいのは、歴史を変えるということだ。

歴史の上では、動物達は、この後、殺されてしまう。それが歴史の事実であり、真実だ。

その歴史上の事実を自分が変えることなど不可能ではないか。もし可能であるとしても、この時代に紛れたよそ者の私が、歴史を変えようとしてよいものなのだろうか?

思えば思うほど、不安の種は浮かんでくる。

時間との戦いもある。ぐずぐずしていたら、異なる時間が動き始めてしまうかもしれない。

考えている暇はない。今は、行動する時なのだ。

何としても、動物達を殺すことなく、どこかで生き延びさせることだ。

よし、やろう。

護は、湯船のなかで握りこぶしを作って、強く握り締めた。そして、勢いよく、風呂を飛び出した。まるで、浮力の原理を発見した時のアルキメデスのようだった。

「ヘウレーカ」と大きな声で叫びそうになった。

こうして、護の、妻と子どもを救うための戦いが、再び始まったのだった。


護は、もう一つ大事なことを見落としていることに気が付いた。

自分が救わなくてはならないのは、昭和五十年代にいる妻子の紅葉と緑だけではない。今、この昭和十八年の、春子と育子のことも忘れてはならない。私の肩には、四人の命がかかっているのだ。しかし、一人の「時空彷徨い人」に過ぎない自分に、何ができるというのか。

私には、四人の命が託されている。もし、動物達の命を救えなかったら、四人の命も危うくなってしまうのだ。

泣いている時ではないぞ。


翌日、役所に出勤した護は、昭和十八年の満州についてもう少し詳しく調べることにした。

資料室で、関係する資料を捜した。

いくつも、参考になる資料が見つかった。

まず、満州国のことだが、昭和七年三月に建国を宣言していた。首都は、旧長春の新京に置かれた。昭和九年満州国は帝国となり、清王朝の最後の皇帝溥儀を皇帝の座に置いた。

満州帝国は帝国日本のいわば植民地であり、皇帝の溥儀は日本の傀儡であった。そして、昭和十七年三月には、建国十周年の祝賀行事が挙行されていた。

満州国の全人口は、三六九三万三二〇六人、当時の日本の約三分の一であった。内訳は、五族といわれた漢族三一五〇万、満州族一八〇万、蒙古族七〇万、日本内地人六〇万、半島人九〇万、その他として、ロシア人五万人であった。

首都新京は、新京特別市と呼ばれ、面積、四三七平方キロ、人口三五万五三二八人であった。長春時代の人口は、一六万余であったが、約二倍になっていた。

内訳は、満人二七万二二七〇人、日本内地人七万三七〇三人、半島人八四六八人、外国人八八七人であった。

新京は、特別市となり、帝国内唯一の市制が敷かれていた。皇居、尚書府、宮内府、参議府、立法院、国務院、法院、検察庁、その他の政府機関があり、日本の駐満全権府、関東軍司令部、総領事館が置かれるなど、経済の中心地としてその発展は著しいものがあった。

護は、満州国が、思っていた以上に発展しつつあったことに驚いた。

第二部　使命

8　動物園再建計画

総領事館を長春に設置する計画は、なかなかの難題で、正一は行き詰まってしまった。

このままでは、計画は「画に描いた餅」で終わってしまう。まだ何一つ、構想が定まっていない段階で、これ以上、頭の中で考えても、それは、無理なことなのだ。

落雷の結果、頭の血の巡りも悪くなってしまったのかもしれない。

正一は、気分転換を図ることにした。

思いついたのが、長春にある動物園見物だった。あそこなら、家族も楽しめるし、安全面も確保できる。

早速、正一は、紅葉を誘ってみた。

「いつ行くの?」

紅葉が困った様子で訊いてきた。気分転換が目的だから、先に延ばす意味はない。

「うん、今度の日曜日はどうだろう」

紅葉から笑顔が消えてしまった。紅葉の返事は「ノー」だった。

「ごめんなさい。その日は、緑の友達の所に行くことになっているの。先に延ばせない?」

「分かった。家族で行くのはもう少し後にしよう。今回は、私だけで行くけれど、いいかな?」

「それは、いいけれど、この間事故に遭ったばかりだというのに、あなたって、本当に動物園が好きなのね」

呆れたように紅葉が言った。

正一は、笑って答えた。

「もう、あんなことは起きないよ」

紅葉の心からの承諾を得られないまま、正一は、動物園に、一人で行くことになった。

もしかしたら、息子の護が関わった陸老人という人物に会えるかもしれない。そんな、好奇心を感じての動物園行きであった。


結局、正一は、一人で長春動物園を目指した。

正一にとって、長春の街は、未知の街であった。動物園に行く前に、正一は、街を歩いてみることにした。

駅の東側に城郭があった。満州人はそこに住んでいた。街には、焼肉の独特な匂いが漂っていた。城壁の至る所に砲弾の跡が残っていた。ソ連の攻撃によるものか、八路軍によるものか、それとも日本軍によるものかは分からなかった。

戦後三十年も経っているのに、戦争の傷跡が、至る所に残っていることに、正一は驚いた。

正一は駅の方向に戻ってみた。

小さな家が立ち並び、これも小さな商店が並んでいた。寂れた印象を受けた。満州国が滅亡したことで、日本人は去り、工場も閉鎖され、かつての活気を失ってしまっていたのだ。

芭蕉の句が頭をよぎった。

「夏草や　兵どもが　夢の跡」

正一は、目を閉じ、目立たぬように手を合わせた。ここで亡くなった日本人のためにも、慰霊の碑か墓を建てなくてはと思ったのだった。

しかし、それは、認められないかもしれない。それほど、反日感情は強いのだ。

再び歩き出した正一は、ぐるりと一回りして、駅に戻ってきた。動物園は、駅を越えた西側、植物園やゴルフ場の先にある筈だ。

そこを目指して進んでいくと、人家は次第に途切れ、目の前に、土塀で囲まれた広大な区域に近づいてきた。植物園が広がっていた。そこは、元ゴルフ場であったが、今は、植物園になっていた。「ゴルフは贅沢な遊びである」とされて、中国各地のゴルフ場は、閉鎖されて、大部分は、農地や公園になっていた。

正一は、先ほど思い出した芭蕉の句を、もう一度つぶやいたのだった。


元のゴルフ場を過ぎ、正一は、漸く、目指す動物園に辿り着いた。

入り口の前に立つと、三々五々、子供連れの家族が園内に入っていくのが見えた。かつては賑わいを見せていた筈だったが、今は、どことなく寂れて見えた。

入り口の前に立って、門を見ると、これも、かつての威容は消えていた。それ程大きくない門が新たに作られていて、正一は入場料を払って中に入った。

園内は広大であった。日本の上野動物園の何倍もの広大な敷地であった。門を入ったすぐ傍に、案内板があった。これは、最近作り直したらしく、鮮やかなペンキが輝いて見えた。目で追って、動物の配置を確かめると、猛獣の檻は、入り口からかなり離れた所にあることが分かった。

正一は、それらを見に行く前に、緑との約束を果たしておこうと考えた。緑から、金糸猴が元気かどうか様子を見てきてほしいと要望されていたからだった。

金糸猴、金糸猴はどこだ？　指で指し示しながら探してみると、園の丁度真ん中辺りに金糸猴の文字を見つけることができた。

正一は、ともかく、金糸猴を見ておこうと、歩き始めた。十分ほど歩くと、目の前に大きな鉄製の檻が見えてきた。

はやる心を抑えながら近づくと、何組もの家族が檻を取り囲んでいた。やはり、金糸猴は人気がある、そう思いながら、正一も見物客の仲間入りをした。

それは、確かに珍獣といえる姿だった。全身に長い毛が生え、それが、独特の色を出していた。金色と思えば金色だし、オレンジ色と思えばオレンジ色だった。その毛並みは、美しく輝いて見えた。明らかに、他の猿達とは、異なる輝きを見せていた。

なるほど、だから緑はこの猿を見たいと言ったのか。正一は、納得がいった。

金糸猴の存在を確認した正一は、奥の猛獣コーナーに向かった。

十分ほど進むと、明らかに猛獣がいると分かる区域に入った。独特な匂いが漂っていた。

そして、ゆったりと歩む猛獣達の姿が眼前に現れてきた。ライオンがいた。虎もいた。狼も熊もいた。

正一は、護一家が、虎に襲われそうになったのは、この虎舎だったのかと、深く頷いた。

そして、タイム・スリップによって、自分はこの場所で護と入れ替わったのだろうと見当をつけた。

正一は、少し離れた象舎の前まで移動して、足を止めた。自分は、ここから病院に運ばれたということだった。現実と夢が混濁したような感じがした。

一頭の象がゆったりとした姿勢で、足元の草を長い鼻でつまんでは、口に運んでいた。齢を取っているのか、皮膚が皺だらけであった。眼を見ると、あるかないかの小さな瞳が、どことなく哀愁を感じさせていた。

正一は、もう少し眺めていようと、近くのベンチに腰を下ろした。

護と老人が話を交わした長椅子であった。

すると、これまで見えていなかった景色が見え始めた。辺り全体が、寂れて見えたのだ。

象も一頭だけで、どことなく、淋しそうだった。

更に気をつけて見てみると、象舎の壁のコンクリートは、かなり、劣化が進んでいることが分かった。

気になって、他の動物達の檻を見渡すと、どの檻も、錆び付いていた。直せばいいのに、と正一は思った。そのくらいの予算はあるだろうにとも思った。

その刹那であった。正一の脳裏に、閃光が走った。

これだ。これをやればいいのだ。

この寂れた動物園を、元の賑やかで充実した動物園に復活させればいいのだ。

まず、つがいになっていない動物達をつがいにしよう。そうすれば、子が生まれ、人気が増すに違いない。さらに、古くなっている施設を改善しよう、人員も充実させよう。そして、中国一の動物園に作り直そう。それこそが、この街と動物園を破壊した我々日本人が進めなくてはならない事業ではないだろうか。

もしかして、その努力を認めてくれたら、「中日友好記念長春動物園」という名前が残るかもしれない。長春動物園を、長春の街に於ける、日中友好の象徴的な事業とすればいいのだ。ここは、自分の『足跡』を残すべき場所であるのだ。

はやる気持ちを抱いて、正一は、家に戻った。家に着くと、緑が待ち構えていた。

「お父さん、金糸猴いた？」

「ああ、いたよ」

「金色だった？」

「ああ、金色だった。綺麗だったよ」

「すごい。お父さん、今度、連れて行ってね」

「いいよ、できるだけ早く行こうね」

妻の紅葉も行く前の心配そうな顔色は消えて喜んでいるような印象を与えた。

いつになく、夫が、明るい表情をしていることに気づいたのだ。

「何かいいことあったの？」

「うん、あった。まだ、思いつきの段階だが、いいアイディアが浮かんだ」

「それはよかったわね。いつかそのことも聞かせてね」

「うん、考えが纏まったら、君の意見も訊いてみたい」


その日から、正一は、動物園の『再建計画』を練り始めた。

正一は、計画の改善点を確かめるために、その後、何度か、動物園に足を運んだ。

けれど、期待していた老人に会うことはなかった。

もしかしたら、既に亡くなっているのかもしれないと、正一は諦めたのだった。


計画に着手してから二週間が過ぎた。

正一は、分厚い書類を手にして、役所の会議に出席した。出席者は、総領事、首席領事、領事、副領事らの五名であった。

首席領事が口火を切って発言した。

「今日は、谷川領事から、提案があるとのことで集まってもらった。これから、谷川君が一つの計画を提案するので、それについて協議してほしい。日中両国の友好関係の増進に関する提案なので、しっかりと協議してほしい」

一同が頷いた。

「では、谷川領事」

促されて正一は立ち上がった。そして、用意していたレジュメを配った。

「説明させていただきます」

そう言って、正一は説明を始めた。

長い説明になった。

「案件は、長春市に於ける動物園再建計画です」

一同から、「えっ」という声が上がった。予想外の提案であったからだった。

「今、日本と中国は、重大な時期に差しかかっていることは皆さんご承知のとおりです。戦争によって、破壊されてしまった日中間の友好関係ですが、近年、多くの方々のご尽力によって、少しずつ回復の兆しを示し始めています。特に、昭和三十九年に加盟したＯＤＡの活動が始まってから、日本の資金によって、中国国内でさまざまな施設が新設されています。中でも、北京の国際空港は、全面的に、我が国の「ＯＤＡ資金」が充てられ、「中日友好記念北京国際空港」と命名され、日本の存在を中国人の間に認知させることに成功しました」

「しかるに、ここ中国東北部の旧満州国地域に於いては、依然として、日本支配の痕跡が色濃く残っていて、中国市民の日本に対する感情は決して好転しているとは思われません。これから提案するプランは、そうした状況を改善するための一つの新規事業であります」

参会者は、途中口を挟むこともなく、じっと、正一の話を聞いていた。

「では、その計画の詳細をお話しさせていただきます」

正一は、思案していた計画を説明し始めた。

旧満州国の首都であった新京（長春）の街が、今後の日中友好関係に重要な役割を果たすこと。そこにある動物園の老朽化が進んでいること、そして、動物達の数も貧弱になってしまっていること、さらに、街の人達が、かつての賑わいを動物園に期待していることなどを、数字を交えながら説明した。

「この事業には、多額の資金が必要になりますが、資金として、ＯＤＡ基金を活用させていただきたいのです」

「幸い、日本は高度経済成長によって、アジア各国、とりわけ中国を支援できる状況にあります」

「もし、この計画に意義を見出していただけるのなら、皆さんの総力を挙げて、資金の獲得に当たっていただきたいのです」

「交渉すべき、関係省庁としては、外務省、大蔵省、文部省などとなります。それに、経団連や日中友好協会などの民間諸団体の協力を得られれば、鬼に金棒となるでしょう」

「一方、中国側の交渉相手は、まず、認可してもらうための、国の機関、そして、実施に当たっては、吉林省政府、そして、長春市政府となります」

「中国側の民間諸団体の協力を得られれば、心強いものがあります」

「もちろん、長春動物園は、この計画の当事者ですから、前面に立ってもらわなくてはなりません。具体的なプラン作りを含め、実際の作業は、動物園側の努力なしでは、この事業は進めることができないでしょう」

正一は、休まず、説明を続けた。

「そして、最も肝心な問題である経費のことですが、予想される必要金額は、日本円で三億円と予測しています」

「また、工期は、プラン提示から三年間を予定しています」

「以上が、この計画の概略です」

説明が終わって、正一は、漸く一息入れることができた。

「ただいまの説明からもお分かりのように、これは、我が領事館が、総力を挙げて取り組まなくては成功が叶わぬ事業であります」

「では、ご協議の程、宜しくお願いいたします」

説明を終えた正一の顔は、紅潮していた。息も弾んでいた。一世一代の大芝居を演じた役者のようであった。

暫く沈黙が続いた。正一の意気込みに押されたからかもしれなかった。

暫くして、首席領事が漸く口を開いた。

「谷川君、ご苦労」

その表情には笑顔が見られた。もしかしたらうまくいくのではないかと、正一は期待を抱いた。

「では、意見を聞こう」

上席の領事が手を挙げた。

「ただ今の提案ですが、なかなかよくできた提案だと思います。動物園に目を付けたところなどは、谷川領事ならではのアイディアだと思います。私は、基本的には賛成です」

「ただ、中国側との交渉はそう簡単にいかないかもしれません。なにせ、現在、中国側の我が国に対する姿勢には厳しいものがありますから」

「特に、今回の案件の長春市は、言うまでもなく、満州国の首府であった所です。そこに、日本が踏み込むことを快く受け入れてくれるか、不安が残ります」

頷く者が多かった。しかし、反対意見では出なかった。

正一はほっとした。と、同時に、この懸念は当然であると受け止めた。

「今、指摘されたことは尤もだと考えます。どなたか、それを打開する方法をお持ちではないでしょうか。あれば、教えていただきたいのですが」

正一は、下手に出た。自分の意見にこだわって、対立状況を招くのは適切ではないと考えたのだった。

すると首席領事が手を挙げた。

料金受取人払郵便

新宿局承認

7553

差出有効期間
2024年1月
31日まで
（切手不要）

郵便はがき

1 6 0-8 7 9 1

1 4 1

東京都新宿区新宿1－10－1

(株)文芸社

愛読者カード係 行

お名前《ふりがな》		明治　大正 昭和　平成　　年生　　歳
ご住所《ふりがな》	□□□-□□□□	性別 男・女
お電話番号	（書籍ご注文の際に必要です）	ご職業
E-mail		
ご購読雑誌（複数可）		ご購読新聞 新聞

最近読んでおもしろかった本や今後、とりあげてほしいテーマをお教えください。

ご自分の研究成果や経験、お考え等を出版してみたいというお気持ちはありますか。

ある　　ない　　内容・テーマ（　　　　）

現在完成した作品をお持ちですか。

ある　　ない　　ジャンル・原稿量（　　　　）

書　名				
お買上 書　店	都道 府県	市区 郡	書店名	書店
			ご購入日	年　　月　　日

本書をどこでお知りになりましたか?
1.書店店頭　2.知人にすすめられて　3.インターネット(サイト名　　　　)
4.DMハガキ　5.広告、記事を見て(新聞、雑誌名　　　　)

上の質問に関連して、ご購入の決め手となったのは?
1.タイトル　2.著者　3.内容　4.カバーデザイン　5.帯
その他ご自由にお書きください。
(　　　　)

本書についてのご意見、ご感想をお聞かせください。
①内容について

②カバー、タイトル、帯について

弊社Webサイトからもご意見、ご感想をお寄せいただけます。

ご協力ありがとうございました。
※お寄せいただいたご意見、ご感想は新聞広告等で匿名にて使わせていただくことがあります。
※お客様の個人情報は、小社からの連絡のみに使用します。社外に提供することは一切ありません。

「私も、この提案には基本的には賛成だ。ただ、今、指摘されたことは尤もだと思う。だからと言って、引っ込めてしまうのはあまりにも情けない」

「ここは、一旦、踏みとどまって、計画を実行することが可能なのかどうかを確かめてみてもいいのでないか」

「当然のことではあるが、意見が、実施の方向でまとまったとしても、大使館の支援が必要になる。この事業は、我が領事館のみで進めることは難しい案件だと思う。どうしても、大使館の理解と協力なしには、進めることは不可能だ。それと、このプランは、国の方針と合致していなくてはならない筈だ。国が、今後、日中関係をどのように進めていく考えなのか、それと合致しなければ、このプランは実際に動き出すことができないだろう。場合によっては、総理大臣にも一肌脱いでもらわなくてはならないかもしれない。幸い、田中総理は、日中の友好関係改善に積極的に関わってくださっている。それに、中国側も、周恩来首相が、友好的に国交回復に努めてくださっている。その意味では、今は、タイミングとしては、絶好の時であるのかもしれない。

そう考えると、ここは、総領事に動いていただかなくてはならないでしょう」

首席領事は、総領事に向き直って、声を改めて、真剣な口調で問いかけた。

「如何でしょうか、総領事。この計画を、総領事から大使に提案していただけないでしょうか…」

首席領事は、総領事に、深く一礼した。

正一も、立ち上がって、主席領事に合わせて深々と頭を下げた。

一斉に眼が総領事に向けられた。

腕組みをしていた総領事が、ゆっくりと腕組みを解いた。

「分かった。やってみよう。近々北京に行ってみる。谷川君、同行してくれるかな?」

「勿論です」

正一は、心が躍るのを感じた。計画は、最初の関門を乗り越えたのだった。


正一は、会議後、総領事室に呼ばれた。首席領事も同席した。

首席領事が正一に問いかけた。

「この計画で十分だとは思うが、もう一つ、インパクトがほしい。何か、考えていないか?」

正一は、驚いた。正一には、いつかは切り出そうとしていたもう一つの提案があったからだった。それを言い出す前に相手から誘いが入った。このチャンスを逃す手はない。

「はい、一つだけあります」

「そうか、では、それを聞かせてくれ」

正一はかねて心に秘めていた、ヨーロッパで推進されている『種の保存計画』を述べ始めた。

「前の赴任地にいた時の話です」

「たしか、ロンドンだったな」

護と正一が入れ替わっていることを知らない二人は、目の前の領事が護であると思い込んでいる。

護の最初の赴任地はロンドンであった。

正一は、首席領事に話を合わせた。

これから述べようとしていることは、ヨーロッパではなく、本当は、ニューヨークで経験したことだった。それと同じことがヨーロッパでも実施されていることを正一は調べていたのだ。

正一は、護になりきって、明確に説明した。

「はい、当時、私は、ドーバー海峡を越え、ヨーロッパの動物園を視察したことがありました。いくつかの動物園で珍しいものを見つけました」

「ほほう、珍しいもの？　珍種の動物かな？」

「いえ、そうではありません。建造物です」

「建造物？　動物園で建造物？　珍しい形でもしていたのかな？」

「そのとおりです。それらは、一見しただけでは何であるか分かりません。どうしてそのような物が動物園にあるのか、初めて見た者には分からないでしょう。ですが、説明を受けると、なるほどと、納得できました」

「何か、訳がありそうだな」

「そのとおりです。それらの建造物は、『ノアの方舟』の形を真似て作られていたのです」

「聖書に出てくるあのノアのことか？」

「はい、そうです」

「何で、そのようなものがそこに？」

「『種の保存計画』の為です」

「『種の保存計画』？」

「そうです。わが国や中国では普及していない考え方です。

つまりこういうことです。現在、人類は繁栄を誇っておりますが、それは他の生き物の犠牲の上で成り立っています。

人類が繁栄することに反比例するように、生き物達の種が減少しています。あと、数十年か、数百年かは分かりませんが、多くの動物達の『種』がこの世から消え去ってしまいます。

ヨーロッパ各国では、それを食い止めようとする考え方が普及しています。それが、『種の保存計画』です。動物園は、その計画を実践する場として位置づけられているのです」

「ほお、そんな事を考えているのか、ヨーロッパは」

「そうです。そのシンボルとして置かれているのが『ノアの方舟』なのです」

「なるほど、あの洪水伝説のノアの話がそのように使われているのか？」

「はい、私は、日本や中国の動物園も、『種の保存計画』の一端を担えればいいなと思っています」

「なるほど。しかし、その話が、説得材料になるかな？」

「はい、私はなると思います」

正一は、自信をもって応えた。

「まず中国側ですが、新しいものに飛びつきやすい民族です。それに、何事も一番が好きな国民です。最先端の思想を動物園に導入すれば、食いついてくる筈です。それだけ、認可が取りやすくなると思います」

「それと、日本側ですが、こちらも、こう言っては何ですが、ヨーロッパの『先進思想』を何でも『よし』とする傾向があります。まして、それが、大きな使命を持った『思潮』であると理解できれば、必ず触手を伸ばす筈です」

「なるほど、立派な施設を造るだけでなく、そこに『最先端の思想』を組み込むわけだな、なかなかいい考えではないか」

首席領事も「深みのある話ですね」と応じ、納得できたという表情で頷いた。

大使は、懸念していることがあるらしく、正一に尋ねた。

「ところで、長春で大丈夫だろうか。満州帝国の首府があった所だぞ」

「はい、そこのところは、是非、確信を持っていただきたいのですが、『逆の発想』をしていただけないでしょうか？」

「『逆の発想』？」

「はい、かつて、侵略と植民地主義の中心地であった長春だからこそ、遣り甲斐がある地であるということです。それだけ、価値が高いということです。ここで、成功すれば、一気に友好関係は高まる筈です。総領事には、ぜひ、そこのところのニュアンスを、相手側に伝えていただきたいのです。日中の友好関係が深まりつつある機運が生まれている今だからこそ、絶好のタイミングと言えるのではないでしょうか。

ここは、流れに乗って、一気に攻め込んでいく時ではないでしょうか」

「そうか、分かった」

総領事は、まだ半信半疑であったが、正一の説明を受け入れたのだった。

総領事は、正一を連れて、北京に赴いた。

前もって、連絡しておいたので、大使とはすぐに会えた。

「お忙しいところ、無理を聞いていていただいて有難うございます。大使閣下」

「いやいや、わざわざ来てもらって有難う」

互いに挨拶を交わした後、初めは、日本の政情の話題になった。

「田中首相はどうなるかな?」

「そうですね。だいぶ苦しいようですね」

「そのようだ。もしかしたら、司直の手が入ることになるかもしれないな」

「そこまでいっていますか?」

「そのようだ。どうも、決定的な証拠も出ているようだ」

「日本の検察がそこまでやりますかね」

「ああ、今回は、アメリカ絡みだからね」

「ということになると、私達への影響も大きくなりますか?」

「それは、間違いないだろう」

「困りましたね。田中総理のお陰で、漸く、日中関係の風向きが好転し始めたところであったのに」

「そうだな。そこを乗り越える算段をしなくてはならないな」

話がそこまできた時、総領事が膝を乗り出した。

「閣下、今日お伺いしたのは、そのこととも関連がある話なのです」

「ほお、何かいい話があるのか？」

「よいか悪いかは、大使閣下次第だと思います」

「ん？　私次第だと？」

「そうなのです。うまくいけば、日中友好の流れを一歩前に進めることに繋がるかもしれません」

「それは面白そうな話だな。聴かせてもらおうか」

「はい、詳しくは、今日連れてきた谷川領事に報告させます。金がかかる話ではありますが、お役に立つのではないかと思います」

大使は、チラッと正一に視線を送った。

「君は、確か、ここで仕事をしていたのだったな？」

「はい、去年まで、二年間こちらでお世話になりました。大使閣下のご着任前に瀋陽（終戦前の奉天）に異動しました」

「たしか、君は、落雷に遭って大変な目にあったのだったな」

「はい、けれども、今ではこのとおり、元に戻っております」

「それはよかった」

話の矛先が護に向けられたのをきっかけに、正一が資料をカバンから取り出し、大使の前に広げた。それを待っていたかのように、総領事が、前置きの言葉を述べた。

「大使閣下、内外多難な時でありますが、起死回生とはいかないまでも、この谷川領事が一つのプランを考えました。それを、これから、谷川領事自身の口から説明させていただきたいのですが、よろしいでしょうか?」

「面白そうだな。聞かせてもらおうか」

大使の了承を確認した総領事は、正一を促した。

「それでは、ご説明申し上げなさい」

「はい」

自分の出番を待っていたかのように、正一は、勢いよく、プランの説明を始めた。大使は、資料に目を落としながら、じっと、話に耳を傾けた。

正一は、最も敵愾心が強い東北部の旧満州国地域で、友好関係を作ることの必要性と意義について説明し始めた。

その手段として、首都であった新京（戦後は、長春と改名）で、動物園の改善を進めるプランを実行したいと申し出た。その際、『種の保存計画』も併行して行いたいことも伝えた。そして、それに要する、全費用は、日本側の支援で行い、資金は、ＯＤＡ開発資金を充てたい旨を説明した。

正一は、さらに、このプランの、重要なところは、反日感情が最も高い長春で実施する点にある事を強調した。

そして、もしこれが狙い通りに成功すれば、反日感情が大いに緩和されると共に、日本国内では、ＯＤＡ資金が有効に使われていることを理解してもらう契機になることも付け加えた。

話を聞いていた大使が口を開いた。

「なかなか面白いプランではないか。して、私は何をすればいいのかな？」

総領事が話を引き継いで大使に頭を下げた。

「大使閣下には、中国側の理解と許可を取るためにご尽力を賜りたい。そして、ＯＤＡを活用する許可も得られるようにしていただければ有り難いのですが」

「なるほど、どうも、私が一番の難題を受け持つことになりそうだな」

「申し訳ありません。この話は、大使閣下のお力添え無しには進まない話なものですから、ご無理を申し上げております」

「分かった。どこまでやれるか分からないがやってみるか」

「有難うございます」

総領事と正一は深々と頭を下げた。

「もし、計画が、実行されることになった場合、実際の工事や、長春市政府との折衝などは、そちらでやってもらうがいいかな」

「勿論です」

「それから、もう一つ、場合によっては、谷川君、君に、また、こちらまで来てもらって説明してもらうことになるかもしれん。それに備えて、更に詳細なプランを練っておいてくれ。必要であれば、関係者にも連絡を取っておくから」

「何から何まで、有難うございます」

礼を述べて、正一は、この際、心に秘めていたもう一つのお願いをしてみようと思い立った。

「大使閣下、上野動物園に行かれたことはございますか?」

「勿論だ」

「その時、象は何頭いましたか?」

「確か二頭だった。オスとメスだった」

「先ほどの種の保存計画とも関係する話ですが、今、長春動物園の象は一頭だけなのです。長春の人達はそれをとても淋しがっています。戦前のように、二頭以上いてほしいと願っています。けれども、長春市政府も中国政府も、動物園に関心を示そうとしません。市民達の願いは無視されています。そこを我々の努力で二頭以上にすることができれば、素晴らしいのですが」

「なぜかな?」

「もし、二頭以上に増えたら、市民は大喜びすること疑いがありません。長春市民だけではありません。吉林省全体、否、瀋陽を含めた、東北部全体の人達は大喜びすることでしょう。

そして、それが、日本人の努力と日本の資金によって成し遂げられたと知れば、反日の感情は相当に溶解することも期待できそうです」

「なるほど、そういうものか」

「はい、百万遍の言葉を弄するよりも、一頭の象の効果は計り知れないほど大きいと思われます」

「そういえば、戦後間もなく、上野動物園にインドから象が一頭寄贈されたときの日本人の歓迎振りは凄かったな」

総領事も、思い出したように頷いた。

「実は、私も上野動物園まで見に行きましたよ」

昭和十八年からタイム・スリップをしてきたばかりの正一には見えない話ではあったが、二人が、懐かしそうに語り合うのを見て、自分の計画は間違っていなかったと確信したのだった。

「大使閣下、この計画を進める過程で、ぜひ、インド大使ともかけ合っていただけないでしょうか」

「インドは、戦後の世界平和を願う『非同盟国』の中でもリーダー的な国です。この話を聞いたら、自国の存在をアピールできる好機であると、喜んで応じてくれるのではないでしょうか。そうすれば、インドを中心とする『非同盟各国』の日本を見る眼も変わってくるのではないでしょうか」

「なるほど、そういう効果も考えられるのか。それならばやってみない手はない」

「有難うございます、大使閣下」

「象外交か」

大使は、久しぶりに、楽しい話ができたことを喜んだのだった。

その後の大使の尽力は目覚ましいものがあった。中国政府を動かし、日本政府を動かし、正一の計画は、当初の骨格を変えることなく、実現できることになったのだった。

勿論、正一が強く願った『象を受け入れる話』も、インド政府は喜んで応じてくれたのだった。こうした結果を見て、正一は、もしかしたら、ここ長春で、外交官としての自分の『足跡』を残せるかもしれない、と思ったのだった。

正一の胸は、期待で、大きく膨らんだのだった。


正一が、仕事に夢中になっている間、紅葉に一つの心配事が芽生えていた。

紅葉は、夫の日常生活の送り方に疑問を持ち始めていたのだ。最近の夫を見て、「何か変だ」と感じ始めていたのだ。夫が、以前とは別人のようになってしまっている。

顔容貌は確かに夫ではある。声も、優しさに満ちた声である。しかし、夫から発せられる雰囲気がこれまでと異なっているように感じられるのだ。妻としての直感が、そう呼びかけてくるのだ。

例えば、細かいことだが、食べ物の好き嫌いについて気になっていることがある。以前の夫は、洋食が好きで、肉やサラダを好んで食べていた。しかし、最近は、どちらかというと、和食を好むようになっている。魚類やみそ汁を好んで食べるように見えるのだ。

それだけでない。どういう訳か、「歯ブラシを取り替えてほしい」と言ってきたのだ。

その他にも、いくつもの変化が夫に見える。まるで、これまでの夫とは違った夫が傍にいるように感じるのだ。

そう感じるのが自分だけなら、考えすぎといえるのだが、先日、娘の緑までも、

「お父さん、何か変。私との約束を忘れてしまっているの。お父さん、どうしたの？」

「大丈夫よ。雷に打たれて、まだ、回復していないだけよ」

紅葉は、そう答えて、緑を安心させようと努めた。

そう答えながら、紅葉は、自分の直感に頷いたのだった。

やはり私だけではなかったのだ。緑も気がついていたのだ。だとすると、とても心配だ。このまま進むと、夫が、別人になってしまうのではないだろうか。これからは、もう少し注意して夫に接していかなくては。

もしかしたら、雷のショックで、夫の「軸」がずれてしまったのかもしれない。悪くは考えたくないけれど、ショックの後遺症が現れてきたのかもしれない。

9　飼育係

昭和十八年、新京（旧長春）。

満州帝国は、建国十一年目を迎えていた。昨年の秋には、盛大な十周年記念式典も挙行された。

ここ、新京の街も、帝国の首都に相応しい街づくりが進められていた。道路が整備され、皇居も築城され、だいぶ、首都らしく変貌してきた。

しかし、日本にとって、戦争の形勢は、芳しくなかった。しかも、日本は太平洋だけでなく、中国本土に於ける戦争でも負け始めていた。これまでは、中国側は、各軍は、それぞれ別個の日本に対していたのだが、最近、協力し合って、日本に立ち向かってくるようになっているのだ。いわゆる、『国共合作』して、軍事力を高めてきたのだ。

このままでは、日本は、戦に破れ、満州帝国も滅亡してしまうのではないかと、軍人や知識人の間で、心配する声が広がりつつあった。

勿論、それを口にすることはなかった。繁栄と滅亡、相反する展望が交錯し、期待と不安が交雑する状態の中で、満州帝国はかろうじて存在していたのだ。

正一になり代わった護は、このままでは、動物達を保護するどころか、自分の命も危ういのではないかと、思い始めていた。どこをどうやって生き延びたのかは分からないが、タイム・スリップ前、自分は、昭和五十年の時代に生きていた。ということは、戦争で殺されることはないと考えてよいのではないだろうか。

一方、不安も増してきていた。自分にとって、都合のいいことばかりが続くものだろうか。妻子を護りきることに不安を抱くようになり始めていたのだ。

昭和五十年から見れば、昭和十八年は過去である。しかし、昭和十八年から見れば、昭和十九年は、未来なのだ。

それどころか、今日の次の日、つまり、明日も未来なのだ。

未来は不確定要素に満ちている。未来を予測することは、誰にもできない。未来は予測不可能なのだ。

自分の将来は、思わぬ事態の発生で変えられていくのかもしれない。これから先は、過去ではなく、未来なのだ。

今の自分には、先のことは分からない。

妻子の運命も分からない。

護の脳裏に、先日思い浮かべた未来に対する相反する考えが交錯していた。

一方は、「楽観」、他方は「悲観」。

「楽観」が勝れば、自分は生き続けられる。

「悲観」が勝れば、自分に「死」が訪れるかもしれない。

その内のどちらが自分の未来になるかは分からない。今は、「戦時中」なのだから。

だからと言って、運を天に任せきりにするのは、受け入れられない。

自分の運命は、自分で手繰り寄せたい。

とするならば、未来を決めるのを他者に委ねるのではなく、自分自身の手で、作っていくしかないだろう。

護は、自分の進むべき道が少しずつ見えてきたように感じていた。

タイム・スリップを経験したことによって、時間に対する感覚が、以前よりも高まっているのを感じ取っていた。

護は、更に思いを巡らせた。

昭和五十年と昭和十八年の出来事が交錯して、頭は混乱していたが、それでも、必死に事態の推移を見極めようと試みた。

タイム・スリップ前のことが頭をよぎった。昭和五十年の陸老人の話によれば、間もなく、動物達が殺害されることになっている。

それは、「歴史的事実である」と老人は言う。

しかし、昭和十八年の今、目の前の猛獣達は、生きている。まだ、死んではいない。

と言うことは、もしかしたら、何か手を尽くせば、猛獣達を殺さずにすむかもしれないということだ。

例えば、軍が来るまでの間に、猛獣達を隠すか、軍が動物園に来なくなるようにすることができれば、猛獣達を助けることができるということだ。つまり、「歴史を動かす」という不可能なことを、可能に変えることになるのだ。

今は、目の前にいる猛獣達をいかにして救い出すかという課題に取り組むことが、自分の為すべきことである。

しかし、そんなことができるのだろうか？　今は、戦争末期だ。新京の街の中のどこに動物達を移すことができるというのだ。

そんなことは不可能だ。

ましてや、軍がやってくることを止めることなど、全く不可能だ。今、ここでは、軍が最も強いのだから。一外交官に過ぎない自分が、軍が来ることを止めることなどできる筈がない。

その時だった。

打ちひしがれたように頭を下げた護の頭に、一つのシーンが、鮮烈に浮かび上がった。

それは、六年生の時、大石先生が紙芝居を見せてくれたシーンであった。

あの時の道徳の授業で、自分は、猛獣達の命を救えなかった飼育係の人を責め、殺害を命じた軍を憎んだのではなかったか。そして、もし、同じようなことが再び起きたら、絶対に動物達を殺させないと決心し、感想文にもそう書いたではなかったか。

護の胸の中に、その時の自分が書いた文章が思い出されてきた、

「僕は、猛獣達の命を救えなかった飼育係の人たちを軽蔑する。それ以上に、猛獣達を殺すように命じた軍を憎む。もし、同じような事態が起きたとしたら、僕は絶対に動物達を守ってみせる」

そうだ。自分は、あの時、絶対に「動物達の命を守る」と決意した筈だ。

それなのに、今、自分は、自分だけが間もなく起きるであろう虐殺を知っていながら、何もしない内から諦めようとしている。全てを軍のせいにしようとしている。

何と情けない男なのだ、自分は。

責められなければならないのは、飼育係でも軍人達でもない。この自分なのではないか。

護の思いは、乱れた。これでは、堂々巡りをしているだけはないか。考えても、考えても、元に戻ってきてしまう。

それでも、護は、諦めなかった。何度うなだれても、その都度、頭をもたげようとした。そんな動作を何回か繰り返す内にやっと変化が生じ始めた。

うなだれ、うつむいていた護の眼差しに、かすかに、光が蘇り始めた。

曇っていた瞳に、光が輝き始めた。


自分は、外交官だ。他の人にない権限を持っている。その外交官の力を使って、猛獣達の命を救ってみせることはできないのか。それができなければ、自分は、四人の家族を救う事ができない。その結果、自分は、元の時代に戻れなくなる。いや、戻れたとしても、戻ってはならない。

猛獣達が殺害された事実を受け入れることなどできる筈がない。

妻子がいない世界に戻ってどんな意味がある？

「戦争」は、国と国の戦いだけではない。個人にも、「個人の戦争」があるのだ。これは、「自分という個人の戦争」なのだ。自分が家族を救えるのか救えないのか、動物達が生きることができるのか、死ぬことになるのか、その運命を懸けた「戦争」なのだ。

そこまで思いが到達すると、護の心は、意外にも落ち着きを見せ始めた。

先ほどまでの、不安な気持ちは消え、闘い前夜の冷めた闘志が、氷のような炎となって心の中で燃え始めたのだった。


護が到達した解決策は、「猛獣達を他の場所に移す」という単純なものであった。

平凡な結論ではあったが、いくら、考えても、それしか思い浮かばなかった。

自分が外交官でなく、軍人であるならば、武力で渡り合うこともできるかもしれない。

しかし、自分は外交官だ。

外交官も、「戦う兵士」だとしたら、外交官の武器は、銃ではない。「知恵」と「言葉」だ。

「銃」は用いず、「知恵」と「言葉」で、「外交」という舞台で、自分は戦うのだ。それが、外交官としての、今の自分の「使命」なのだ。

護は、「ペンは、剣よりも強し」という英国の教訓を思い出した。これは、武力に屈しない、「言論の強さ」を表した表現だが、「言論人」だけでなく、外交官にも当てはまる言葉でもあると、護は、考えたのだ。

今こそ、この言葉を武器にして戦わなくてはならない。護の闘争心に、火が点いた。

しかし、意外にも、護は冷めていた。心を冷静に保って、思考を深めていくことができた。

そもそも、このような事態をもたらしたのは、「タイム・スリップ」である。それによって、自分と家族は「歴史」の渦に飲み込まれそうになっている。

そうであるならば、見返りとして、「自分には歴史を変える権利がある」と考えてもよいのではないか。

老人は、あの時、「やりもしない内から諦めるのか」と、自分を嘲笑った。今こそ、それを見返そうではないか。

自分はあらゆる力を使って、歴史を変え、妻と子どもを救ってみせる。

作戦は、こうだ。

「逃げるが勝ち」という諺がある。戦国時代の兵法師の孫師が唱えた「孫氏の兵法」の一つであると聞いている。

日本の戦国時代に於いて、この作戦で生き延び、勝利を手にした武将が、数多くいた。それとは、逆に、追い詰められても、あたら、武力によって、反撃を試み、あえなく、命を失った武将が何と多いことか。

今、自分も、その手を使えばいいではないか。

軍人達が動物園にやってくる前に、猛獣達を他の場所に移せばいいということだ。

圧倒的に不利な状況の時は、正面衝突を避け、卑怯と罵られようと、一時期、身をかわすことが有効ではないだろうか。そして、機を窺い、斜め横から奇襲を加えれば、勝つ可能性が出てくるのではないか。

中国は広い。どこかに猛獣達を隠すことができる場所があるに違いない。

そこを探すのは、難しいことかもしれない。しかし、当地に生きる中国人なら知っているのではないだろうか。今、自分の身近に、動物園の飼育係という人達がいるではないか。彼らなら、どんな所が、猛獣達が生きていくのに相応しい土地なのか、どうすれば、そこまで移動させることができるのか、分かるに違いない。

それに、飼育係の青年は、今度のことで軍への反抗心を見せていたではないか。

恐らく、他の飼育係も同じ考えを持っている筈だ。彼らなら、きっと、この計画の意義を理解してくれるだろう。飼育係を味方につけることができれば、この「作戦」は叶えられるかもしれない。

「軍が思いつかないような作戦で、軍の裏をかくことができれば、弱小な自分にも勝つ見込みはある」

そう思うと、護はいても立ってもいられなくなった。

早く夜が明けないかと、そわそわとし始めた。

落ち着かぬ護は、夜が明け切らぬ内に、動物園に向かった。春子は、そのような護を不安げに見送ったのだった。

護は、象舎の中に、陸青年の姿を発見した。

陸青年は、象と別れる日が来るまで、せめて、しっかりと餌を食べさせ、象舎を綺麗にしておこうと考えていたのだ。

朝早い護の訪問に、陸青年は驚いて、象舎から出てきた。

「領事、どうしたのですか。こんなに早い時間に」

その言葉が終わらない内に、護が陸青年の腕を捉えて、訴え始めた。

「陸さん。あなたとあなたの仲間達の力を貸してほしい」

「どうしたのですか、急に」

「昨日、寝ずに考えたのだ。猛獣達を軍に殺させてはならない。その前に、他の場所に移してしまおう。そうすれば、猛獣達の命を救うことができる」

そこまで一気に話すと、護は改めて、陸青年の腕を強く握った。

「それには、君達、飼育係の人達の協力が不可欠だ。どうか、力を貸してくれないか」

手を握られながら、陸青年は、思いあまったような護の嘆願を聞いていた。

護は、陸青年が、何かを感じ取ってくれたような感じがした。

陸青年は、やがて、自分の手を握っていた護の手を、優しく解いて言った。

「谷川さん、それは、本当ですか？　本当にそう思うのですか？」

「そんなことをしたら、あなたは反逆罪で捕らえられますよ。私達だってどんな目に遭うか分からない。それでもあなたは、それを実行しようと言うのですか？」

「そうだ」

「私は、自分の命を懸けても、動物達の命を護りたい。いや、護らなくてはならない」

「それが、未来から使わされた私の使命なのだ」

「未来から使わされた使命？　何のことですか？」

「いや、それを、今、説明することはできない。分かってほしいのは、動物達の生命を救いたいという私の思いだけだ」

「ともかく本気なのですね」

「そうだ。私は本気だ。だが、そのことによって、君達にも累が及ぶかもしれない。それを思うと、心苦しい」

陸青年は、相手が本心から依頼しているのか見定めようと、じっと護の顔を見つめていたが、やがて、決心したように口を開いた。

「分かりました。私達とて動物達の命を救いたい。日本の兵隊達に渡したくなんかない。それは、あなたと同じ思いだ。しかし、あまりにも危険だ。それに、それが、いい考えなのかどうか、分からない。谷川さん、少し考える時間がほしい。仲間と相談したい。待ってくれますか？」

「勿論だ。だが、時間はあまりない。そう遠くない時期に軍は動物園に兵隊を送り込んでくる。できるだけ急いで、意見を纏めてほしい」

「分かりました。それでは、今日中に話し合うので、今日の夜、もう一度ここに来てくれますか」

「本当か」

護の声は弾んだ。

「有難う。ぜひ、皆を説得してくれ」

こうして、護の『救出作戦』は動き始めた。

彼らが協力してくれれば何とかなるのではないか、というかすかな希望が、護の心の中で点った。夜になるのが待ち遠しかった。

夜の動物園。

時折、動物達が吼える声が聞こえたが、それ以外は物音もせず、しんと静まり返っていた。

護が象舎裏の作業部屋に入ると、既に二十数人の飼育係が集まっていた。

一様に、鋭い目つきで、護が入ってくるのを見つめていた。

「一つの嘘も許さないぞ」という強い意志が、その眼差しに籠められていた。

護は、どのような結論が出たのか、いても立ってもいられず訊ねた。

「で、話し合いの結果は？」

陸青年が立って、飼育係の代表を、護に紹介した。

「春勇班長がお答えします」

春勇と呼ばれた男が立ち上がった。年齢は、四十代の後半、筋骨逞しい鼻筋の通った男だった。

「あんたの提案を聞いた」

「皆で話し合った。結論から言おう。その計画は無理だ」

一瞬の間が空いた。護は、唇をかみ締め、次の言葉を待った。

「なぜなら、動物達を他の場所に移すにはトラックが必要だ」

「それに、運んだ先に、動物達を入れる檻も造らなくてはならない」

「その資材がない」

「あったとしても、隠し場所の近辺の住民達が、猛獣の受け入れに賛同してくれるとは限らない」

「仮令、賛同してくれたとしても、一人でも裏切り者が出たらおしまいだ」

「俺達は残らず捕まり処刑されてしまうだろう」

「それより、もっと困難なのは、動物達の食糧だ」

「今は戦争中だ。自分達の食料すら手に入れることが困難になっている。動物達にはそれ以上の食糧が必要になるが、それを手に入れることは難しい」

「それに、それが、どれくらい続くのか分からない。長引けば長引くほど、困難になる」

「土地の人達も、軍を恐れて協力しなくなる」

春勇班長は、きっぱりと護に宣告した。

「だから、この計画は無理だ。国内どこを考えてもできないだろう」


護は、春勇のその言葉を静かに聞いていた。護の額には深い皺が刻まれ始めていた。

「今、あなたが言ったことは全てそのとおりだと思う」

「今の私には反論する材料が一つも見つからない」

「しかし、それでも頼みたい」

「何とか、思い直してくれないか。何故なら、この作戦には、君たちの協力が不可欠だからだ。君達は、勇気があり、大胆な行動もとれる。そして、『大胆』且つ『慎重』、それが、この作戦の要諦なのだ。それができるのは、君達だけなのだ」

春勇は、護の顔を注意深く見つめていた。

「あんたの気持ちはよく分かった。日本人でありながら、あんたは軍人達とは違った考え方をする。有り難いことだ。嬉しくもある。しかし、今は戦争中だ。どうあがいても、どうにもならないのが戦争だ」

「分かってくれ、あんた以上に、俺達もつらいということを」

陸青年が間に入った。

「谷川さん。分かっていただけますか。今の私達にできるのは、動物達を、できるだけ苦しませずにあの世に送ってあげるということと、動物達の墓を造って墓を守っていくことだけです。これが、あなた達日本人が始めた侵略の結果なのだということを」

その場の誰も、異を唱える者はいなかった。長い沈黙の時間が過ぎていった。

その沈黙を破って、護が発言した。

「分かりました。諦めましょう」

「こうなったのも、私達日本人が満州に進出したからです。謝ります。一日本人として、心からお詫びします」

そう言って、護はその場を立ち去ろうとした。その後ろ姿を、誰も止めようとはしなかった。

10　ミサ

次の日は、日曜日だった。

諦めきれない気持ちを整理しようと、護の足は自然に動物園に向っていた。

動物園に顔を出した護は、陸青年が、数人の中国人飼育員と連れ立って、歩いてくるのに出合った。

昨夜のこともあり、互いに気まずい思いで言葉を交わした。

「おはよう、陸さん、どちらへ」

「領事さん、お早うございます。今日は日曜日なので、これから教会に行きます」

「教会？」

「はい、私達は、クリスチャンなのです」

「そうでしたか、クリスチャンだったのですか？」

「ええ、これからミサに参列します」

「プロテスタントですか？　それともカソリックですか？」

「私達は、皆、カソリックです」

「ということは、皆さんは、旧約聖書を信じているのですね？」

「ええ、そうです」

「そうでしたか。信じるものがあることは素晴らしいことだと思います」

「有難うございます。領事さんも一緒に行きませんか」

「いえ、私は、信者ではありませんから」

「そう言わず、出席するだけでもいいではありませんか。これも、私達中国人を理解する勉強だと思って」

護は、誘いを断るつもりであったが、ふと、神にすがるのもいいことなのかもしれないと思い直してみた。

「では、そうさせてもらいましょう」

護を仲間に加えて、飼育員達は楽しげに教会に向かった。


中国人には、クリスチャンが多いということは聞いていた。それも、カソリックの信者が多いということだ。戦国時代の日本がそうだったように、スペインやポルトガルの宣教師が、中国全土に、布教して歩いていたのだ。

教会の建物は、中国人の信者達で溢れかえっていた。長春に、中国人の信者がこれほどいたことに、護は、驚くばかりであった。所々に、西洋人の姿もあった。さらに、服装などから見て、日本人と思しき夫婦が、幾組か目に入った。

教会堂は、大きく、堂々としていた。その中で、西洋人の司祭によってミサは執り行われるとのことだった。護は、入り口で分厚い聖書を受け取った。

護は、ロンドン時代を思い出した。ロンドンにいた時も、教会のミサに顔を出したことがあった。英国の教会は、プロテスタント系の英国国教会に属していた。しかし、英国国教会の儀式はカソリック式で、ミサは、カソリックの方式で行われていた。

英国での体験で、護は、カソリック系のミサには馴染みがあり、中国の教会のミサにも違和感を抱くことはなかった。

ミサが始まるまで、まだ、間があった。人々は、席に着き、近くの人達と談笑していた。飼育係の人達も、それぞれくつろいだ雰囲気で、始まりを待っていた。

護は手持ち無沙汰から、入り口で受け取った聖書を開いてみた。

聖書の前半部分はいわゆる、旧教のメッセージであった。その多くは、ユダヤ民族の苦難と栄光の物語であった。中でも有名なのは、「アダムとイヴ」の物語や、「モーゼの十戒」の物語などであった。

護は、分厚い聖書を手に持ち、ぱらぱらとページをめくってみた。

あるページで、護の動きが止まった。気になる言葉が目に留まったのだ。

『創世記』の第六章、『ノアの方舟』の話であった。


『ノアの方舟』は、奇跡の物語である。

ユダヤ教、キリスト教、イスラム教など、中東で始まった一神教では、「終末論」が信じられている。

神は、自ら造った人間達が、神の思いとは違った行動を取ったことに怒り、罰として、この世を破壊しようとした。

一種の「世紀末思想」「終末論」である。この種の終末論は、世界各地に広がっていて、例えば、「シュメール伝説」「ギルガメッシュ物語」などはよく知られた物語である。

旧教の言い伝えは、その一つに過ぎない。カソリックでは、『ノアの方舟伝説』となって、生きもの全てが、洪水によって死ぬ日が、近い内に訪れる、と教えていた。

聖書には次のように書かれている。

「神によって創造された人間、アダムとイヴの誕生から十代が経ち、ノアの時代になっている。しかし、神の願いとは異なり、地上は悪に満ちてしまった。神は怒り、ノアの家族と、清い動物達七つがい、清くない動物達一つがい、そして、空の鳥たち七つがい以外の動物達を地上から滅ぼすことを決めた。神の指示を受けたノアは七日間で大きな方舟を造り、動物達を乗り込ませた。ノアが六百歳の時、神は大洪水をもたらした。四十日間、雨は降り続き、地上は大洪水に飲み込まれた。神は、方舟の動物達以外はすべて、地上から拭い去ってしまったのだった。生き残ったのは、方舟に乗った動物達だけであった」（旧約聖書、「創世記」６章）

人々は、世紀末が近いというその予言を信じることができず、生活を改めようとはしなかった。

ただ、その中で、ただ一人、ノアだけは、神の言葉を信じた。

ノアは、その日のために、巨大な方舟を造った。そして、大洪水が起きる直前、地球上のほとんどの動物達の『種』を方舟に受け入れ、動物達の全滅を防いだのだった。

『ノアの方舟』の話は、キリスト教徒の間で広く信じられていた。

それは神話であったが、実際にあったことだと信じる者も多かった。

日本でも、「神話は架空の物語だ」と長く思われ、『古事記』などはそういう眼で読まれていた。しかし、近年の歴史学者は、虚構の物語とされてきた神話が、実際にあった事象に基づいて作られている事実を次々と発見し、人々の神話を見る目を変えつつある。

『ノアの方舟』の場合も、トルコのアララト山の山頂付近で方舟の残骸が発見されたことにより、一気に史実であったことが信じられるようになった。

そして、世界の動物園を巡ってみると、『ノアの方舟』をかたどった建物が建てられていることに出会うことができる。

ヨーロッパの動物園に見られる方舟は立派なものである。

ただ、その現象は、神話を再現するという意味よりも、『種の保存』を進めるという意味が籠められている場合が多い。

生物学者たちの間で、「種の絶滅を防がなくてはならない」という思潮が近年では広がり、『種の保存運動』のシンボルとして、動物園内に、『ノアの方舟』を真似た施設が誕生しているのだ。

護は、今、そのことを思い出したのだ。

護は、身体が高揚していくのを感じた。

そうか、『ノアの方舟』だ。

興奮の波が押し寄せた。身体が震えた。心も震えた。

何も眼に入らなくなってしまった。

人々が賛美歌を歌っても聞こえなかった。司祭の祈りの言葉も、耳に達しなかった。

ミサがどのように進行したのか、全く分からなかった。

いつの間にか、ミサは終わっていた。護は、依然として興奮し続けていて、席を立つことができなかった。

「領事さん、どうしました?。ミサは終わりましたよ。帰りましょう」

護は、漸く夢から目覚めた。

陸青年達と別れ一人で帰りながら、思考を重ねていた。

思いもかけぬアイディアが浮かんだ。グッド・アイディアではないか。

『ノアの方舟』のことは、以前から知っていた。それなのに、これまでどうして思い浮かばなかったのだろう?

今になって、思いつくなんて。

思いついた場所が、キリスト教会であったということが、意味を持っているのではないか。

もしかしたら、これは神の啓示なのかもしれない。

聖書の中に、一人の男が、神から啓示を受けた話があった。啓示を受けたその時から、男は、神の使いとして、各地で伝道を行い始めた。

今日、自分におきたことは、それと似ているように感じる。神は、もしかしたら、私に期待しているのではないか。「動物達の命を救えるのはお前だけだ」と言っているのかもしれない。

キリスト教の信者でもない自分が、旧約聖書の時代の神話からヒントを受け取ったこと自体、不思議なことだ。

そして、そこから、動物達を救う手立てを思いつくなんて、考えもつかなかったことだ。

こうなったら、この話に乗らない訳にはいかないだろう。

神の啓示のように、『ノアの方舟』を造って、動物達を救おう。

できるかどうかは分からない。

しかし、これが、もし、本当に、神の啓示であるならば、成功しない筈がない。

よし、やってみようではないか。

護の希望の炎が、見開いた瞳の中で、燃え始めたのだった。


神がかりのように、奮い立った護は、さっそく、具体的な計画を考え始めた。

それは、『ノアの方舟』を今の時代にタイム・スリップさせるというアイディアであった。

と、言っても、軍に見つからないように『方舟』を作ることは難しい。

何から何まで、旧約聖書どおりには行きそうもない。代わりのプランを考えなくてはならない。

護が思いついたのは、「『方舟』を造る代わりに、『方舟』に匹敵するような大きな貨物船を用意し、そこに動物達を避難させ、どこか別の国に運んでやればいいではないか」というプランだった。

この考えを思いついた時、護は激しく興奮した。

「これならやれそうだ」

希望の光が輝いたように思えた。

中国国内ではなく、「外国に動物たちを避難させる」というのも、いいアイディアだと確信したのだった。

これまでは、中国国内しか頭になかった。そのため、計画はまとまらず、途中で頓挫してしまった。その壁を、今、乗り越えることができたのだ。

護は、この計画を、『ノアの方舟作戦』と名付けた。インパクトのある名前のような気がした。

これなら、成功するかもしれない。護の胸が、雀躍したのだった。

護は、『ノアの方舟作戦』の計画を練り始めた。

これから始めようとする作戦は、護が「外交官である」という利点を、最大限に活用する作戦だ。これまでの護の外交官としてのキャリアを最大限に生かす作戦だ。

同時にこれは、乾坤一擲の「大胆」な作戦であった。

時間も、資金もない一介の外交官が、猛獣達を救うことなどできることではない。「奇跡」が起きない限り、成功するはずがない、無理な作戦である。

しかし、不思議なことに、護は、不可能だという気はしなかった。

むしろ、成功するのではないかという期待が、大きく膨らんでいったのだった。

こうした楽観的な展望が、護の心を明るくしていた。

父の言う『足跡』を残すには、とにかく、試みなければならない。試みて、初めて、先が開けるのだ。

それには、強い『使命感』に支えられることが不可欠なのだ。そして、『使命感』は、高い『倫理感』に支えられていることも不可欠だろう。

それが、あるのは、西欧の動物園ではないだろうか。

これまで、西欧の動物園を見物している内に、気が付いたことがあった。それは、西洋の場合、日本とは異なった理念で、動物園が運営されていることだった。そこでは、動物達は、単なる見世物ではなく、一頭一頭、一匹一匹、一つの生命体として敬愛されていたのだ。

そして、動物園運営に際して、キリスト教の理念が、深く浸透していることにも気が付いていた。それを示しているのは、動物園の中に『ノアの方舟』を模した建造物が作られているという事実である。それも、一つ、二つの動物園だけではなく、大多数の動物園で見られる風景であった。

初めはそれが何であるのか、そして、何をする為に造られているのか、護には、理解できなかった。

動物園の関係者に尋ねると、それが、『ノアの方舟伝説』に基づいていることを教えてくれた。『ノアの方舟』の建造物は、人類が傲慢さを持たないように、そして、博愛の精神に基づいて動物達に接するようにという、キリスト教的な理念から作られているということのようだった。それは、ナイチンゲールの『博愛精神』が、多くの人の心を打ち、赤十字の創設に導いたのと同じ理念から発しているものだった。

護は、キリスト教の『博愛精神』が、西欧人の社会に根付いていることを改めて、知ったのだった。それこそ、今回の「動物救出作戦」には不可欠な倫理観、理念ではないかと、護は、感じ取った。

護は、この作戦の構想を大急ぎでまとめてみた。

ポイントは、「方舟」、つまり、「輸送船」を手に入れることだ。大きな動物達を収用し、運ぶための「輸送船」を、どうやって手に入れるかが、最初の関門であった。

「輸送船」には、大型動物達を多数乗せなくてはならない。

今は、戦時中だ。どこに、そんな船があるというのだ。船が調達できなければ、この作戦は一歩も前に進まないのだ。

日本に頼ることはできない。

では、どうすればいいのか?

さらに、別の問題もある。猛獣達を動物園から輸送船に運ぶためのトラックが必要だ。それも、官憲に見つからないように、覆いの幌をつけた大型のトラックでなくてはならない。運び出したい動物達の員数から考えると、最低でも、二十台は必要ではないか。

輸送船とトラックが用意できたとすると、次の問題は、動物達の世話をする協力者が必要になる。彼らは、経験者であることが必要だろう。餌をあげ、動物達の緊張感をほぐし、不安から落ち着きをなくした動物達を世話するには、相当な技量が求められるだろう。未経験者では、いざという時対応しきれなくなる。

そうした経験者を、探すにはどうしたらいいのか。気づかれぬように、秘密裏に探すことは、難しいだろう。一度断られたが、やはり、飼育係に頼るしかないように思えた。

また、多量の餌を用意しなくてはならないという問題もある。

今でさえ、餌の調達が困難なのに、どうやって、移送時の食糧を確保したらいいのか。相手は肉食動物達なのだ。

さらに、猛獣達の受入先の確保も不可欠である。

受入先は、日本は当然除外される。そして、戦場となっている国や地域も外される。この、戦時中に、そんな条件を満たす都合のいい国や場所が、あるものなのか？　あったとしても、それが、日本の友好国であることは、ほとんどあり得ないだろう。

では、中立国はどうだろう？

中立国といえば、まず思い浮かぶのは永世中立国のスイスだろう。

しかし、スイスはあまりにも遠い。それに、途中のルート上の国々は、現在、戦争中だ。もっと近くの中立国はないものだろうか？

動物達の受け入れ可能な国や区域を探すことが、最大の課題になることが予想された。

その上、外交官の護にとって、苦手な資金のこともある。

今回の作戦を遂行するのに、一体、どれほどの資金を要するのかさっぱり見当がつかない。

それ以上に分からなかったのが、その資金をどのように工面したらいいのかということだった。

日ごろ、金銭のことに関わらなかった護には、見当もつかないことだった。

ざっと考えただけでも、こんなにたくさんの難題が待ち構えている。

それを一外交官にすぎない自分が、進めることが果たしてできるのだろうか。

護は、考えれば考えるほど困難な問題が待ち構えていると痛感した。

それにも関わらず、護の胸の希望の炎は消えるどころかますます燃えたぎり始めていた。

希望の光が見え始めた以上、この炎を消してはならない。何としても、灯し続けなくてはならない。

けれども、そうした前向きの姿勢とは真逆の思いが湧いてくるのを、止めることができないのも事実であった。

実行となると、難問がこんなにもたくさん待ち構えている。この他にもまだまだ難問はある。

今、救おうとしているのは、大きな猛獣達だが、動物園には、このほかに多数の小動物がいるではないか。それらの小動物は救出しなくていいのか？

いい筈はないことは分かっている。果たして、自分は、これらの壁を乗り越えることができるのだろうか？

頼れるのは、やはり、飼育係の人達しか考えられない。

数日前、きっぱりと断られた以上、この話を持ち出してもだめかもしれない。

だからと言って、ここで諦めていいのか。計画の第一歩で躓いてしまっていいのか。

護は、もう一度、陸青年を介して頼んでみようと決意したのだった。

　それにしても、自分は、どうしてこんなに無謀な事をやろうとしているのだろう？　動物園の猛獣達を殺害から救うことにどれだけの価値と意味があるというのだろうか？　こんな無謀な計画に賛同する人がいるのだろうか？

　戦争とは、人の命を奪い合うことだ。貴重な自国の人間の命を奪われないために互いに戦うのが戦争だ。そこには初めから動物達の命は配慮の外に置かれている。それなのに、自分は、戦時中にも関わらず、動物達の命を救おうと考えている。

　なぜだ？　単なる哀れみか？　それだったら、そんなことは考える必要などない。

　もし、成功したとしても、救えるのは、目の前にいる、猛獣達だけだ。

　果たして、それにどんな意味があるというのか？

　そもそも、動物園は、戦争が終われば再建できるのだ。人間は、そうやって戦争の傷口を癒しながら、新しい国を造り、社会を作り直してきたのだ。

　では、今の、この時だけ、目をつぶればいいことなのだろうか。

　いや、違う。それは違う。

　護は直ちに、その思いを否定した。

　誰も動物たちに思いを寄せることなく、動物たちの生命が、配慮の外に置かれているからこそ、自分一人でも、救い出すことを考えなくてはならないのではないか。

「自分の家族を守る為」という理屈をそこに織り込むことは、理解されるのだろうか？

　それは、おそらく無理であろう。

そのような自己中心的な考えを持つこと自体、不謹慎だと思われるのは必至である。護は、家族の救出を表に出すことはしてはならないと考えた。紅葉と緑のことは、誰にも言うまいと、心の奥に封じ込めたのであった。

11　ジョン・マクドナルド

護の頭の中は、救出作戦の計画と、生命に関する倫理・道徳観が入り乱れ、整理が付かず、酒でも飲まなければやっていられない状態になっていた。

護は、邪念を振り払うように大きく頭を振って、棚のスコッチ・ウイスキーの瓶を手に取った。グレン・フィディックの十二年もので、父の正一が残していったものだった。瓶の半分ほどが残っていた。父は、気分を転換しようとした時や、深く物事を考えようとした時に、味わっていたのだろう。

護は、グラスにウイスキーを注ぎ始めた。「トクッ　トクッ」という心地良い音と共に、香りの強い琥珀色のウイスキーが、グラスに注ぎ込まれていった。

護は、すぐに口にせず、グラスを持ち上げて灯りにかざし、その色合いの美しさを眺めていた。氷はなく、冷たい水もなかったので、ウイスキーは、そのままの姿で、静かに灯りに輝いていた。そうやって琥珀色の色合いを楽しんで、護は、グラスを口元に運んだ。シングル・モルト特有の芳醇な香りが護の鼻をくすぐった。

口中で芳醇な香りが広がり、アルコール度四二度の液体が、焼けるような痛みを伴って、そのまま、喉元を通過していった。

護は、二杯目をグラスに注ぎ、グラスを、ゆっくりと転がしながら、スコッチ・ウイスキーを味わっていた。酒を楽しむというより、雰囲気を楽しんでいるといった感じであった。

その時、一つの景色が護の脳裏に浮かんできた。

それは、母の春子が、失いかけた記憶を取り戻してほしいと願って、護に渡してくれた父の日記、『足跡』に書かれていたいくつかのエピソードだった。


その中に、ニューヨーク滞在中、父の正一が出会った人達との心の交流のエピソードの記載があった。中でも印象深かったのは、ジョン・マクドナルドという英国の人物のことであった。

ジョンは、日記に何度も登場し、正一との心の交流の深さが滲み出ていた。正一は、滞在国のアメリカ人の友人よりも、英国人のジョンと気が合ったようだった。個人的に手紙のやり取りもしていて、家族を含めた付き合いもあった。

ジョンは、正一がニューヨークを離れる時、「友情の証」として、スコッチ・ウイスキーを贈ってくれたのだ。

護は、書棚から『足跡』を取り出し、ジョンとの交流が描かれている箇所を探した。

二冊目の、後半部分に再会を約束し合う箇所が見つかった。

「『ショウイチ、戦争はやがて終わる。そうしたら、また、会おう』と言って、固く手を握ってくれた」と記述されていた。

護は、『戦争はやがて終わる』というジョンの言葉に、心を打たれた。そうだ、この戦争も、やがては終わるのだ。さらに、『また会おう』という言葉に、友情の深さを読み取ったのだった。

不思議な縁というものはあるようで、日記には、「ジョンが、自分の後を追うように、北京の英国大使館に赴任してきた」、と書かれていた。

二人が、元の友好的な関係に戻るのに障害はなかった。敵国同士ではあったが、ここ、中国でも、秘かに交友を深め合っていたのだった。

しかし、戦争が激しさを増してきて、二人は、これまでのように会うことはできなくなっていた。

それでも、二人の友情は変わらず、何かあれば互いに助け合うことを約束していた。秘密の落合場所も用意して、これまで、何回か会って、スコッチを酌み交わして、友情を確かめ合っていたらしい。

勿論、用心はしていたようで、二人は、連絡を取る際、暗号を用いることにしていたらしい。

その暗号も、『足跡』に記されていた。

護は、その記述を思い出したのだ。

そして、思い出した瞬間、神の啓示を受けたような衝撃が護の身体に走った。

グラスを手にしたまま、護の表情がみるみる変わっていった。

「そうか。ジョンだ。父の友人のジョンなら分かってくれるかもしれない」

絶望の縁に佇むしかなかった護の身体に、熱い血流が一気に流れ始めた。希望が湧いてきた。それまで、絶対に不可能と思われていた計画が、実現可能になるかもしれない。護は、砂漠でオアシスを発見した時のような喜びを感じた。オアシスの水が、身体の隅々に行き渡るような、みずみずしさを感じた。瀕死の我が身が、命を吹きこまれた。萎れかけていた花々が息を吹き返し、モノクロのネガがカラーのポジに置き換わっていくようだった。

護は、成功の鍵は、『ジョンの協力』にかかっていると確信した。

ジョンを説得できれば、この作戦は実行に移すことが可能になる。そうすれば、飼育係を、自信をもって説得できる。

逆に、ジョンを説得できなければ、この作戦は全て水泡に帰してしまうのだ。

今は、戦時中だから、九九パーセント、それは、無理かもしれない。しかし、そこに一パーセントでも可能性が残っているならば、やってみる価値はあるのではないか。

護は、一縷の望みに賭けてみようと思った。

護の心に並々ならぬ決意がみなぎってきたのだった。

護は、父の残した暗号表を使って、秘密裏にジョンと接触を図った。暗号は、今も使えて、二人は、北京で会うことになった。

事は慎重に行われなくてはならなかった。仮令、外交官特権があるといっても、戦時中に敵国人と接触を持つことは危険を伴う。

見つかれば、スパイ行為と看做されるだろう。そうなれば、軍事裁判が待っている。国家反逆罪を被る危険性すらある。絶対に、秘密が洩れてはならない。

ジョンとて同じことだ。敵国人の日本の外交官と、上司の許可なく会うことは極めて危険な行為である。

さらに危険なのは、自分が正一でないことを、ジョンに見破られないとも限らないことだ。正一とジョンが、心を許しあった友人であるだけに、ジョンに見破られてしまうかもしれない。

護は迷った。自分の願望のために、ジョンを巻き込んでいいものか。

しかし、迷っても、他の方法を思いつくことはできなかった。覚悟を決めて。中央突破をするしかない。

護は強行した。一か八かの博打であった。


その日は、朝から、霧が立ち込め、冷たい雨が降っていた。秘密裏に会うのに好都合な天気になっていた。

北京の街を行き交う人々は、傘をさして歩いていたが、ジョンは、傘を差さずに、コートの襟を立てて、やってきた。ロンドンで、不思議に思ったのだが、英国人の男性は、雨でも傘を差す人は少なかった。

一方、極度の緊張と恐怖心で、護の心は萎えそうになっていたが、ジョンの顔を見ると、喜びが身体に満ちた。

二人は、会うなり、肩を抱き合い、固く握手を交わした。

落合場所は、戦前は、外国人向けのバーであったらしい。

部屋はそれほど広くないが、以前の面影をしっかりと残していた。

「ショウイチ、元気なようだな」

ジョンは、何の疑いも持たず、懐かしそうに声をかけてきた。

案じていたことは、杞憂となった。護と正一のタイム・スリップは、ばれなかったのだ。

「君も、元気で何よりだ、ジョン」

護の声は、思わず高ぶっていた。雰囲気を和らげる間もとらず、ジョンは、護を急かせた。

「今日は、長居をすることはできない。

先に用件を言ってくれ」

「分かった。実は、君に頼みがある。危険な頼みだ。それでも聞いてくれるか」

「…」

暫くジョンは返事をせず、じっと護の様子を見ていたが、やがて、口を開いた。

「勿論だ」

「親友の言うことなら、敵同士となった今も、聞くのが英国紳士の道だ」

「君の国の武士道も同じだろう?」

「有難う。そのとおりだ。日本の武士道も同じだ」

護は、ジムの手を取った。ジョンもそれに応えて強く握り返してきた。

「では、早速説明する」

護は、事の次第をジョンに説明した。

ジョンは、額に皺を寄せながら護の話を黙って聞いていた。

「そのような訳で、君の国の輸送船か赤十字の輸送船を使わせてほしい」

「船までの動物達の移送はこちらで行う」

「君に頼みたいのは、輸送船の調達と、その船が安全に外国に着くまでの護送をしてもらうこと、そして、外国の動物園で動物達を預かってもらうことだ」

思いがけない提案に、ジョンは驚いた。

米国にいた時のショウイチはどちらかというと思慮深い外交官で、今、聞いたような大胆なことを言うようなタイプの人間ではなかった。

その、ショウイチが、戦時中に、このような危険なことを頼むというのは、それ相当の事情があるのだろうと推察した。

「それにしても、ずいぶん大胆な提案だな。なんだか、別世界のことのように聞こえてくるよ」

「そうだろうな。でも、私を信じてくれて嬉しいよ。ジョン」

「ショウイチ、そのことに返事する前に、一つ聞かせてほしい」

「何でも言ってくれ、ジョン」

「どうして、そんな無茶なことを考えた？　まるで、いつもの君でないようだ」

護はどう答えていいか逡巡した。

本当のことを理解してもらうには、昭和五十年から昭和十八年にタイム・スリップしたことを話さなくてはならない。そんなことを話しても、ジョンは信じないだろう。そうなれば、気が振れたのかもしれないと受け止められて、この話は消えてしまうだろう。

タイム・スリップのことは、絶対に、話せない。ましてや、紅葉や緑の命がかかっていることも言ってはならない。

暫く、間を置いて、護は応えた。

護は『かわいそうなぞう』のストーリーを「自分が見聞きした話」としてジョンに話した。『かわいそうなぞう』は戦後に刊行されたものなので、今の時点ではその話をできなかったからだ。

ジョンは、何度も頷きながら話を聞いていた。ジョンの身体が、少しずつ前のめりになってきた。おそらく、護の話に、関心を持ち始めたのだろう。

「その事があってから、自分は、動物園を訪れて、猛獣達、特に象を見るのが楽しみになって、時々動物園を訪ねるようになった。中国に赴任してからも、動物園を訪れるのを楽しみにしていた。ところが、最近、日本の軍による動物虐殺の話が出ていることを知った。戦況が思わしくないことから、軍は、事前に動物達を殺害する事を決めたのだ。私は、それらの猛獣達が、信頼している人間の手によって殺されていくのを座視することは耐えられないのだ。今の日本には、動物を生命あるものとしてみる余裕はなくなっている。日本には、動物達を救う力はない。ましてや、動物園を維持する力も既にない。抹殺するだけが、最後に残された道なのだ。しかし、欧米の国々ならそうはしない筈だ。そうだろう、ジョン」

ジョンは、その通りと言わんばかりに深く頷いた。

「そのとおりだ。なぜなら、欧米の先進国には、動物の命を人の命と同じ重さがあるとする伝統文化が根付いているからだ。特に、私の国の英国には、その精神が脈々と受け継がれている」

ジョンの後を、正一が受け継いだ。

「私もそのとおりだと思っている。君たちなら、動物園の動物達の命を奪おうとは考えない筈だ」

ジョンは、そのとおりだと言わんばかりに大きく頷いた。

「なるほど、君の言うように、わが国には確かに動物愛護の精神が根付いている。現に、近年、ドイツからの攻撃が激しさを増してきて、動物園も危険な状況に追い込まれた。ドイツの長距離ロケットがロンドンを破壊し始めた時、英国人は、ロンドン動物園の動物達を北のスコットランドの地方都市やアイルランドのダブリン郊外に移した。だから、君の動物達を救いたいという思いはよく分かる。しかし、ここは、どちらの国にとっても異国の地だ。できることとできないことがあることは、君も、分かっているよな」

「勿論だ。僕も外交官だ。この戦争が、間もなく日本の敗戦という結果で終わることは予測できる。動物園がある新京に、近い内に中国軍かソ連軍が攻めてくるだろう。日本軍は、動物園が占拠されてしまう前に、動物達を殺害してしまうに違いない」

「動物達の命を救えるのは、圧倒的な力を持っているアメリカと、動物愛護の精神が根付いている君の国、英国だけだと僕は思う」

「動物達を外国に運ぶとなった時、制空権、制海権を失っている日本の船は、アメリカによって撃沈されることになるだろう。だから、英国かアメリカの船か赤十字の船を使い、アメリカの海軍の力を借りて、外国まで無事輸送してほしいのだ」

護の決意が並々ならぬものであることをジョンは知った。

「なるほど、それで、君はどこに動物達を運ぶつもりなのだ？」

護は、しばし、腕を組んだまま、考え込んでいたが、やがて、腕を解くと、計画を口にした。

「アラスカはどうだろう。気候から考えると本当は暖かいハワイがいいのだけれど。ハワイは、日本軍が、真珠湾を攻撃したこともあり、無理だろう」

「アラスカか？　と言うことは、オホーツク海、ベーリング海を渡ることになるぞ」

「そうだ。そして、アリューシャン列島沿いに行くことになる。ハワイに行くには、日本列島が邪魔だ。それに、太平洋も戦場になっている。アラスカなら可能なのではないかと思う」

「そうなると、今度は、ソ連が相手になってくるぞ。ソ連は大丈夫なのか？」

痛いところを突かれたと、護は思った。

ソ連は、確かに心配だ。できることならソ連は相手にしたくない。

「君の言うとおりだ。ソ連は危険だ。だが、日本とソ連は『中立条約』を結んでいる。そのソ連を信用するしかないではないか」

それでも、ジョンの心配は消えなかったようだった。まだ、納得した訳ではなさそうだった。

それは、護も同じであった。それでも、そこしか頼るプランは、持てなかった。

護は、敢えて、元気に応じた。ジョンは、それ以上、ソ連のことにこだわらなかった。護の考えるとおりにするしかないと、判断したようだった。

「心配してくれて、有難う。ジョン」

「次の問題だが。英国の船の安全を守る件を、どう考えている？」

「そのことだが、それについても、君の協力が必要になる。可能かどうか、君の考えを聞かせてほしい」

「そうだな。船の安全を護るのは軍の仕事だからな」

「この作戦には、軍の全面的な協力が必要になる。戦時中の今、軍が、『分かった』と言ってくれるかどうか、分からない」

「かなり難しいと考えた方がいいだろう」

「それに、この計画を進めようとすると、私が、こうして敵国の外交官と接触を図ったことが上司に分かってしまう」

「だから、君の申し出を伝えることすら危険なのだ。・・・・・しかし、君の思いは分かった」

「ともかく、少し、時間をくれ。私にできることなのかどうか慎重に考えたい」

「念のために確かめさせてもらうが、具体的には、私に何をしてほしい」

「有難う。やはり、持つべきものは友だ。よい友人を持つことができて幸せだ」

護は、そこで、大きく息を吸い込んだ。

「このことに関連して、二つのことを頼みたい」

「まず、大型の貨物船か赤十字の輸送船を用意してほしい。動物達の移送用に使いたいのだ」

「なるほど、かなり難しい注文だな。で、もう一つは？」

「こちらの方がもっと難しいと思う。君の国に、アメリカとの橋渡しの役割をお願いしたい？」

「アメリカとの？　アラスカに運ぶとなると、アメリカの許可と協力が不可欠だからな」

「そうだ。そこがこの作戦の一番肝心なところで、一番難しいところなのだ」

「この作戦の重要ポイントの一つは、どこに動物達を移すかだが、今も言ったように、アラスカが一番いいと判断したのだ」

「外交官の君なら分かるように、南方の国々と太平洋は、アメリカ・イギリスと日本が激しい戦争をしているので無理だ。大陸は、中国とソ連がいるので、これも無理だ。残るはアメリカだ。それもアラスカだ」

「アメリカだって危険だろう」

「確かにそのとおりだ。敵国の輸送船を見つければ、日本の海軍は沈めようとするだろう。しかし、私が言うのもおかしな事ではあるが、最近、北の海と日本近海の制海権は、アメリカが握り始めている」

護は、一息入れて、少し間をとった。

「さっきも言ったように、本当ならハワイに連れて行きたい。救いたい猛獣達は、南方育ちが多いからな」

「しかし、動物園のある新京からハワイを目指すのは無理がある。新京とハワイの間には日本列島が横たわっていて、抜け出ることはできない。それに、ハワイは、あまりにもきな臭い」

「それはアラスカとて同じなのではないか?」

「いや、アラスカは、日本軍の手が出せない区域になっている。オホーツク海、ベーリング海はソ連とアメリカの支配下にある。そこを通ってアリューシャン列島沿いにアラスカに行くことは可能だと思う」

そこで、護は一息入れた。

「ただ、一つ心配な事がある」

「何かな」

「アッツ島に、最近、日本軍が上陸したという情報が入っている。日本軍がアッツ島にいる間は、アリューシャン列島沿いに航行することは不可能だ」

「では、無理ではないか、この作戦は」

「そうなのだ。しかし、一つだけ『期待』できることはある」

「何だ、それは」

「うん、アッツ島の隣のキスカ島に上陸した日本軍が、最近島から撤退したらしい。アッツ島もそうなるのではないかと期待している」

「なるほど、けれど、アッツ島はどうかな?」

「天に祈るしかない。そのことは、もう少し待ってほしい、いずれ、何らかの動きが出る筈だから」

「分かった。うまくいくことを期待して待とう」

ジョンは一息ついた。

「ところで、オホーツク海とベーリング海だが、そこも、危険なことに変わりはないぞ」

「その通りだ。引き受けてもらう以上、危険を承知で引き受けてもらわなくてはならない」

「日本の潜水艦は大丈夫か？」

「おそらく、その辺りには出没しないだろう。日本には、それだけの余力はなさそうだ。万が一の場合は、アメリカ海軍に護ってもらいたい」

「ずいぶん無茶なことを君は考えるのだな」

「追い詰められれば、鼠も猫を嚙むと言うではないか」

護が言うと、ジョンも相槌を打った。

「溺れる者は藁をも摑むとも言うからな」

「そこで、君の力が必要になる」

「それは、なにかな？」

「私をアメリカの大使館員と話ができるように手配してほしいのだ」

「この戦時中に？」

「そうだ。いやか？」

「そういう訳ではないが、あまりにも危険だ。下手をすれば、軍法会議ものだ。敵国と通じたとなると、事は簡単には済まなくなる」

「分かっている。私は自分の命をアメリカに預けてもいいと考えている」

「そこまで考えているのか、君は」

二人は、口を閉じた。

そこまで覚悟しているのなら、これ以上話し合うことはない。

残るは決断だけだ。命を懸けるかどうかの決断だけだ。

長い沈黙の後、ジョンが口を開いた。

「改めて、もう一度訊きたい。どうして、君はそこまでやろうとするのだ?」

ジョンは、まだ、すべてを納得できた訳ではなさそうだった。

護は、動物達の救出には、自分の妻と娘の命がかかっていることを伝えるべきか迷った。

しかし、それを話せば、自分の、タイム・スリップの事を明かすことになってしまう。

やはり、それは、できない。

護は、躊躇せず答えた。

「これは理屈ではないのだ。幼かったころの自分が、そうして欲しいと、今の私にすがっているのだ。さっきも言ったように、私だって、全ての動物達を救えるとは思っていない。しかし、目の前の動物達が虐殺されるのを、手をこまねいて見ていることはできない。ただ、それだけのことだ」

それを聞いて、ジョンは、護の決意の強さを受け入れてもいいと判断したようだった。

「分かった。その気持ちも伝えてみよう。早速、アメリカ領事館と連絡を取ってみる。その前に、わが方を説得しなくてはならないけれどな」

「あまり時間がない。できるだけ早く進めてほしい」

「分かった。君には、負けたよ」

その言葉を聞き、護に、漸く、笑顔が戻ってきた。

「話はここまでとしよう。この話はいったん切り上げて、今日は、一杯だけ飲もう。互いに、ニューヨーク時代を思い出そうではないか」

そう言って、ジョンはポケットからジョニー・ウオーカーの小瓶と小さなグラスを二個取り出し、その内の一つを護に持たせた。

ジョンの用意のよさに、護は感心した。さすがは英国人だ。このような時でも、ウイスキーだけは、手放さない。

「二人の友情に乾杯」

「動物達に乾杯」

二人は、ウイスキーを一気に飲み干した。

その夜、護は興奮して、なかなか寝付かれなかった。

自分の命を懸けてまで動物達を救おうと考えることになるとは。

これも、タイム・スリップのせいだ。タイム・スリップによって、間もなく、動物達が殺される運命にあることを、自分は知ってしまったのだ。

そうなるだろうではなく、そうなったという過去の事実として知ってしまったのだ。それを知りながら、手をこまねくことなど自分にはできない。

仮令、命を懸けることになっても護ってやらなくてはならないのは当然ではないだろうか。

それが、『歴史を変える』という無謀な試みであったとしても…。

ベッドに横たわりながら、護はジョンとの会話を思い返していた。

「有難う、ジョン。やはり、無理してでも君に会ってよかった。何とか頼む。今は、君に頼るしかないのだ。ただし、時間はあまりないのだ。情報によれば、軍が動物園に来るのは、そう遠くない時期らしい。無理を言って悪いが、事は急ぐのだ。それも考慮に入れてほしい」

あの時、ジョンは、黙って頷いた。了解したという合図であった。

「ジョン、無理を聞いてくれて有難う。いい結果を期待している」

ジョンは、別れ際に正一のことを心配して、声をかけてくれた。

「こんな時期だ。君も十分気をつけろよ」

護は、ジョンを、本当に友情に厚い男だと思った。

よい友人を持つことができた父が、羨ましかった。

翌日、ジョン・マクドナルドは、朝一番で、総領事のチャールズ・モースを執務室に訪ねた。

「ご相談があります」

ジョンが部屋を一人で訪ねてくることはこれまでに幾度かあったが、今朝のジョンはいつになく緊張しているように見えた。何事かな？　モースは、不審な面持ちで応じた。

「まあ座りたまえ」

ジョンを座らせると、総領事は煙草を取り出した。

「君もどうかな」

ジョンが遠慮して断ると、モースはケースから両切りの煙草を一本だけ抜いて、ライターで火を点けた。話の間の取り方の小道具として使うつもりなのだ。

「無理なお願いをすることになります」

「ともかく聞こう」

モースは重々しく応じた。

ジョンは、居住まいを正して、モースに向き合った。

「これからお話しすることは、処罰を受けるかもしれないと承知の上でお話しさせていただきます」

モースは驚いた。日ごろ、冷静沈着なジョンが、「処罰を受ける覚悟だ」とまで言った。

「何が起きたのだ、ジョン」

「実は、日本の管轄下に置かれている、満州の新京にある動物園にいる猛獣達を、わが国の船か赤十字の船で、アラスカに運んでいただきたいのです」

モースは驚いた。意表を突く、想定外の申し入れだった。もしかしたら、ジョンが、「個人的な頼みを言うのではないか」と、モースは、予想していたのだ。

モースは、煙を吐き出すのも忘れて、ジョンを見つめた。

「動物園の猛獣達?」

「はい、そうです」

「それは、今のことか?」

「はい」

「この戦時中に?」

「はい」

「もう少し分かるように説明してくれ」

「はい、実は、昨日、満州国新京市に存在する日本の『代表所』の谷川領事に会いました」

モースは、一瞬驚いた様子を見せた。

ジョンは、今、「昨日、敵国の領事に会った」と言った。それは、本当なのか? 本当だとすれば、ジョンの言うように、それは処罰の対象になる。

モースは、心穏やかではなかったが、ともかく、もう少し話を聞いてみようとした。

「谷川領事とは、彼がニューヨークに滞在していた頃から、交友を続けております」

「谷川?」

「はい、この男です」

ジョンは、一冊のファイルをモースに手渡した。

モースは、ぱらぱらとファイルをめくって、谷川正一領事の経歴などを確認した。

「それで?」

「谷川領事が言うには、戦況激化に伴い、新京にある動物園の猛獣達を、これ以上飼い続ける事が困難になっている。今後、砲撃などで猛獣が町に逃げ出す前に処分しなくてはならなくなるだろう。このままでは、いずれ、軍によって、猛獣達は薬殺されるか銃殺されてしまう。それは、どうしても防ぎたいと」

「なるほど、しかし、それは、日本の問題であって我々の問題ではないのではないか」

「おっしゃるとおりです。しかし、谷川領事の力量では、もはや、殺害を防ぐことは困難なのです。日本軍は、動物達の処分のため、間もなく軍を動物園に派遣するところまで来ているというのです。動物園の飼育担当の中国人達は、それを、身体を張ってでも阻止しようとしているとのことです。このままだと、動物だけでなく、人の命も失われてしまう恐れがあります。谷川領事は、絶対にそれは避けたいと考えているのです」

「なるほど、事情は分かったが、それで?」

モースは、ジョンに、話の先を促した。

「そこで、動物愛護の先進国であるわが国にすがってきたという訳であります」

ジョンは、敢えて、「動物愛護の先進国」という言葉を用いた。日本を野蛮な国と看做している西洋人の優越感をくすぐる作戦なのだ。

「この話を受けて、動物達を他の国に移すなら、本来ならば、伝統的に動物愛護の精神が育っている我が国などが候補地としては相応しいのですが、わが国がドイツからロケット攻撃を受けていることや、わが国に至る航路が、激しい戦場になっている関係で、我が国への移送は困難と判断し、国土が戦場になっていないアメリカに移送する事を考えた訳です」

「幸い、北太平洋の制空権、制海権はアメリカの手にあります。新京を脱出することができれば、後は、わが国に移送するよりも安全だと判断した訳です」

「なるほど、そういうことで、アラスカか」

「はい」

「して、船を用意するその他に、私、或いはわが国に何をしてほしいというのだ、その谷川領事は」

「端的に申し上げれば、総領事閣下に、アメリカとの仲立ちをお願いしたいのであります」

「私がアメリカとの仲立ち？」

「はい、我が国とアメリカは同盟国です。閣下が申し出てくだされば、アメリカもいやとは言わないのではないでしょうか」

ジョンは、モースの自尊心をくすぐる作戦に出た。

モースは、まんざらでもない様子で、確かめようとした。

「しかし、今は戦時下だぞ」

「人の命なら分かるが、動物の命を護るためにそこまでやらなくてはならないのか」

「この申し出をしてきたのは日本人であるということをご理解いただけないでしょうか」

「ん、どういうことだ？」

モースは、ジョンの言葉の意味を計りかねた。日本人だからどうだというのだ？

ジョンは、この時とばかり、畳み掛けた。

「もし、英国人が、罪のない猛獣達が虐殺されるかもしれないと知ったらどうするでしょうか？」

「ん？」

ジョンの意外な問いかけに、モースは言葉を詰まらせてしまった。

それを見て、ジョンは、話を続けた。

「もし、動物達が間もなく虐殺されることを知ったら、英国人ならどうするでしょう？」

「恐らく、助けようとするだろう」

「戦時下でも？」

「そうだ、戦時下でもだ。人間の都合だけで、彼らを殺すことは、動物愛護の精神から言って許されることではない」

「では、それを言い出したのが日本人だから、それはできないということになりますね。それは、文明国・動物愛護先進国としての恥ではないでしょうか？」

「そこまで言うのか？」

「はい、人であれ、動物であれ、弱い立場の者達の命を護ろうとするのが我々英国人の精神であります」

「まして、今回、動物達を助けてほしいと言ってきているのは、野蛮と言われている日本人なのです。これを受けなければ、今度は我々が野蛮人になってしまいます」

モースは、煙草を吸い込んで鼻と口から同時に吐き出した。

顔には、苦悩の表情が浮かんでいた。

ジョンの言うことにも一理ある。そこまで言われれば聞いてあげたい思いもある。

しかし、戦時下の外国で、自分の権限で受けていいものかどうか。モースは迷った。

「ジョン、もし、この話を実行に移したとして成功する見込みはあるのか？」

「正直申し上げれば、確信はありません。あまりにもこの計画には無理が多すぎます。国際条約に抵触しないとも限りません。それに、アメリカがどれほど動いてくれるか分かりません。何しろ、この作戦は、アメリカ次第ですから」

モースは、「うーん」、と唸ったきり黙り込んでしまった。

手にした煙草の灰が落ちそうになっていた。

長い、沈黙の時間が過ぎていった。

「分かった、ジョン。正式な返事は今すぐにはできないが、考えてみよう」

「もう少し詳しいプランを、君と谷川領事の二人で作ってみてくれ」

「それを見て、可能と判断できれば、考えてみよう」

「分かりました。では、早速、谷川領事と会ってみます」

首の皮一枚で繋がったと、ジョンは、溜息をついた。

一方、モースは、ジョンが部屋を出てからも、椅子に座ったまま、部屋の一隅を見つめ続けていた。その表情には、苦悩の色が浮かんでいるように見えた。

ジョンの話は理解できた。しかし、戦時中の今、受け入れてよい話なのか？　下手をすれば、自分の責任問題になるかもしれない。

「ショウイチ、という訳で、もう少し具体的なプランを聞かせてほしい。それによっては、動き出せるかもしれない」

護は、プランが拒否されなかったことを喜んだ。このチャンスを逃してはならない。ここが、勝負どころだ。

護は、自分が考えている実行プランをジョンに打ち明けることにした。

それは、敵国の外交官を全面的に信用したことを意味していた。

「動物園から港への移送は、中国の土着兵に依頼する。彼らを日本軍は『馬賊』と呼んで日本に敵対する勢力と看做しているが、逆に、日本に協力的な『馬賊』もいる。中国に来て以来、私は、そうした『馬賊』と接触を図っていて、彼らに信用されている。彼らなら、私の頼みを聞いてくれる筈だ。彼らは、実行に必要なトラックを用意できるだろう」

「なるほど、馬賊か。考えたな。彼らなら可能性はある」

「港は、ソ連との国境に近い清津港か羅津港にしようと思っている。そこは、既に、馬賊達の支配力が増していて、日本軍の力が及ばない区域になりつつある。また、近くに、ソ連のウラジオストーク港があって、いざという時、赤十字船なら寄港が可能だ。その辺りは、いわば空白地帯であるといってもよいと思われる」

「そうか、清津港と羅津港か？　考えたな」

「あそこは、海外との定期航路にもなっていて、港湾施設も整っている。動物達の積み込み、積み下ろしは可能だろう」

「なるほど、そこまでは分かった。だが、動物達の食糧の用意と動物達の面倒は誰が行うのだ？」

「それは、動物園の飼育係を充てようと思っている」

「信用できるのか？」

「信用できると思う。彼らは、日本軍に対し、命を張ってでも、動物達を手渡さないと抵抗しているのだから」

「そうか、飼育係がそんなことを」

「飼育係だからと言って馬鹿にできないぞ。私達より動物を思う気持ちは強いかもしれない」

「なるほど、君がそう言うならきっとそうなのだろう」

「乗せてからは、アメリカ次第だ。赤十字の輸送船ならば、なおいい」

「そうだな。途中、日本軍の攻撃を受けないように護衛艦を用意しておかなくてはならないだろう」

「それを君に頼みたいのだ」

「アメリカを説得し、協力を約束させ、船を用意し、さらに、護衛する。そして、アラスカまで運ぶ。その先はアメリカに任せる。どこか、猛獣達にふさわしい場所に移してもらう」

「しかし、それを秘密裏に行うのは困難だぞ」

「その通りだと思う。しかし、やることができれば、きっと成功する筈だ」

「どうしてそう思う」

「なぜなら、この作戦は、第二の『ノアの方舟作戦』ではないか。これが成功しない筈がない」

「？　…」

ジョンには、護の言った言葉の意味が理解できなかった。

護は、にやりと笑って、説明し始めた。

「だってそうだろう。君達はクリスチャンだ。そして、君たちの国は、キリスト教の国だ。『ノアの方舟』は神のお告げによってノアが実行したから成功したのではないのか？　だとしたら、第二の『ノアの方舟』であるこの作戦が成功しない訳がないだろう」

「そうか、『ノアの方舟』作戦か。言われてみれば確かにそうだな。君や私は、さしずめ、ノアということになるのかな」

「ははは、そこまでは言わないが、それに近いことは確かだろう」

「うん、なんだか自信が湧いてきたよ。一昨日会った時に、君から、アメリカ側と会わせてほしいと頼まれたが、その必要はなさそうだ。私を信じて、こちらに任せてほしい」

「有難う。助かるよ」

護の説明を受けたジョンは、早速モース総領事とキーン大使にプランの概要を説明した。

それを聞いたキーン大使は、初めは驚いたが、ジョンの熱心な説明に心を動かされたようで、説明を求めた。そして、この作戦に『ノアの方舟作戦』という名を、その日本人の領事がつけたことを知り、大きく、唸ったのだった。

キーン大使は頷いた。

「第二の『ノアの方舟作戦』とはうまいネーミングだな。私も、何となく成功しそうな気がしてきたよ。その男は、急いでいるようだから、早速、アメリカ大使に会ってみよう」

モース総領事は、翌日、アメリカのリチャード総領事に面会し、スミス大使に取り次いでもらえるよう、説得を試みた。

当たり前のことだが、アメリカを説得するのは容易ではなかった。リチャード総領事は、直ちに同意しなかった。

「しかし、今は戦時中ですよ。日本との戦闘のために護衛艦一隻だって必要なときですよ。それに、敵国である日本のために、兵を動かすことを、国防省や海軍が、『イエス』という訳がないでしょう」

そう言われても、モース総領事は引き下がらなかった。

「リチャード総領事、私達は、『文明国』として、歴史に名を残すチャンスに恵まれているのですよ。逆に、これを断ったら、永久に『野蛮国』と看做されてしまうのですよ」

「そうは言っても、こんな無茶な話、聞いたことがない。ベーリング海とアリューシャン列島はまだ安全ではないのですよ。アッツ島には既に日本軍が島を占領しているのですよ。それに、ソ連がどう出るかだって、分からない」

「勿論その時は諦めます。しかし、間もなく、アメリカ軍が、アッツ島奪還作戦を行うという情報を得ています。この作戦は、奪還がすんでからでいいのです。キリスト教国である我ら両国は、この話に乗る義務があるとは思いませんか？」

「うーん。あなたには負けたよ」

「いえ、私達は、日本の一領事に負けたのです。その男の、信念と情熱に負けたのです。しかし、戦争では負けませんからね」

「そうだ。日本に負ける訳にはいかない。そして、神の教えに背くこともできぬ」

「それでは、これで決まりですな」

「そうだ。決まった」

二人は、席を移して酒を用意させた。

ボーイは、アメリカのバーボンを用意した。二人は、なみなみとバーボンを注ぎ、高らかに声を上げた。

「アメリカに乾杯」

「英国に乾杯」

それぞれの国の名を唱えた後、話題の作戦に声をそろえて乾杯したのだった。

「『ノアの方舟』作戦に乾杯」

二つのグラスは、勢いよく飲み干されていった。

リチャード総領事は、ハワード・スミス・アメリカ大使に、その夜の内に報告した。長い時間かけて説得を試み、最後は、承諾を得たのだった。

こうして、護の有り得ない作戦が、実行寸前まで辿り着くことができたのだった。

残るは、アメリカ軍の判断だった。スミス大使は、心の内では、戦局に影響するこのような作戦は認められる筈がないと踏んでいた。

一方、個人的には、この申し出を受け入れてあげたいと考えた。そのためには、しっかりとした理由付けが必要不可欠である。軍を説得するためには、単なる同情話では駄目だろうと考えた。もっと、強力な理由が必要だ。

我が国が、文明国であることと、キリスト教を信じる国であることに加え、もう一つ、強い説得材料が必要だと考えた。

それは、軍事面の裏付けの有無であった。具体的には、北の海の制海権と制空権をアメリカが全面的に握れるかどうかという問題であった。

その夜、スミス大使は遅くまで考えた。今、果たして、マッカーサーを頼ることはできるのだろうか。

マッカーサーは、フィリピンで、日本軍に敗北し、昭和十七年に、「アイ　シャル　リターン」の言葉を残して、オーストラリアのメルボルンに遁走したばかりである。

その上、太平洋艦隊司令長官は、ニミッツ大将が任命され、マッカーサーは、南西太平洋司令長官に回されてしまったではないか。

そのマッカーサーに、今、これだけの力があるのだろうか。

スミス大使は、瞬時迷ったが、いまさら作戦を変更するのは難しいと判断し、当初の予定どおり、マッカーサーを頼ることにした。

そして、次の日、オーストラリアに滞在している、マッカーサー南西太平洋司令長官に、電報を打った。

『極秘電』
「満州国新京動物園の猛獣移送に関するお伺い」
連合軍南西太平洋艦隊司令長官
ダグラス・マッカーサー大将閣下

戦況が緊迫している中、表題の提案をさせていただくことをお許しいただきたい。

現在、日本の支配下にある満州帝国新京市にある動物園の動物達は、近々、日本軍によって虐殺される運命にあります。

対アメリカ戦で、形勢不利に追い込まれた日本軍は、間もなく、溥儀皇帝を伴って新京から日本に脱出する計画を立てておりますが、その際、動物園に飼育されている猛獣は全て殺害するとの情報を得ております。

そのような状況下にある新京の『日本代表所』の一領事から、このほど、秘密裏に、それらの猛獣達の命を救いたいので、英国と米国の協力と支援をお願いしたいという、命懸けの申し出を受けました。

彼は、動物園の中国人飼育係と中国人民兵の協力の下、動物達を港まで運び、わが国の輸送船か赤十字の輸送船を使って、そこからわが国のアラスカに向けて動物達を搬送するという計画を示してきました。

この計画は、敵国である我が国の協力を得なくてはならないという、かなり無理なところもあり、無謀とも思えますが、現状の戦局を観るに、全く不可能とも思えません。

特に、制海権をほぼ獲得したわが国ならば、達成可能な申し出であると思われます。

一領事に過ぎないその男が、よく、それだけの大胆な計画をまとめたと感心している次第です。

これは、日本国総領事にも、北京の大使にも伏せた隠密行動であります。

もし、この計画が日本軍に洩れれば、その領事は軍法会議にかけられ極刑に処せられる筈です。

その危険をも顧みず動物達を救いたいというその領事の心意気に、小職は心を動かされたのであります。

非クリスチャンであるその領事が、それ程の博愛精神を持っていることは、驚愕すべきことであると考えます。

敵ながら天晴れと言うべきであります。

ところで、その申し出を、初めに受けたのは、英国総領事館であります。

英国側は、総領事、大使ともどもその提案に応じるべきであると考えました。

なぜなら、日本のその領事が、我々が聞き流すことのできない理由を我々に突きつけてきたからであります。

この戦争は、『文明先進国と文明後進国との戦争』でもある。

動物の生命を尊重する文明先進国であるわが国が拒否することができない筈であると言い、更に、旧約聖書にある『ノアの方舟』の話を信じるキリスト教国家と国民は、この提案を拒否する事ができない筈だと主張したのです。

つまり、猛獣達の生命を救うのは、我々文明先進国であり、かつ、キリスト教国である、英米両国の大義であり、義務であると主張しているのです。

その言葉に、英国側も、そして、この小職も、いたく心を動かされ、申し出を検討する価値があると考えた次第です。

アメリカと英国は、文明・文化、並びに宗教に対して高い見識を持っております。

これは、小職個人の考えでありますが、我々はその日本人に『試されている』ように感じております。

もし、この提案をにべなく拒否すれば、我々は永遠に、『非文明国』、『非クリスチャン国』という不名誉な烙印を押される事を覚悟しなくてはならないでしょう。

伝え聞くところによると、閣下は、日本への空襲を行う際、貴重な文化財が消失することを避けるために、空襲箇所の選定を行い、文化財の存在する地区への攻撃をその対象から外すと決定したとのことです。

もし、それが事実であるのなら、命ある動物達を守ってあげないという決定が下される筈はないと小職は信じております。

どうか、『文明国』『動物愛護国』として、歴史に汚点を残す決定が下されないようお願いする次第です。

本電信の内容は、軍の戦時規定に抵触するものであるかもしれませんが、事情をご勘案くだされ、申し出を許可してくださるよう願うものであります。

なお、我が軍が反転攻勢に出るのは間もなくであると聞いております。

作戦が成功することを確信しております。

閣下のご決断をお願いする次第です。

在中国アメリカ大使館全権委任大使
ハワード・スミス　拝
電報を読み終わったマッカーサーは、愛用のコーンパイプを手にしたまま、ゆっくりと立ち上がった。

そして、大きな身体を揺すりながら室内を歩み始めた。その動作は、司令官が迷った時にする動作であった。

やがて、マッカーサーは歩みを止めると、下士官を呼んだ。下士官は、不動の姿勢をとって、司令官の命令を待った。

しばしの沈黙の末、マッカーサーは、足を止めて下士官に言った。

「これは、なかなか味のあるプランではないか。そう思わんか？」

下士官は姿勢を崩さず応えた。

「同感です」

そうは答えてみたものの、下士官は、マッカーサーが、このプランに関心を示したことに驚いた。

下士官は、戦時中に、このようなプランを、北京の大使が送ってきたことに呆れていたからだった。それゆえ、マッカーサーが、関心を示すなど、考えてもみなかったのだった。

するとマッカーサーは畳みかけるように尋ねた。

「このプランには、救出したい動物のリストは添えられているのか？」

マッカーサーが、このプランに関心を寄せていることが、はっきりしてきた。

下士官は慌てて答えた。

「は、添付されておりました」

「そうか。では、そのリストを見せてくれ」

下士官は、慌ててファイルから、リストを抜き出し、差し出した。

それを見た、マッカーサーが、再び、尋ねた。

「狼は入っていないようだな」

「申し訳ありません。そこまでは気が付きませんでした」

「そうか。それならば、狼をリストに加えるようにしてほしい」

「はっ？」

「それが、このプランを認める条件だ」

「どういうことでしょうか？」

「分からないのか。狼は犬の祖先ではないか。そして、絶滅危惧種ではないか」

「？」

初めは、何のことか分からなかった下士官であったが、マッカーサーが、大の犬好きであったことを思い出した。それも、大型犬に限っていた。現に、今も、二頭のシェパード犬が、マッカーサーの足下に、ひれ伏しているではないか。

「漸く分かったようだな。狼は、犬のご先祖様だからな」

そう言ってマッカーサーは、命令を下した。

「了解したと伝えてくれ」

下士官の顔に安堵の色が浮かんだ。その顔色を見て、マッカーサーが尋ねた。

「嬉しいのか？」

「はい、大変、嬉しいです。自分もライオンが好きであります」

下士官は素直に答えた。

それを聞いて、マッカーサーの表情も緩んだのだった。

このところ、つらいことばかり続いていたが、久しぶりに楽しい思いをすることができた。

マッカーサーに、笑顔が戻ってきたのだった。


「喜んでくれ、全てうまくいったぞ」

「本当か?」

「ああ、アメリカ側も了解してくれた。あのマッカーサーまでもが賛成してくれた。それに、赤十字の大型輸送船も確保できた。アラスカ州知事も了解した」

「本当か?」

「ああ、幸い、アメリカに向けて出航する赤十字輸送船が見つかった。動物たちを乗せるに十分な大きさだそうだ。

動物達を受け入れる檻などは、香港で準備し、餌も積み込んでくれるそうだ」

「それは有り難い」

「ただし、予定の日に、予め定めた港に動物達が到着しなかった場合、赤十字船は、動物達の到着を待たずに港を離れてしまうことを承知するようにという指示が出されているそうだ。だから、約束の日時に、絶対に遅れてはならない。出航の日までに、乗せる予定の港に、動物達が到着しなくても、船は予定通り出港するとのことだ。だから、絶対に遅れることはできない」

護は、緊張した。

しかし、それは、当然のことであった。互いに命を懸けた作戦なのだから。

「これも、すべて、ジョン、君の尽力のお陰だ。感謝する。有難う」

「ああ、上やアメリカとマッカーサーを説得するのには苦労したが、『ノアの方舟』作戦の話が効果的だったようだ」

「あれがか？」

「ああ、君は、我が方の急所を突く作戦を立てた。大使も総領事も感心していたよ」

「そうか、あの話が、それ程効果があったのか」

「私も負けたよ、あの言葉には。今回はキリスト教信者でない君に教えてもらうことが大だったよ」

「そう言ってくれるとこそばゆいが、私も必死だったからな」

「よし、乾杯だ」

「おう、今日は、日本の酒で乾杯だ。これは、この日のために用意していた酒だ。日本酒は飲めたよな」

「大丈夫だ」

「それでは僕の母の古里で造った日本酒を飲もう」

「ほお、君の母さんの古里？」

「そうだ。東北の秋田の横手市だ。雪深い土地だ。横手は、父の故郷でもある」

「東北？　では、イギリスで言えば、スコットランドだな」

「そうだな」

「国の東北で造る酒はどこもうまいようだな。我が国のスコッチも素晴らしいだろう？」

「ああ、それに負けないくらい日本の東北の酒もうまいぞ。この酒を飲むと、女は皆、美人になる」

「ほう、美人に？」

「そうだ。秋田は美人の産地なんだ。秋田小町と言われて、秋田の女性は、皆、色白の美人なんだぞ」

「そうか、それじゃあ、君の母さんも美人なのだな」

「勿論さ」

二人は、大笑いになった。

「それじゃあ、まず、秋田美人の君の母さんに乾杯だ」

「よし、秋田美人に乾杯だ」

ジョンが続けた。

「スコットランド美人にも乾杯だ」

「乾杯」

「乾杯」

二人は一気に酒を飲み干した。

「では、次に、『ノアの方舟』作戦に乾杯だ」

「乾杯」

「乾杯」

その夜、二人は、心地良く杯を酌み交わし、気持ち良く酔うことができたのだった。

北京から新京に戻り、家に入ると、護の頭の中は、救出作戦の計画と、生命に関する倫理感・道徳感が入り乱れ、整理が付かず、もっと酒でも飲まなければやっていられない状態になっていた。

これで、紅葉と緑を救うことができるかもしれない。護の胸が高鳴ったのだった。

祝いとして、ジョンから贈られたスコッチ・ウイスキーのジョニーウオーカーの封を切って、グラスに注いだ。グラスの中の琥珀色が、今夜は、一層美しく輝いて見えた。

護の頭に、先程別れたジョンの顔が浮かんできた。

今回も、別れ際に、ジョンは、護、つまり正一に誓ったのだった。

「ショウイチ、戦争はやがて終わる。そうなったら、また、ゆっくり会おう」

先ほど、別れた時の、ジョンの言葉が、酔いの回った脳裏に木霊した。

戦争が終わる。そうだ。間もなく日本は戦争に敗れるのだ。

昭和五十年からやってきた自分はその事を知っている。それは悲しいことだ。戦争に敗れる日本には、過酷な運命が迫っているのだ。

動物達の救出作戦を考えている間、そのことは、蚊帳の外に置かれてしまっていた。

しかし、戦況は日増しに悪化し、日本は、一気に敗戦への坂道を転げ落ちることになる。

そして、何十万という日本の兵士が死に、本土の捨て石にされた沖縄では民間の住民までもが殺され、広島と長崎には原爆が、そして、東京を始めとする都市が空襲され、こちらも何十万人という市民が焼き殺されてしまうのだ。


自分は、今、その人達を救おうとはせず、動物を救おうとしている。

それにどんな意味があるというのだ？

相手は、動物だ。その動物たちを命がけで護ることにどんな意味があるというのだ？

ここ新京にも、間もなく、ソ連の軍隊が攻め寄せてくる。そして、ここで生活している日本から来た人々は、追い立てられ、連れ去られ、殺されてしまう。

それなのに、なぜ、自分は、それらの人達を救おうとはせず、動物を救うことにこだわっているのだ？

そこにどんな意味があるというのだ？　それは、むしろ、日本人と日本国に対する裏切りではないのか？　本来、領事は、国民の生命・財産を守ることが職務ではないのか？　それなのに、自分は、どうして、動物達にこだわるのだ？　そんな暇と労力があるのなら、一人でも日本人を救う手立てを考えるべきなのではないか？

すると、小学六年生の時に観た紙芝居の絵が、くっきりと脳裏に浮かんできた。

こうなることは、あの時に、運命づけられたことだったのだ。

これは、単に動物達を救うといったことではない、おそらく、人間はどうあるべきかという問いへの回答に対する、神の裁きなのではないだろうか。

神が、ノアに動物達の命を救うことを命じた時、ノアは、その声に従うことしかできなくなったように、あの紙芝居を通じ、自分の運命は、定められてしまったのだ。

神の声は絶対だ。

神の声が発せられた以上、そこから、人間は逃れることはできなくなってしまうのだ。

自分は、キリスト教信者ではないが、神の声が聞こえてくるように感じる。

酔いが回り始めた。作戦がうまく進み始めたのに、悪い酔いが回り始めていた。

待っていてくれ、この作戦が終わったら、今度は、一人でも、日本人を多く祖国に帰す努力をしよう。

頼む、もう少しだけ、私に時間を与えてくれ。

護は、着替えもせずベッドに倒れ込み、そのまま、深い眠りに落ちていったのだった。

眼には、うっすらと涙が滲んでいた。

12　アラスカ

昭和十八年、新京。

『ノアの方舟作戦』が、動き出した。

一度決まると、その後の作業は、物凄いスピードで進んでいった。まるで、尻に火が点いた荷馬車のような加速であった。

この日が来るのを、誰もが待ち望んでいたように、護は感じたのだった。

動物保護の為に、そのような「大胆な作戦」が、日・米・英・中・満の五カ国の関係者の間で進行していることを、軍は全く把握していなかった。

戦況が不利になってきた日本軍には、他のことを考える余裕はなかった。その間隙を突いて、それぞれが、自分に与えられた任務を、実行に移そうと動き出したのだった。

動物園の飼育係達は、用心深かった。

近隣の農家や店から、動物達に必要な食糧を集め始めたのだ。

航海の途中で餌が無くなることは絶対に避けなければならなかった。香港で、多量の食糧が積み込まれることは聞いていたが、そこに頼りきってしまうことは危険であると判断したのだ。

その為に、予備を含めて、最低でも十日分の食糧を用意しなくてはならなかった。

もし、不足したら、猛獣達は暴れ始める危険があった。そうなれば、動物達を生かしておくことはできなくなる。それだけは絶対に避けなければならなかった。

飼育係は護と相談して、運び出す猛獣達の選別に取り掛かった。

ライオン、虎、豹、象、サイ、などが候補に挙がった。猛獣だけでも、三十を超える「種」が含まれていた。勿論、狼も含まれていた。キリンは背丈が高すぎたので対象から外された。

肉食動物の猛獣や大型動物には、多量の肉などを用意しなければならなかったし、草食動物の象などには、大量の草が必要とされていた。

肉の保管場所として、船の冷蔵庫を利用することは難しい。船員や護送する怪我をしている兵士達向けに使用するのを妨げてはならない。

そうなると、勢い、生きている動物を乗船させ、毎日、新鮮な肉を与えなくてはならない。

運搬する猛獣達の員数から計算して何頭の山羊や豚が必要なのか計算された。それらの動物達への餌も考えなくてはならなかった。

必要な経費は、大使館が捻出した。大使館は「O・D・A資金」を回してくれた。それだけでは不足することが分かると、大使館用の秘密の「機密費」を使うことを、大使自身が認めた。

小動物達は、事前に、他の動物園に送られ、農家や住民達に害を及ぼさない小動物は、野に放たれたり、近隣の農家に配られたりした。

それらは、すべて、秘密裏に行われた。

飼育係達が、最も悩んだのが、自分も、この作戦に参加するかどうかだった。もし、参加すれば、猛獣達に付き添ってアラスカまで行かなくてはならなくなる。恐らく戦争が続く間は、帰国することは困難だろう。

その間、家族のことも心配だ。収入が途絶える心配もある。

飼育係は、道義上、参加することに異を唱えなかったが、最終判断の段階で迷ったのだった。

陸青年からそのことを聞いた護は、いくつか対策を考えた。アラスカに残ることを希望する者には、家族の同伴を提案した。

女と子どもも、動物達の世話で役立つかもしれないと説得した。

そして、戦争が終わったら帰国できるからと、説得した。アラスカに留まらず、すぐに帰国したい者の為に、輸送船が戻る時に同乗させてもらう交渉もした。

それぞれに、金銭的な保証も約束した。大使館が用意してくれた機密の資金が役に立った。

護のこうした配慮により、飼育係全員が、アラスカ行きに同行することを了承したのだった。


彼ら以上に迷ったのは、実は、護自身であった。

自分も、船に乗り込んで、アラスカに向かうか、それとも残るべきか、迷ったのだ。

この計画の立案者としては、動物達と共に行動するというのが、筋であると思われた。それでも、護は、即断できなかったのだ。

なぜなら、移送後に難しい問題が控えていると考えたからだった。

一番の問題は、やがてやってくる筈の軍に対応できるのは、自分しかいないということだった。軍は、動物が一頭残らずいなくなってしまっている状況をどう捉えるだろうか。

それに対応できる者は、自分しかいないだろう。

戦国時代の武将は、退却時が、最も危険であると知っていた。「しんがり」となる武将は、死を覚悟しなくてはならなかった。それは、時代が変わっても同じであった。

護は覚悟を決めた。自分は、退却時の「しんがり」となって、軍や官憲の追及を受けなくてはならない。


船は、既に、香港から上海に動き出している。そうなれば、後のことは、船長・船員と、飼育係に任せるしかないのだ。そこに、自分がいても、戦力にはならないだろう、
こちらに残った場合でも、もし、重大な判断が求められたら、無線を使って、連絡し合えばいいだろう。

護は決断した。自分は、ここに残ろう。

そう決めた護は、出航までの間に、次々に手を打った。難しかったのは、輸送ルートの具体的な選定だった。船の知識に疎い護は、全面的に、船の船長に依存することにした。

赤十字船の船長は、当然、海のことには詳しい。ルート選択にあたっては、持てる知識と経験を活かして的確に判断してくれる筈だ。それに、今は、戦争の真っただ中だ。海路の安全と危険

は、日々刻々と変化する。

護は、素人の自分が出る幕は無いと判断し、全面的に、船長に委ねることにした。

事態が進行する中、出発の準備が着々と進められていった。

馬賊は、動物達を運ぶ陸路を調査した。新京から羅津港まで、約千キロメートル、およそ、三日から五日の行程を要すると計算された。

日本軍のみならず民間人にも悟られぬよう搬送するためのコースが、何度も検討された。

まず検討されたのは、鉄道にするか、自動車にするかであった。飛行機を利用できれば、日数を短縮することができるが、調達は困難であったので、当初から除外されていた。

幸い、新京は、交通の要所で、東西南北に鉄道は伸びていた。要する時間と、動物達の疲労度を考えれば、鉄道がよいと考えられた。僅か一日で、港に運ぶことができるからだった。

しかし、人の目に触れやすいことと、鉄道が、軍に押さえられていることがネックになった。

その上、途中の検問も厳しく、鉄道の利用は、やめた方がよいと判断された。

結局、陸路しか残されていなかった。トラックで運搬する方法だった。この方法だと、三日から五日は要すると予測された。

道路は舗装されておらず、晴れれば物凄いほこりが立ち、雨が降れば泥道と化し、途中進めなくなることが懸念された。その上、道路は凹凸が激しく、随所に穴があって、トラックは大揺れに揺れることが予測された。そのため、猛獣達は、車酔いにかかり、体力を消耗する心配もあった。中には怪我をする猛獣が出ることも懸念された。

しかし、馬賊たちは、道路の方が、土地勘があるからと言って、トラックで行くことを求めた。検問を避ける方法も熟知している様子だった。

護は、馬賊の代表、飼育係の代表と協議を重ね、苦労は多いが、安全度が高い陸送で行くことにした。それらの打ち合わせは、公務が終了した後の夜中に行わなければならず、護の疲労は極限まで達しようとしていた。

輸送用の檻は、船側で作るだけでは足りず、飼育係が不足分を用意しなくてはならなかった。相手は、野生の猛獣達である。途中で檻が壊れないように、十分注意して作る必要がある。現場にいない護は、その点が気がかりであったが、担当者に任せるしかなかった。

飼育係はどこからか材木を調達して、猛獣用の檻の製作に取り掛かった。

馬賊は、トラックの手配をし、全部で、二十数台ほどのトラックを確保することができた。

次に決めなくてはならないのは、実際のルートであった。

地図を広げて、額を寄せ合って、いくつかのルートが提案された。

新京から、直接、羅津港、清津港を目指すのが東ルート。新京から、奉天を経由し、大連港に向かう南ルート。更に、新京から一旦ハルピンに出て、そこから東進し、牡丹口を経て、ウラジオストークを目指す北東ルート。その内、南ルートは、南に行けば行くほど、日本軍の検問が厳しくなることが予想され、候補から最初に外された。北東ルートは、ソ連が心配だと、馬賊達が不安を示したので、これも外された。最後に残ったのは、最も単純なルートの東ルートであった。これならば、ほぼ東に直進でき、時間も短縮でき、一番早く羅津港に着くことができそうだと、考えられた。他のルートに比し、安全度も比較的高いと判断された。

トラックを運転する馬賊達も、この案に賛成してくれた。

それに、この案だと、赤十字輸送船への乗船が、最も容易になると考えられた。

赤十字輸送船は、上海を出航した後、真っ直ぐ羅津港を目指し、その後、ウラジオストークを経て、アラスカのアンカレッジに向かう予定であると聞いていた。

それを考慮に入れると、東ルートがベターであると、意見が一致したのだった。

こうして、ルートが決まると、護はひとまず安堵した。

あとは、赤十字船の船長と電信で打ち合わせをして、赤十字船が羅津港に停泊する日を確認し、その日に間に合うように新京を発つだけだった。


アッツ島に対するアメリカ軍の攻撃が、予想より早く始まった。

昭和十八年、五月十二日、アメリカ軍はアッツ島の日本軍に対し攻撃を開始した。

日本軍は、アメリカ軍はキスカ島を重視していて、主戦場はキスカ島になると予測し、アッツ島から、主戦部隊をキスカ島に移動させていた。その為、アッツ島の防衛は手薄になっていた。

アッツ島は、本土防衛の為に「捨て石」にされた沖縄と同じように、キスカ島の「捨て石」にされていたのだ。

そこをアメリカ軍は突いた。

アメリカ軍は、キスカ島には手を触れず、アッツ島を攻めたのだ。アメリカ軍の戦力は、兵士一万一千名、戦艦三隻、巡洋艦六隻、護衛空母一隻、駆逐艦十九隻その他、潜水艦、飛行機も動員した。

対する、日本軍守備隊は、兵力、四分の一と貧弱なものであった。

当然、守備隊の隊長は、大本営に援軍と武器の補充を要求した。

しかし、大本営は、それを拒否した。それどころか、キスカ島にいた兵力を密かに脱出させ、兵力の温存を図ったのだった。いわば、アッツ島は見殺しにされたと同然の状態に追い込まれてしまっていたのだ。

絶望に陥ったアッツ島の日本軍は、「玉砕」を決意した。

捨て身の反撃が始まった。

無謀とも思える突撃を繰り返し、最後には日本軍の全滅で戦いは終わった。捕虜となった二十九名の負傷兵だけが生き残ったのだった。

五月二十九日には、戦いが終わっていた。

アッツ島を失ったことは、日本がますます追い込まれてしまったということを意味する。護は、板挟みにあったような心の痛みを感じたのだった。

それと、アッツ島の日本軍。守備隊がほぼ全滅したというニュースは、軍から公表されず、護は、日本軍の全滅を知ることはできなかった。

もし、その悲劇を知っていたら、護はこの作戦を、これ以上進めることはできなかったかもしれなかった。


この戦いで、アリューシャン列島沿いのアメリカ船の航行は、可能になった。

船が航行できるようになったことに対して、護は安堵した。しかし、日本人としては、悲しみの方が強かった。アッツ島では、余りにも多くの日本兵が犠牲になっていたのだ。それを喜ぶことなどできる筈はなかった。

愛国心と動物愛護精神、そのどちらかを選ばなくてはならなかった護は、後者を選んだのだが、それは、苦渋の選択だった。むしろ、後悔の思いの方が大きくなっていったのだった。

しかし、猛獣救出作戦は、既に、動き出している。今更、中止にすることはできない。

この作戦には、様々な国や様々な人々が、自分を犠牲にして参加してくれている。その殆どが、命まで犠牲にしようとしてくれているのだ。

その人達のことを思えば、今さら、止めることなどできる筈はなかった。

護は、心の奥深く、苦しみを閉じ込めることにした。護は、大きな負い目を背負って生きていかなくてはならなくなったことを、強く悟ったのだった。


時間は、容赦なく過ぎていった。

これ以上出発が遅れるのは、危険であった。遅れれば、計画全てが破綻しかねなかった。

やむを得ず、護は、出発の決断を下した。それは、軍が動物園に乗り込んでくる、わずか二週間前のことだった。

夜陰に紛れて、ホロで荷台を隠した二十数台のトラックが、動物園に滑り込んできた。

動物達は、異変を感じたのか、それぞれの檻の中で、身を小さくして、うずくまっていた。

大声で吠える動物はいなかった。トラックに乗せる作業も、手慣れた飼育係の手で、粛々と行うことができた。

誰にも気づかれず、トラックは、門から出て行くことができたのだった。

新京の郊外を、トラックは、スピードを上げて走った。

新京の街には、日本人、中国人、モンゴル人、ロシア人、イスラム系の住民がいたが、それぞれ居住地区を別にしていた。

馬賊は、日本人地区、中国人地区を抜ける時には、辺りに対して特に注意を払った。気づかれて、軍に通報されることを恐れた。

新京の街は、日本軍・満州国軍、ソビエト軍、そして、馬賊の支配区域が、まるでモザイクのように複雑に絡み合っていた。どの区域を選んでも安心ということはなかった。まるで、十九世紀末のアメリカ西部を行く幌馬車隊のようであった。

その上、道は悪路であった。雨が降れば、泥の海に行く手を阻まれる心配があった。いつ、どこかの軍に見つかるかもしれない恐れもあった。

しかし、馬賊は、それらの危険を見事に回避する能力を身につけていた。各地に、事前に配置されていた斥候から、適切な情報が、随時、もたされたからだった。時には、暗い夜道を進むこともあった。しかし、道に迷うことはなかった。馬賊の日ごろの鍛錬のおかげであった。

予定より、多少遅れることはあったとしても、必ず、港に着くことはできる筈であった。

移動には、計算上、実質、四日間を予定していた。

吉林、粒法、敦化、朝陽川、南洋、訓伐の町のそれぞれの郊外を選んで、トラックは不思議なほどスムーズに進むことができた。

途中、二日目、一度だけ検問にぶつかった。

幸い、その時は、満州人の馬賊の一族が検問に当たっていて、同族人の通過をすぐに認め、容易く検問を通過することができた。

その先は、悪路が待っていた。そのため、動物達の疲労が高まっていた。

やむなく、途中、森に入って休憩を取らざるを得なくなった。予備日を使うことにした。

しかし、車を止めることは、危険であった。森は姿を隠すには好都合だったが、動物達の自然回帰本能を目覚めさせる恐れがあった。

飼育係の緊張は、休憩中に、むしろ高まった。

この時も、運よく、スコールのような激しい雨が降り出して、外に出てくる人はほとんどなく、発見されることはなかった。動物達が慣れぬトラックでの移動の疲れから体調を崩さないように、また、途中、大声を上げて周りに気づかれないように、そして、食事と水の補給が順調に行われているか、など、やることは山ほどあった。

また、夜になると、猛獣達は餌を求める活動をする本能から、眼を覚ましていることが多く、飼育係達は寝る間もなく動物達に寄り添っていた。

飼育係は、輸送中、緊張を解くことができなかった。しかし、文句を言う飼育係はいなかった。誰もが、今回の仕事に、命を懸ける覚悟でいたからであった。


最後になって、問題が起きてしまった。

羅津港に着いたトラックは、港に赤十字輸送船を発見することができなかったのだ。

慌てた隊長が、情報を集めると、どういう訳か赤十字輸送船は、トラックの到着を待たずに、昨日の内に出航し、今はウラジオストークの沖合に停泊していて、ウラジオストーク港に二日後に入港する予定であることが分かったのだ。

隊長は主だった者を集めて作戦を練り直すことにした。

計画者の護がいない中での決断であったが、緊急事態と判断し、自分達で、解決策を決めなくてはならないと、隊長は判断した。

羅津港で動物達を乗せる事ができないと分かった以上、ウラジオストークに向かうしかないと考えられた。

しかし、それは、危険なことであった。二十数台ものトラックを二日間隠すことは難しいとも考えられた。日本の警備兵に見つからないとも限らなかった。

一方、ウラジオストークは眼と鼻の先ではあるが、国境線があり、ソ連の警備兵が巡視していて、越えることは不可能に思えた。

馬賊の中には、警備兵に通じる者もいたが、あまりにも急で、連絡を取ることはできないということだった。

一同は、頭を抱えてしまった。

「万事休す、これまでだ、動物達はここで始末しなくてはならない」と、決まりかけた。護抜きで、重大事項が決定されそうになった。

その時であった。馬賊の一人が、思わぬ提案をした。

「隊長、一つ思いついたのですが」

隊長の目がきらりと光った。

「言ってみろ」

「今更、赤十字船をここに横付けさせることはできなくなったということなので、小型船を使って、こちらから、赤十字船に運び出すというのは、どうでしょう。赤十字船を呼び戻し、沖合に停泊させ、夜中に小型の船で運ぶのです。夜の内にやれば、警備船に見つからないですみそうだし、幸い、波も穏やかだし」

おお、という声があちこちから洩れた。

隊長が頷いた。

「面白い考えだ。しかし、別の貨物船を調達できるのか？」

「はい、隣の清津に船を持っている仲間がいます」

「信用できるのか、そいつ」

「ええ、何年もの付き合いですから」

「いくら払う」

「金は必要ありません。酒を用意してくれれば」

「そうか、いつこっちに呼べる？」

「数時間で呼べます。そうすれば、今夜中に、動物達を赤十字船に運ぶことはできます」

「分かった。それに賭けるしかないな。もし、これがうまくいったら、みんなに褒美を与えるぞ」

「それは有り難い」

馬賊たちは、喜びの声を上げた。

その場にいたならば、護も喜びの声をあげたことだろう。

三時間後には、小型の船が、羅津港に接岸した。

夜陰にまぎれたトラックが船に近づいた。一度に全ての動物を運ぶ事は無理なので、三回に分けて運ぶことになった。

大きい動物から運ぶことにした。初めは象だった。

これには苦労した。大きなクレーンはなかったので、小さなクレーンを何本かまとめて使うことにした。運ばれる猛獣達の担当をしている飼育係も同時に乗り込んだ。それで安心したのか、象は声を立てなかった。

象の他に、虎や豹を乗せた第一便が港を離れ、赤十字輸送船に向かった。連絡を受けて沖合に停泊している赤十字輸送船から、大きなクレーンが下りてきて、動物達の檻を手際よく引き上げた。

馬賊たちは、岸から、その様子を見つめていた。暗闇の中で、作業は黙々と行われ、気づかれることはなかった。

第一便が戻ってくると、すばやく第二便に動物達を積み込んだ。こういう仕事に慣れているとみえ、馬賊と飼育係達は、無駄のない動きをした。そして、僅か三時間という短い時間で作業は終わった。

夜はまだ明ける気配を見せていなかった。

馬賊達は、仕事をやり終えたことを確かめると、初めて大きな声を上げた。

「万歳、やったぞ」

沖合から、汽笛が三度大きく鳴り響いた。小型の貨物船も三度応じた。双方の汽笛は明らかに弾んでいた。汽笛は、羅津の港いっぱいに響いた。何の音だと訝しがる者もいたが、それをわざわざ確かめようとする者はいなかった。互いの顔は見えなかったが、喜びの顔を出しているに違いなかった。

トラックは、夜陰に紛れ、既に、港を離れ始めた。心なしか、これまでより軽快に走っているように見えた。

次第に明るさが増し、夜明けが訪れた。

運転手以外の馬賊達は、漸く眠りに就くことができたのだった。

動物達を運搬する赤十字輸送船は、既に、上海で、内部の改修を済ませていた。船底を木製の板で仕切り、動物ごとの居場所を確保した。

並行して、船に、大量の食糧が運び込まれた。食糧は、日本軍に疑われないように、何回かに分けて運び込まれた。

猛獣達の食糧用に、生きた豚や羊も運び込まれた。

船員達は、不衛生だと船長に抗議したが、船長は抗議を受け入れず、暫く我慢するように船員達をなだめた。

心配なのは、猛獣達であった。慣れぬ逃避行に健康を害すのではないかと心配された。特に、海が荒れたりすると、船酔いに襲われ、命を落とす心配もあった。

これに対する妙案はなかった。後は、波が穏やかであることを祈るしかなかった。

赤十字戦の船長は、アラスカまでの航路を事前に主だった船員達と相談した。

多少、時間を要することになるが、攻撃を受ける危険性を少なくするコースとしては、宗谷海峡を避け、遠回りにはなるが、樺太を時計回りで、ぐるっと一回りし、オホーツク海を経て、アリューシャン列島に沿って進む航路が、ベターだと判断された。

船長には、三つの心配があった。

一つ目は、日本軍の出方だった。

ただ、幸いなことに、日本の艦船には、まだ、しっかりとしたレーダーが装備されていなかった。それに比べると。護衛のために同行するアメリカ軍の駆逐艦のレーダーは、潜水艦の捕捉も含めて、正確に敵部隊を発見・追尾する能力を持っていた。

二つ目は、天候の問題であった。

初夏の日本近辺は、台風の襲来がめったになかった。仮令、発生したとしても、台風は、その南で、東に向きを変え、北海道の北部に到達することは、なかった。

その年も、台風は、東にそれていた。その為、波はそれほど荒れなかった。

台風に発達しなくても、北の海は、常に低気圧に襲われ、海が荒れる事が多かった。幸い、今回は、波は想定内の揺れであった。

三つ目の心配は、ソ連の出方だった。

近年のソ連の動向が、アメリカには読み切れていなかった。ヤルタ会談で、戦後の領土問題を話し合い、樺太や満州国はソ連の支配下に置かれることが、既に、話し合われていた。その意味では、アメリカとソ連は、友好関係を保っていたのだが、現場の軍は、相手を信用しきることには反対であった。それぞれの地域でのソ連軍の出方は全く予測がつかなかったのだ。

今回のことも、一応はソ連に通告済みではあるが、途中、どのような妨害活動がされるのかまでは予測がつかなかったのだ。もしかしたら、ソ連は、アメリカを、戦後の最大の敵と看做し、北方の領土を固めようとすることも予測されていたのだ。

アリューシャン近辺から、ソ連が軍を引き上げるかどうか不明だったのだ。

実は、船長は、もう一つ懸念したことがあった。

以上三つの問題は、事前に予測でき、対応策も考えられる。

しかし、四つ目の心配は、人の心の問題で、何が起きるのか予測できなかった。

船長の心配の種は、乗船する中国人の飼育係の動向だった。彼らは、家族同伴の者もいて、総勢で五十人を超える多人数であった。その彼らが、航海中、船長の指示を聞き、最後まで問題を起こさないでくれるか予測がつかなかった。

船長は、中国人やモンゴル系の満州人の習性をあまり理解していなかった。それだけに、何が起きるか分からないという不安があった。

こちらに不安があるということは、相手にも不安があるということになる。

海に慣れぬ、そして、海上での戦争状態に慣れていない彼らが、パニックを起こさないか心配であった。もし、そうなったら、船員だけでは対応できないかもしれない怖れを船長は抱いたのであった。

そこで、船長は、飼育係の代表とのコミュニケーションつくりに腐心することになった。互いのことを少しでも理解しあっておくことが大切だと考えたからであった。

船長は、本心では、今回の航海については疑問を持っていた。なぜ、戦争中に、こんなに無理をしてまで、動物達を運ばなくてはならないのか理解できなかった。しかし、今回の作戦名が『ノアの方舟作戦』で、神には逆らえないということと、この作戦が、総司令官のマッカーサーの直々の命令であるということを聞いて、渋々受け入れたのだった。


航行上、一番の問題は、オホーツク海峡の通過であった。

その海域は、日本が退き、ソ連が支配する海域になりつつあった。

赤十字輸送船は、赤十字のマークを船体に施すことになっていた。赤十字の印を用いることは、国際法で定められていたが、動物達の保護のために用いることには問題があることが考えられた。

それでも、船長は、赤十字の印を使う判断をした。船長は事前にソ連側に、赤十字船が通過することを通告した。これから暫くはソ連の支配地域を航海しなくてはならないのだ。

船員達もその事の危険性を理解し、極度の緊張が船内に広がっていた。

船はやがて、大陸と樺太の間の間宮海峡を航行し始めた。ここは、全くの死角になっていた。もし、ソ連側から攻撃されても、それを咎める者など存在しなかった。

遠くに、大陸と島を遠望しながら、船はスピードを上げた。一刻も早く、この海峡から抜け出したかった。幸いなことに、赤十字船に近づく武装船は現れず、無事オホーツク海に出ることができた。

船長が懸念していたのは、むしろ、港を出てからベーリング海に到達するまでのオホーツク海であった。オホーツク海は、日本の絶対的な制海権はなくなっていたが、他国の船が自由に航海するにはまだ危険があった。日本の潜水艦も時々出没していた。

赤十字の輸送船でも安全とは言い切れなかった。発見されれば、直ちに攻撃を受けることは有り得た。一匹狼的な日本の潜水艦に出遭わないことを天に祈るしかなかった。

懸念していたことが生じてしまった。

護衛の駆逐艦から無線が入った。

「後方に潜水艦を発見。一隻の模様」

操舵部署に、放送が流れた。

「潜水艦接近」

「国籍不明」

船内に、緊張感が走った。日本の伊号潜水艦ではないか、船長は恐れた。

駆逐艦に連絡を入れた。

「こちら赤十字、護衛を頼む」

「了解」

頼もしい声がスピーカーに轟いた。

駆逐艦による潜水艦への追尾が始まった。潜水艦はそれを避けようとして、頻繁に針路を変えた。敵か味方か分からぬ中で、緊張の航行が続いた。

そのままの状況が、暫く続いていた。

潜水艦の追尾は終わることなく続いていた。

そして、赤十字輸送船は、カムチャツカ半島の南端、バラムシル島を回りきり、船はアリューシャン列島沿いに進むところまで来た。漸くアメリカの支配下に入ったのだった。追尾していた潜水艦はそこで方向を転換して戻り始めた。やはり、ソ連の潜水艦であったことが、これで、はっきりした。船長の緊張は漸く解けた。

海は穏やかだったが、体中冷や汗が残っていた。


やがて、先方にアリューシャン列島が見えてきた。

最初に現れたのはトスカ島であった。そして、すぐにアッツ島も視界に入ってきた。

船長はマイクを手にして、艦内放送をした。

「間もなく、アッツ島、運航担当者以外、正装をして、甲板に集合」

艦員達は急いで装を整えた。飼育係も甲板に出て、それに倣った。と、言っても正装など持ち合わせず、仕事着のまま甲板に出た。

海は凪いでいた。西の方角に、太陽が沈もうとしていた。

全員が整列を終えると、副艦長の大きな声が轟いた。

「全員、敬礼」

続いて、

「全員、黙祷」

海の男の習慣に倣い、海の藻屑と消えた軍人達に哀悼の意が捧げられた。

戦いが終われば敵も味方もなかった。

夕日に映えた海岸線に、日本軍の戦車や野戦砲の残骸が無数に残されているのが遠望できた。


赤十字輸送船が出航してから、護は、新京に戻って、船からの連絡を待った。

ウラジオストーク沖を船が発ってから三日目に入っていた。

あと一日で、アラスカに到着できる筈だった。

待つ身はつらかった。いっそのこと一緒に行けばよかった。

しかし、護は残った。ここ迄来た以上、仲間を信じるしかない。

それにしても、出発までの準備は大変であった。ほとんどの準備を他人に任せなくてはならなかったため、かえって、護の神経は疲れきっていた。


赤十字輸送船は、その後も、順調に航路を伸ばしていた。

羅津港を出た後、暫くは、ソ連とアメリカの支配区域が交雑しており、その上、日本軍にいつ発見されるかもしれなかった。そのため、護衛艦も緊張して、輸送船を護衛しようとしていた。

スピードも上げていた。

飼育係達は、そうした背景を知らずに、ただひたすら動物達の世話に当たっていた。船員達は今回の動物輸送の背景をある程度聞いていたので、心配が増していた。赤十字輸送船の船員達は、互いに、「大丈夫、この船は、第二の『ノアの方舟』なのだ。神様が守ってくれている」と言って、励まし合っていた。

アリューシャン列島を横に見ながら、穏やかな北の海を輸送船は粛々と進んでいった。列島の島々をいくつも越えると、やがて、遥か彼方にアメリカ大陸の姿が見え始めた。

「あれがアラスカだ」と聞いた飼育係とその家族達は、歓声を上げて喜んだ。

航海中、彼らは、船長が心配したような問題を、一切起こさなかった。黙々と動物達の世話をした。その意味では、飼育係達も、船員達と同じく、自らに課せられた職務を、誠意を持って行ったと言える。

出航してから、四日目、船は予定通り、無事にアラスカのアンカレッジに到着した。猛獣達は、用意されていた仮の動物園に収容された。

しかし、その事実を報道する報道機関はなかった。軍からの達しで、表ざたにすることはできなかったのだった。

戦後も、なぜか、このことは、伏せられたままであった。巷間の話題に上ることもなかった。

地元の住民だけは、そのことを語り継いでいたようであったが、他の人の耳には届かず、この話は、煙のごとく立ち消えてしまったのだった。

そして、一部のアメリカ残留希望者を除き、飼育係の中国人が故郷に帰りついたのは三年後のことであった。

動物達が、無事、アラスカに到達したことを確かめ、新京に一人残った護は、一人で祝杯を挙げた。

本当は、ジョンと会って、祝いたかったが、戦況がますます急を告げていたため、電信だけにとどめた。

電文は、簡潔なものだった。

「無事終了。感謝」

簡単な返信が届いた。

「成功を祝す。ご苦労様」

それでも、護は、ジョンの温かさを十分くみ取ったのだった。

トラックが出発してから十日後、予想より早く、日本の軍人達が数台のトラックに分乗して動物園に入ってきた。

出迎えた者は誰もいなかった。軍人達を迎えたのは、空になった畜舎だけだった。

猛獣以外の動物達も、他の動物園や近郊の農家に移されていて、全ての檻が、もぬけの殻になっていた。

軍人達は、何がおきたのか初めは理解できないでいた。やがて、全ての動物や飼育係の姿がないことを知って、漸く事態が飲み込め始めた。

「まるで夜逃げにあったようだ」と、自分達の無様さを揶揄する者さえいた。

動物園担当の領事が直ちに動物園に呼ばれたが、その担当領事も呆然とするのみであった。

動物園側の人間は、煙の如く消えてしまっていたので、軍は、事情を確かめようにも確かめられず、ただ呆然と立ちつくすだけであった。

軍は、護には、何の手出しもしなかった。名前すら上がってこなかった。

今更、裏をかかれたことを表ざたにすることもできず、軍は、結局、何の処分も行うことはできなかった。

後日、「市民の安全を図るため、猛獣達を他の場所に移した。動物園は閉鎖することになった」とする記事が、新聞紙上に載ったのだった。


しかし、ここからが、護にとって、苦難の始まりとなったのだった。

憲兵隊が動き出し始めたのだ。

役所に対しても、憲兵隊の取調べが始まった。総領事までもが、事情聴取を受けた。

どこから聞きつけてきたのか、とうとう、護の身辺に捜査の手が及んできた。護が、頻繁に動物園に出入りしていたことを密告した者がいたのだ。

護は、憲兵隊に出頭するよう命じられた。相手は、「泣く子も黙る」と恐れられている憲兵隊である。

護は生きて戻れないと覚悟した。妻と娘にも事情を伝え、別れを告げた。これが永久の別れになるもしれないと覚悟を決めての別れであった。

護は、二人に累が及ぶことだけは何としても防がなくてはと、心に決めていた。


厳しい取調べが始まった。

問題にされたのは、誰が動物を逃がすことを計画したのかということであった。

そして、「どのような方法で運び出したのか?」「どこへ逃がしたのか?」「資金はどうやって調達したのか?」ということも問題にされた。

憲兵隊は、護が首謀者ではないかと疑った。「猛獣の行方不明の背後に護がいて、飼育係や馬賊と密かに接触していた」と通報した者がいたのだ。

護は、勿論、否定した。

憲兵隊は確かな証拠を握っていた訳ではなかった。むしろ、何も握っていなかったといえた。証拠となる書類は護の手によって既に燃やされていて、裏付けとなる物品も、全て処分されていた。

憲兵隊は行き詰まってしまった。

総領事は、我が身に累が及ばないよう、知らぬふりをした。全ては、護一人が進めたことになりそうだった。

護は、取調べに耐えた。動物達の脱出について一言も口を開かなかった。後は、拷問によって、護の口を割らせるしか方法はなくなっていた。

遂に、護に対して拷問が行われる方針が決まった。それまでは、護が外交官である事を配慮して、拷問の手段は避けていたが、調べに協力しない護に業を煮やして、憲兵隊は、拷問実施に舵を切り替えたのだった。

両手を縛られ、ロープにつるされた護を、憲兵が睨みつけた。

そして、まず、竹刀で、護を叩くことを告げた。前もって拷問の内容を知らせることによって、恐怖心を植えつけようとする作戦だった。

憲兵が、竹刀を振り上げ、背中目掛けて振り下ろした。ビシッ、ビシッという背中を叩く音が響き、その都度激しい痛みが、全身に走った。

護は、ぐっと歯を食いしばって、痛みを耐えようとした。

竹刀は何度も何度も、護の背中を叩いた。シャツが破れ、皮が裂け、背中にただれたような傷ができた。それでも、護は口を開かなかった。拷問の手段が一段と強いものに変わっていった。

憲兵は、竹刀での拷問をやめ、次の手段に移った。

爪を一枚一枚剝がすことも考えられたが、手っ取り早い方法が採られた。電流を身体に通して、ショックを与える拷問だった。これは、肉体に激しい苦痛を与える拷問だった。場合によっては身体が持たず、死を招くこともある拷問だった。

それだけでなく、精神的な苦痛ももたらす拷問だった。耐え切れず、精神に異常をもたらすこともあった。

護は、電気椅子に座らされた。

それは、他の拷問よりも、護に恐怖心を与えた。

憲兵の手が、電極のスイッチに触れる時の精神面での恐怖は、肉体の痛みよりも強かった。

憲兵は、電極を護の身体に巻きつけた。初めは低い電圧であったが、護の身体は跳び撥ねた。

護は、必死に耐えた。護が口を割らないのを見た憲兵は、徐々に電圧を増していった。

電流が流れる度、護の身体は跳び撥ねた。

「やめろ、やめてくれ」

護は、ありったけの声で訴えた。しかし、拷問の手は緩められなかった。

もう、限界であった。これ以上続けられたら、自分の身体と精神は持たないだろう。ショック死を招くかもしれない。

それでも、憲兵隊員は手を緩めなかった。憲兵隊員の手が、スイッチに向かって伸びた。

護は、覚悟した。

これで自分は死ぬ。

護は、眼を閉じ、口を強く結んだ。

憲兵の指がスイッチに触れようとした。

その瞬間であった。

激しい雷鳴が轟き、部屋を突き抜けて稲妻が走った。

部屋の中の全ての物が吹き飛んだ。

憲兵は勿論、椅子に縛られていた護も吹き飛ばされた。

部屋は、暗闇に包まれた。

物音も、聞こえなくなった。


昭和五十年、長春（戦後、新京から長春に改名）。

正一は、必死の思いで、虎の檻の前に走り着いた。

柵を隔てた檻の前には、護の妻の紅葉と娘の緑がいた。危険が迫っていることに気づかず、二人は、楽しそうに虎の動きを見ていた。

その時、どういう訳か虎の檻の錠が外れ、扉が少しだけ動いた。二人は気がつかなかったが、駆け付けた正一には、それが見えた。正一ははっとした。

このままだと、扉が開いてしまう。

しかし、檻の前の二人は扉が半開きになりかけていることに気づかず、相変わらず楽しそうに虎の動きを追っていた。

正一は虎の動きを注視した。幸い、虎は、まだ、扉が開き始めていることに気づいていないようだった。

正一は、フェンス越しに、二人に向かって声をかけた。少し、上ずっていたようだが、落ち着いた声であった。虎を驚かせてはならないという配慮が感じられた。

「紅葉、緑、ゆっくりとこっちへ来なさい」

二人は、父親の言葉の意味を理解できないでいた。

「いいか、走っては駄目だぞ、紅葉、緑の手をとって、後ろを見ずにゆっくりこちらに来るのだ。そして、この出口まで来るのだ」

二人を怖がらせないように、扉の錠が外れたことを知られないように、注意深く正一は声をかけた。

二人が、扉の開き具合に気づけば、パニックを起こすかもしれないと、正一は心配したのだ。

二人は、正一の言うように、ゆっくりと、檻から離れ始めた。その時になって、初めて扉が開きかけていることに、紅葉が気づいた。

紅葉の表情が変わった。緑を握り締めていた手に力が籠められた。

驚いた緑が母の顔を見上げた。紅葉は、自分の口に手をあてて、声を出さないようにと、緑に合図を送った。

その時になって、緑も事の重大さに気がついた。虎が扉を見ていることに気づいたのだ。

緑も身体を硬直させた。一瞬、二人の歩みが止まってしまった。

その時、虎が、扉の方に近づいてきた。

正一は、思わず声を掛けた。

「そのまま、ゆっくりこっちへ来るのだ。虎に後ろを見せては駄目だぞ」

二人が分かったというように、頷いた。

しかし、虎はとうとう開いた扉の前に達してしまった。その時、二人は、扉と出口の中間までしか戻っていなかった。出口まで、まだ半分ほど距離は残っていた。

もし、虎が扉を押し開けて、二人に襲い掛かったら、逃げ切れぬ距離がまだ残っていた。

二人は、恐怖で足がすくんでしまった。

虎は、二人に視線を送った。眼光が鋭く光った。そして、大きな口を開けて、一声、吠えた。

腹の底から絞り出されたような、重い声が、地面を這って、空気を震わせた。

その声におびえた二人は、金縛りにあったようにその場から動けなくなってしまった。

虎がゆったりと扉をくぐって外に出てきた。そして、二人に向かって歩き始めた。


万事休す。

正一は恐ろしさのあまり、心と身体が硬直してしまった。

正一は、それでも、冷静さを失わなかった。正一は、目をしっかりと開き、虎の動きを凝視した。

すると、不思議なことに、正一の体が勝手に動いた。

正一は、出入り口の扉を開けて、中に入った。それは、本能ともいえる行動であった。

そして、二人に大声で告げた。

「虎を私にひきつける。虎が私に向かってきたら、二人は出口まで走って外に出るのだ。そして、鍵をかけて、虎が外に出られないようにするのだ。分かったか？」

「でも、あなたが…」

「何も言うな。時間がない。いいか、言われたようにするのだぞ」

そういうなり、正一は、二人のいない方向に飛び出し、勢いよく走り出した。

虎は、正一の姿を見落とさなかった。動くものは襲うというのが、獣の習性である。虎は、一声吼えて正一を目掛けて走り出した。

正一は、叫んだ。

「今だ。走れ」

一瞬、虎は、二人に眼を移したが、すぐに正一に視線を戻した。

その間に二人は、一気に出口へと向かった。

それを確かめると、正一も、向きを変えて、出口に向かって走り出した。

虎は正一を追った。

虎の足は数段速かった。あっという間に、正一に接近した。そして思い切り跳び撥ねた。

虎の体が、空を飛び、正一の身体にぶつかろうとした。

その時だった。

突然、稲妻が走り、雷が、虎と正一の方向に襲い掛かった。

激しい雷鳴と共に、地面が炸裂した。

虎も正一も吹き飛ばされた。

13　帰還

昭和五十年、長春（戦後、新京から長春に改名）。

正一と入れ替わるように、昭和十八年からタイム・スリップしてきた護の目が開いた。

護は、自分が、地面に転がっていることに気がついた。

身体の節々が痛かった。意識は戻りつつあったが、感覚が今一つ戻っていないように感じた。

護は、暫く様子を見る必要があると考え、そのままの姿勢で辺りの様子を窺った。猛獣用の檻が目の前に見え、中に大きな虎が一頭、転がっていた。

虎は、動く気配がなかった。

誰かが叫んだ。

「領事は大丈夫か？」

その声を聞いた一人の男が、護をのぞき込んで、呼吸を確かめた。

「大丈夫です」

「生きているのだな」

「ええ、生きています」

「分かった。それなら、担架に乗せて、この檻から離せ」

「どこへ運ぶのですか？」

「象舎の前だ」

「分かりました」

そう言うと数人の男が護を担ぎ上げ、担架に乗せて、その場から運び出した。護は、男達のなすがままにしていた。

象舎の前に着くと、護は、担架に乗せられたまま、地面に下ろされた。人々の賑やかな声が耳に届いた。笑い声も混じっていた。

頭を巡らすと、目の前に象舎が見えた。一頭の象が、ゆったりと歩いているのが見えた。

ここは、動物園のようだと、護は判断した。

どうやら、危険はなさそうだ。

この段階になって、護は、自分がタイム・スリップしたことを確信した。

自分は、あの時、憲兵隊から拷問を受けていた。初めは、ロープに吊り下げられ、鞭で激しく叩かれた。次には、身体に電極を巻かれ、電流を流された。あまりの痛さに耐えきれなくなった。これ以上耐えられないとあきらめかけた時、憲兵隊員の指が電極のスイッチに伸びた。「ああ、自分は、これで死ぬのだ」と、あきらめかけた。

憲兵隊員の指が、まさに、スイッチを押そうと動いた瞬間、突然、雷鳴が轟き、雷が、部屋に炸裂した。

憲兵隊員は、吹き飛ばされ、壁に叩きつけられた。その部屋にいた他の憲兵隊員達も、皆、動かなくなった。自分も、吹き飛ばされ、床に叩きつけられ、意識を失った。

そして、今は、動物園にいるようだ。

護は、すぐに分かった。

これは、タイム・スリップだ。自分は、今、昭和十八年とは異なる次元にいるようだ。落ち着きを取り戻し始めて、護は、意識を集中し始めた。おそらく、自分は、昭和五十年に、タイム・スリップしたに違いない。何故なら、自分のタイム・スリップは、父と連動して生じるからだ。

父も、同じ時、タイム・スリップしたに違いない。おそらく、昭和五十年から昭和十八年に戻った筈だ。逆に、自分は、昭和十八年から昭和五十年にタイム・スリップしたのだろう。

護は、確信した。自分は、今、昭和五十年の時代に戻ったのだ。

意識が戻ってくると、身体中が痛みで疼いていることに気がついた。

周りを見渡すと、自分は担架に横たわっていることが分かった。痛みを発している自分の身体に眼をやると、シャツは破れ、血が滲んでいた。

その時、年老いた人物が近寄ってきた。

薄らいだ意識でその人物を見つめた。長い髭を蓄えた老人に見えた。陸天心老人に違いない。

懐かしい思いがした。

「だいぶ、ひどい目にあったようじゃな」

やはり、陸老人の声だった。

「よく耐えたな」

「ええ、何とか」

護は、不思議に思った。

老人は、どうやら、自分が拷問を受けたことを知っているかのような口ぶりだったからだ。

この老人は、どうして、拷問のことを知っているのだろう?

「どうだ、立ち上がれるか?」

心配そうに、陸老人が尋ねた。

「たぶん、大丈夫です」

護は、片膝ついて立ち上がろうとしたが、バランスをとれず、倒れそうになった。

「まだ、戻っていないようじゃな」

気になっていた担架のことを訊いてみた。

「この担架は?」

「それか、それはな、虎の目の前で目を覚ましたら驚くと思ってな。飼育係に頼んであんたの好きなこの場所に、運んでもらったのじゃ」

「虎の檻の前からですか。ここは、象舎の前ですよね」

「そうじゃよ。あんたは、漸く、元の場所に戻ってきたという訳じゃよ」

この痛みは、やはり、雷に打たれた時の痛みなのだ。

自分は、その時、タイム・スリップしたのだろう。そして、老人と初めて出会った場所に、今、いるということなのだろう。

陸老人が真顔になって語りかけてきた。

「お前は、約束を守ったな。動物達を逃がしてくれたようじゃ。感心じゃ。お陰で、動物達の命は、救われた」

護は、老人が、どうしてそのことを知っているのか、またもや不思議に思った。もしかしたら、この老人は、時空を自由に行き来できるのかもしれない。

その考えは、間違いではなさそうだ。そういう雰囲気を、この老人は持っている。

護は、気を取り直して、一番の懸念を確かめようと老人に語り掛けた。

「その事ですが、私は、約束を守りました。動物達を殺さずに逃がすことができました。一頭たりとも死んではいません。猛獣達は、アラスカで生きています。これであなたとの約束は果たせました」

護は、自信を持って、老人を見つめた。

「だから、今度はあなたの番だ。妻と子どもの命を救けてほしい」

すると、老人は、笑いながら応じた。

「ははは、あれは芝居じゃ。殺そうなどと初めから思っていなかった。あんたの娘が、もっと傍で虎を見たいと言うので、檻の前まで連れていってやっただけじゃ」

「えっ？」

「それをあんたは勝手に殺されると勘違いしてしまった。だから、ちょっと芝居を打ってみたのじゃ」

「芝居だったのですか？」

「そうじゃよ、そうでもしなければ、あんたは本気になって動物達を助けようとはしなかっただろう？」

「それはそうですが。でも、それはひどすぎる」

「まあ、許せ。お陰で全てうまくいったではないか」

「それはそうですが…」

老人の言葉に、驚き、呆れて、護は次の言葉を失ってしまった。

老人がいたずらで言った言葉で、自分の運命を変えるところまで追い詰められたのだから、驚き、怒るのは当然であった。

しかし、この老人に、その気持ちをぶつけても、何も出てこないだろう。自分は、今、老人の催眠術にかかっているのと同じなのだ。これは、芥川龍之介の「杜子春」だ。杜子春も、長い夢を見たつもりでいたが、そうではなかった。実際には、瞼が瞬くぐらいの瞬時のことだったのだ。杜子春は、仙人によって、催眠術にかけられてしまっていたのに違いない。それと同じ事が自分の身におきていたのだ。

仕方なく、護は、話題を変えようと、老人に尋ねた。

「ところで、私は、どれくらいここに倒れていたのでしょうか？」

「それほど長くはなかったようじゃ」

「そうですか……」

状況から推測すると、今回は、数分で目が覚めたようだった。自分は、もしかしたら、雷に対して耐性ができたのかもしれない。

私は、「雷（グロム）の子」なのかもしれない。

「そうですか？　私は、長い時間、気を失っていたとばかり思ったのですが」

「何か幻でも見たのかな」

そう言って、陸老人は、護をじっと見つめていた。

「もしかして、私の甥っ子に、夢の中で会えたのかな？」

「はい。とても元気でした。そして、動物達を救う手助けをしてくれました」

「そうか、それはよかった」

老人は驚くことなく、あっさりと応えた。護は、拍子抜けしてしまった。

この老人は、何でも知っていて、何を言っても驚かない。まるで、仙人のような人物だ。

老人は、楽しそうに、護に語りかけた。

「わしに似ていい男だったじゃろ？」

「ええ、髭はありませんでしたけれど」

「以前は、あのような顔をいい男と言ったようですが、果たして、今風と言えるかどうか」

老人は、護のからかいの言葉に動じる気配も見せず応えた。

「男の良し悪しは、髭で決まるんじゃ。あんたには、髭はないようじゃがな」

老人から、逆襲を受けてしまった。

護は、自分の顔を撫でてみた。確かに髭はない。

またもや老人にやり込められてしまったのだ。私は、この老人には勝てそうにない。

老人の話は続いた。

「あいつも、年齢《とし》を取れば、わしのような髭が生えるじゃろう。我が家系の男達は、皆な長生きだからな」

そう言って、にやっと笑ったのだった。

護は、いつであったか、母から、「谷川の家系は、髭が生えない」と聞かされたことを思い出した。

その時は、どうということなく、軽く聞き流していたが、老人から、自慢話を聞かされると悔しくなってくるのだった。

先ほどから、護は、老人にやられっぱなしであった。一つぐらい、挽回しなくては。そう思って、頭を巡らせてみたが、名案は思い浮かんでこなかった。

老人の完勝、護の完敗であった。

「どうじゃ、少しは、頭が、すっきりしてきたかな?」

その言葉に護の眼が覚めたようだった。

先ほどから、老人が冗談のような話をしていたが、あれは、自分の眼を覚ますまでの繋ぎであったのではないだろうか。

きっとそうだろう。

護は、老人に、またもや一本取られていたことになる。

護は、お釈迦様の掌の上で踊らされている孫悟空のような心境だった。

近くで、娘の緑と妻の紅葉の明るい声が響いた。その声で、老人が護にかけた「催眠術」が解けて消えた。

「お父さん大丈夫？」

「あなた、起き上がって大丈夫なの？」

二人は、護のすぐ傍までやって来た。

そこで、初めて、護が怪我をしていることに気がついた。

「あなた、どうしたの、その傷？」

紅葉が大きな声で訊いてきた。

「いや、たいしたことはない。さっきの雷に打たれた時の傷だろう。心配しなくて大丈夫だ。さあ、家に帰ろう」

護は、緑の手を握って、歩き始めた。

すると、紅葉が慌てて陸老人にお礼を述べ始めた。

「有難うございました。お陰で、虎を間近で観る事ができました」

「何の、何の、また、来るといい。待っているよ。いつでもどうぞ」

そう言って、楽しそうに笑いながら陸老人は去っていった。

家族だけになると、緑が楽しそうに話しかけてきた。

「お父さん、凄かったわよ。虎が大きな口を開けて吠えたの。びっくりしたわ」

「緑ったら、もう、夢中になってしまって」

傷の痛みも忘れて、護は、緑の声に耳を傾けたのだった。

幸せなひと時であった。


家に着き、紅葉に怪我の手当てをしてもらうと、護は、漸く、心の平衡を保つことができるようになった。

自分のことが一段落し始めると、護は、昭和十八年に戻った筈の父の正一が、今はどうなっているのか心配になった。

父は、私の代わりに拷問を受けているのではないだろうか、しかし、いくら考えても、あの後のことは思い出すことはできなかった。

でも、私の父のことだ。きっと、逃げ出すことができた筈だ。

そう考えるのがやっとのことであった。

昭和十八年にいた時、先の昭和五十年のことが分からなかったように、昭和五十年にいる今は、昭和十八年のその後のことが分からない。

仕方がない。こちらの世界でできるのは、父の無事を願うことだけだ。

大丈夫だ、こうして、昭和五十年の自分が生きているのだから、昭和十八年の父の正一も、生き続けているに違いない。

その時、護は、ふと、思った。

「父と自分が同じ時、同じ所にタイム・スリップすることはないのだろうか」

もし、それが叶うのなら、面白そうだ。

二人は、その時どんな顔で、どんな話をするのだろうか。

考えてみると、楽しい空想になっていた。

護は、そういう「楽しいタイム・スリップ」が起きるといいなと、期待した。

護に、安堵の気持ちが湧いてきた。あれほど苦しんだ昭和十八年が懐かしくさえ思えてきた。


護の身に、不思議な現象が起きた。

時間とともに、背中の傷が癒え始め、暫く経つと消えていったのだった。竹刀で打たれた痕跡が、いつの間にか、きれいになくなってしまっていた。

その夜、護は、紅葉を強く抱き締めた。

身体の痛みもなく、紅葉を強く抱き締めることができた。久しぶりの、熱い抱擁だった。

生きて、元の時代、元の世界に戻ることができた喜びを、妻の紅葉に思い切り示したのだった。

紅葉も、それに応じた。

護の背中に手を回し、強く抱きしめた。

その夜の二人は、これまでに見せたこともないほど、激しく求め合った。紅葉は、以前受けた深い悲しみが、遠くに消えていったように感じたのだった。

朝、目覚めると、横に、紅葉が身体を横たえていた。安らかな寝顔だった。

カーテン越しに朝日が輝いていた。

護は、すぐには起き上がらず、暫く、そのまま、横たわっていた。

そう言えば、これまで感じていた「浮遊感」が、今は、感じなくなっていることに、護は、気が付いた。清々しい気分だった。何ものにも妨げられない「自由」を、自分は、今、味わっているのだ。

護は、立ち上がって窓を開けた。さわやかな風が、そっと吹き抜けていって、カーテンを優しく揺らした。

「いい風だ」

護は大きく背伸びをしたのだった。

次の日から、護は、休む間もなく、父が進めていた「長春動物園の再建計画」のプラン作りに乗り出したのだった。

護の「使命感」は、タイム・スリップを経て、再び躍動し始めたのだった。

14　逃避行

昭和十八年、新京（満州帝国設立によって、昭和七年、「長春」から「新京」に改名）

激しく轟いた雷鳴はいずこかに消え、静寂が訪れていた。

目覚めた正一が、ゆっくり身体を起こし、辺りを見渡し始めた。

足元に竹刀が落ちていた。ロープも転がっていた。

腕に憲兵隊員であることを示す腕章を巻いた隊員が、一人二人、三人四人と、床に倒れていた。

ここが、憲兵隊の拷問室であることはすぐに分かった。

床の兵士達は、まったく動かなかった。息もしていないように見えた。

もしかしたら、死んでいるのかもしれないと思ったが、それを確かめる勇気は無かった。

兵士達の傍に、電極の機械も壊れて転がっていた。辺りに、焦げた臭いが充満し、埃も舞い上がっていた。

こうした状況を、正一は、ぼんやりと見つめていた。

何が起きているのか、ここはどこで、何が行われていたのか、頭を巡らせてみたが、ふらつく頭は、正一の思考を妨げ、状況を正確に把握することがなかなかできなかった。

正一は、直前に起きたことから思い出そうと試みた。

確か、昭和五十年のことだった。その時、自分は、虎に襲われそうになっていた護の妻子の紅葉と緑を助け出そうとしていた。

二人を狙っていた虎が方向を変え、今度は自分に襲い掛かってきた。虎は、自分を目掛けて勢いよく跳び撥ねた。大きく開かれた口から、鋭い牙が、巨大に見えた。

噛み殺される。正一は、恐怖で、思わず目を閉じてしまった。

その時、突然雷鳴が轟いた。そして、自分も虎も、雷に打たれた。その衝撃で、自分は、気を失った。

そこまでは覚えていた。しかし、その後のことは思い出せない。

気がついた時には、この部屋に転がっていた。

その姿勢のまま、正一は、天井を見つめていた。明かりの消えた裸電球が、ゆらゆらと揺れていた。

そうしている内に、正一は落ち着きを取り戻し始めた。すると、今置かれている状況が見え始めた。

恐らく、再びタイム・スリップが起きたのだろう。そして、自分は、息子の護と入れ替わったに違いない。つまり、今は、昭和十八年なのだろう。そして、護は、ここで拷問を受けていたに違いない。

これまでの経緯から、そう考えて間違いはなさそうだ。

別のことが、頭をよぎった。

自分が、昭和四十五年に死んでいたという驚くべき事実を思い出した。その時、自分は、もう一度、タイム・スリップしたいと願った。そして、自分は、今、あれ程願っていたタイム・スリップに、奇跡的に遭遇することができたのだ。

これで自分は、昭和四十五年に向かって、自分の足で歩み始めることができるのだ。一歩一歩歩いて、自分の本当の「足跡」を残すことができるのだ。そして、二十七年後には、今度こそ、自分の「本当の死」を迎えることができるのだ。


しかし、今の状況は、タイム・スリップを喜んでいられる状況ではなさそうだ。

つい今しがたまで、護は、ここで、憲兵隊から拷問を受けていたのだ。落ちている道具から、護は、相当激しい拷問を受けていたことが想像される。殺されるかもしれない状況に追い込まれていた可能性が高い。

護が、何故、拷問を受けていたのか、その理由は分からない。自分が、昭和五十年にタイム・スリップをしている間に、護の身に、危険が生じ、拷問を受けることになってしまったのだろう。

ここに至って、正一は、自分の身が危ないことに気づいた。ここにのんびりと留まっていたら、今度は、自分が拷問を受けることになってしまう。

これは、大変だ。

護が憲兵隊から狙われていたということは、今度は、自分が狙われることになるのだ。とすれば、ぐずぐずしている訳にはいかない。今、すぐにでも、ここから逃げ出さなくてはならない。それだけでなく、家族にも魔の手が伸びる恐れもありそうだ。

その前に逃げなくては。


そう判断した正一は、痛む身体を両腕で支えながら、必死の思いで立ち上がった。よろよろと足を引きずって、正一は部屋を出、廊下を伝い、建物の玄関に辿り着いた。ずいぶん長い時間を要したように感じた。

入り口の看板に、「新京憲兵隊」の文字を見つけると、やはり、護は拷問を受けていたのだと確信した。

その護の姿はどこにも見当たらなかった。

ここで拷問を受けていた護は、やはり、自分と入れ替わりに、昭和五十年に戻ったのだろう。正一は、護が無事、元の世界に戻ったことを確信したのだった。

ところで、気を失う前、虎に襲われそうになった紅葉と緑は、大丈夫だろうか？

二人は、自分より先に出口から逃げたのだから、大丈夫だった筈だ。できれば、無事に逃げられたところをこの目で確かめてから、タイム・スリップできればよかったのに。「それは、贅沢な望みであるな」と、正一は、苦笑いした。

正一は痛む身体を支えながら、再び、歩き始めた。思うように動かぬ身体を引きずって、正一は、やっとの思いで家に辿り着くことができた。

家に着くと、妻の春子と娘の育子が、駆け寄ってきた。

娘の育子は、正一に跳び付いて、「お父さん」と大きな声を出して、泣き始めた。

春子は、夫が憲兵隊に連れて行かれた時から、最悪の事態を覚悟していた。夫は、生きて帰ってこられないのではないかと恐れた。

今、目の前に現れた夫は、怪我こそしているようだが、命に別状はなさそうだった。

「あなた、よく、生きて、帰ってきてくれました」

「うん、何とか生き延びることはできた」

親子三人は、ひしと抱き合った。春子の温もりが心地よかった。

少し落ち着いたところで、正一は、春子に尋ねた。護が拷問を受けた理由だけは、確かめたかった。

「私は、なぜ、憲兵から拷問を受けたのだろう？」

一瞬、春子は不審な表情をしたが、それ以上訊き質すことはせず、説明をした。

「憲兵隊は、あなたが、動物園の猛獣達を逃がしたからだと、言っていたわ」

「そうだったのか」

全体像は摑めなかったが、理由の一端が分かったことで、正一は、護の身に何が起きたのか、多少、理解できた。

動物を逃がすには、それなりの理由があった筈だ。だがそれは、決して「悪事」ではない筈だ。護は、悪人ではない。善人なのだから。

その時、春子が、心配そうに訊いてきた。

「これから、どうなるのですか?」

正一は、はっとなった。

今は、のんびりしている時ではない。すぐにも、憲兵隊が追ってくるに違いない。今は、ここから逃げることだけを考えなくてはならない。

「二人ともしっかり聞いてくれ。間もなく、憲兵隊がここに、私を探しに押しかけてくる。私だけでなく、三人とも捕まる恐れがある。だから、ぐずぐずしていられない。憲兵隊から逃げなくてはならない。これからすぐ、準備をする。準備でき次第、ここから逃げるのだ」

切羽詰まった正一の言葉に、春子の顔色が変わった。育子も怯えたような表情になった。

それを見て、正一は、二人に告げた。

「心配するな、お父さんがついている。しかし、ここにいたら危険だ。一刻も早くここを出よう。いいな」

二人は、極めて危険な状態にいることを理解できたようだった。

正一は、二人の心配を和らげようと励ますように言った。

「大丈夫だ。何があっても、二人は、私が、守る。何があっても諦めるな。家族三人絶対に生き延びよう」

それでも二人の表情から不安は消えなかった。

しかし、すぐに、春子は思い直した。私がここで怯えていたら、子どもを救うことはできない。育子の為にも、最後まで夫についていこう。

三人は、逃げ出す準備を始めた。

どこに逃げるかは、まだ決めていなかった。ともかくここを離れなくてはならない。それだけを肝に銘じたのだった。

こうして、家族三人の逃避行が始まったのだった。


正一は、昭和五十年にタイム・スリップしていたことによって、今後、自分達家族と日本人に襲いかかる筈の苦難について、ある程度、知識を持っていた。

前回のタイム・スリップで、昭和五十年に移動していた正一は、歴史上、この後に恐ろしい、悲惨な悲劇が待っていることを知っている。

間もなく訪れる昭和二十年の八月九日には、「中立条約」を破って、ソ連軍が押し寄せてくる。それと同時に、満州帝国は滅亡する。日本人は、ソ連軍に殺されてしまう。

その時になってから逃げようとしても遅い。ソ連軍が襲ってくる前に逃げなくてはならない。自分たちの場合、その前に、憲兵隊から逃げなくてはならない。

正一は、思わず呻いた。「前門の虎、後門の狼」とはこういうことを言うのだろう。

正一は、襲い掛かる恐怖心を払いのけようとしたが、身体は小刻みに震え始めていた。ともかく、できるだけ早くここを離れ、日本に近い港まで逃げなくてはならない。「一刻も猶予ならない」

本来なら、外交官としてこの地に踏みとどまるべきだとは思う。しかし、護が憲兵隊から拷問を受けていた事情を妻の春子から聞き、そのことを自分の目でも確認していた正一は、国の行為に疑問を感じ、国への忠誠心が揺らぎ始めていた。

国は、むしろ、憎むべき対象として、自分達に立ちはだかる存在になっているように思えたのだった。

勿論、自分達だけが逃げ出すのには心が引けるものがある。けれども、間もなく、憲兵隊が押しかけてくる以上、ソ連軍が攻撃してくることを他の人達に伝える時間的な余裕はない。

仮令、伝えることができても、ソ連を信じ込んでいる日本人は、誰も、自分の言葉など信じはしないだろう。

残された道は、ただ、ひたすら、逃げることだけなのだ。

三人は、日本を目指すことにした。

初めは、日本への定番のコース、釜山港から日本に帰る方法も考えたのだったが、追っ手に追いつかれてしまうことを考え、鉄道で東を目指し、一刻も早く満州国を離れようと、考えを変えた。目指すのは、羅津港だ。羅津港は、以前、視察で訪れているので、土地勘があった。羅津港からは、日本への定期便の船が毎日出ている。憲兵隊より先に着けば、船に乗れるかもしれない。そうすれば、新潟か舞鶴に着くことはできるだろう。日本に着いてからのことは、その時に考えればいい。ともかく、今は、ここ新京から離れることだ。

隠れるように、列車に乗り込み、三人は、途中留まることもなく、ひたすら、東へ東へと道を急いだ。

そして、三人が次に姿を見せたのは、戦後間もない日本だった。しかし、新京を離れて二年以上、経過していた。逃亡は、簡単なものではなかったのだ（詳細は後述）。

結局、三人は、羅津港で、船に乗ることはできなかったのだ。そのため、三人は、二年以上も羅津に留まらざるを得なかったのだった。

当然、危険と困難が、三人に襲いかかった。それを潜り抜け、三人は、何とか生き延びることができ、日本に帰ることができたのだった。

三人は、終戦後の昭和二十年、北区の滝野川で、新たな生活を始めた。

昭和二十二年には、長男の護を得ることができた。

正一は、帰国後、外務省に戻ることはできたが、二度と海外に赴任することはなかった。正一は、外交の道から離れ、人事担当の部署で働くことになった。

妻の春子は、夫の判断を歓迎した。再び、あのような危険な目に遭って、子どもの育子を危険に巻き込むことは、絶対に嫌だと考えた。もし、海外赴任になるのだったら、同行はしないと、正一に思いを告げていた。

正一は、外交の道を離れ、人事の仕事に関わるようになったからといって、外交に関心がなくなった訳ではなかった。

特に、満州に留まった日本人のその後がどうなったのか、気がかりであった。正一は、人事課の職員に気が付かれぬように、地元の図書館で、資料を調べ始めた。

気がかりなことが分かった。

総領事が懸念していたことが、満州各地で起き始めていたのだ。

正一が、羅津で身動きができなかった昭和十八年頃から、ソ連は、密かに満州に触手を伸ばし、各地で、日本の施設を攻撃し始めていた。また、工場や倉庫などの施設から、機械類を略奪し始めていたのだ。

さらに、正一にとって、未知の事実を、知ることにもなった。

江戸時代、ソ連（当時は、ロシア帝国）が、既に、北海道で侵略行動まで引き起こしていたことが、資料に載っていた。いわゆる「露寇事件」である。

江戸末期、時の大老、松平定信のころだ。文化三年（一八〇七年）ソ連の前身ロシア帝国は、日本の領土である択捉島に軍隊を派遣して、力づくで島を奪取しようとしたのだ。その前年、文化二年（一八〇六年）には、樺太を襲い、殺戮と強奪を行っている。驚いた時の老中松平信明は、前の老中首座の松平定信に意見を求め、対策を講じた。

定信は、三つの意見を具申した。

一つ目は、択捉島のロシア船を攻撃すること。二つ目は、武威を示した上で、交易を認めること。そして、三つめは、通商不可、外国徹底排除であった。

幕府は、三番目の意見を取り入れることにした。

ここで、曖昧な策（二の策）を採れば、アメリカ、フランス、ドイツ、ポルトガルなどの諸外国に誤った判断材料を与えかねないと恐れたのだった。

つまり、「二の策」では、日本は鎖国政策を諦めたと、受け取られかねないと判断し、あくまで、強硬な姿勢を示すべきだと考えたのだった。

最終的には、ゆくゆくは、北海道までも自国の領土としようと目論でいたロシアの侵略を、日本が、かろうじて、食い止めたという事件であった。

正一は、ソ連（ロシア帝国）が、江戸時代から日本進出を試みていたことに驚いた。

正一は、「ロシアは、油断ならない国であるのではないか」という認識を深めたのだった。

その危惧が、ソ連という国に代わってから現実の問題として現れたのが、「日ソ中立条約」を巡るソ連の行動であった。昭和二十年の四月に、ソ連は、日本と結んでいた「日ソ中立条約の延長」を、一方的に「破棄する」と通告してきた。

ソ連は、ヨーロッパ十四カ国とも、「中立条約」を結んでいたが、それも、ほぼ、同時期に、全て、破棄したのだった。

正一は、ソ連に対しての認識を改めた方がよいように感じた。

「ソ連とは、そういう国なのかもしれない」

ソ連の行動は、当時の日本にとっては、「寝耳に水」であった。

日本は、ソ連が裏切ったことを、ソ連からの通告によって、初めて知ったのだ。

日本は慌てた。日本の上層部は、この戦争を終わらせる為に、ソ連に和平交渉の仲介を依頼していたのだ。当時の日本は、それほど、ソ連を信じていたのだ。

ソ連が仲介の労を取らないことが明白になった。それどころか、ソ連は、日本の敵国になったのだ。

ソ連は、老獪であった。ソ連は、既に、昭和二十年二月四日の「ヤルタ会談」で、ドイツ降伏の半年後には、対日参戦することを連合国側と決めていたのだ。日本は、その事に全く気づいていなかった。ソ連の裏切りを見抜けなかった「日本の外交の甘さ」であった。

相手に隙を見せたら、その隙を狙って攻撃してくる。外交とは、そうした冷酷なものであるのだ。外務省は、その冷酷さに負けぬ、強い組織でなくてはならない筈なのに、日本は、それを怠っていたのだった。正一は、悔しさで臍を噛んだのだった。

それまで西を向いていたソ連は、対ドイツ戦での勝利を見通すと、東に向きを変え、早々と、次の一手を打って出たのだった。

ソ連は、対日本への参戦の為の準備を、早くも整え始めたのだ。

シベリア鉄道を使って、戦車や兵員、大量の武器・弾薬、食糧を、東に向けて搬送し始めていたのだ。日本の外交筋は、その動きを十分にキャッチできなかった。相変わらず、ソ連を信じ、和平の仲介に期待を持ち続けていた。

それでなくても、そのころ、既に、極東に於ける日本とソ連の軍事力は、ソ連が優勢になっていた。そういう状況でありながら、日本は、その状態を放置していたのだ。それどころか、形勢が芳しくない沖縄方面に、関東軍を回すことまでしていたのだ。

その結果、満州の防備は、極端に手薄になってしまったのだった。それもこれも、ソ連という国を安易に信じ切ってしまった結果であって、日本は、その隙を自ら作ってしまったと言えるのだ。

シベリア鉄道経由で、新しい戦力が加わり、ソ連の戦力は、関東軍を凌駕するまでに膨らんだ。日本軍の弱体化の隙を突いて、ソ連が攻撃を仕掛けてきた。

昭和二十年八月九日午前零時、ソ連軍は、兵士一七五万人、迫撃砲を含む各種大砲約五千両、飛行機約五千機という大勢力で、満州国の三つの方向から、一斉に侵入した。

対する日本は、兵員七五万人、大砲約千門、戦車二百両、飛行機約二百機しかなかった。日本の劣勢は、戦う以前に、既に明白になっていたのだ。

日本は、各地の戦況（例えば、沖縄、広島、長崎等）から、これ以上戦争を継続することは不可能と判断し、昭和二十年八月十五日に、昭和天皇は、ラジオを通じ、「玉音放送」によって、敗戦を国民に告げたのだった。


ソ連は、日本が敗戦を受け入れる僅か一週間前に、日本に対して攻撃を始めていた。

これには、大きな意味があった。

この参戦によって、ソ連は大きな権利を獲得することができたのだ。ソ連は、太平洋戦争に於いて、連合国の一員として、認知されることになったのだ。その結果、ソ連は、日本の降伏後、「連合国の一員」として認知され、満州、朝鮮半島、樺太、千島列島等を、占領することができたのだった。

ソ連は、それだけに留まらず、北海道の北半分を占領する野望を抱いたが、それは、アメリカによって阻止され、北海道が分割統治されることは、何とか免れることができたのだった。

しかし、終戦を迎えると、満州、朝鮮半島、樺太、千島列島にいた日本人は、悲惨な運命に追い立てられることになった。

関東軍の兵士達は、武装解除させられ、捕虜となって、シベリア方面に強制的に送られてしまった。これは、明らかに違反行為であり、ソ連軍による「戦争犯罪」であった。

シベリアでは、捕虜になった関東軍の兵士達は、酷寒の中、強制労働させられ、多くの兵士達が、二度と、故郷の土を踏むことなく死んでいった。

犠牲者は、関東軍の捕虜達にとどまらなかった。ソ連軍の侵攻を受けて、民間の日本人が、日本に逃げ帰ろうと、これまでの住居を捨て、逃亡を始めた。しかし、住民達を守る筈の日本の軍隊の「関東軍」は、既になく、住民達は、無防備のまま逃亡を始めざるを得なかった。

ソ連軍は、そうした住民達に容赦なく襲い掛かり、金品を略奪し、人命さえも脅かした。これも、「戦争犯罪」ではないだろうか。

住民達は、日本に向かって、必死に逃げようとしたが、多くの日本人が、途中、行き倒れになってしまったのだった。

国は、置き去りにした民間の人達に、何の支援も行わなかった。行いたくても行う力は、既に失っていた。その結果、満州の荒れ地や朝鮮半島の険しい山岳地帯に取り残された何十万もの民間人の命が、無残な形で失われてしまったのだった。

正一は、自分達三人の家族が羅津に隠れ住んでいた間だけでなく、日本に逃げ帰ってからも、満州や朝鮮半島で悲惨な状況が続いていたことを知った。

その間、自分は、何もできなかったのだ。ただ、身を潜めていることしかできなかったのだ。

無念だった。悔しかった。悲しかった。

申し訳なさで、胸がいっぱいになり、顔を上げることができなかった。

自分は、外交官でありながら、民間の人達を置き去りにして、自分達だけ、先に、日本に逃げ帰ったのだ。

憲兵隊に命を狙われていた状況では、致し方なかったという言い訳は、できるかもしれない。しかし、そんな言い訳は、死んでいった多くの人達の御霊に届く筈はない。正一は、涙をこぼすことすらできなかった。

それほどの衝撃と慚愧の思いで、胸がつぶれてしまいそうだった。

以来、正一の表情から、笑顔は消え、口は固く閉ざされ、明るい声が発せられることはなくなった。

はた目にも、哀れなほど、憔悴していた。それでも、正一は、暫くは、内勤を続けていた。しかし、ついに、それも、続けられなくなってしまった。

定年退職日を待たずに、昭和三十五年、正一は、外務省を辞したのだった。

正一は、これ以上、国の仕事を続けることが、耐えられなくなっていたのだった。

キャリアが、自ら、キャリアを捨てるということは、よほどのことがない限り、有り得ないことだった。それほど、正一は、追い詰められていたと言えるだろう。

四十七歳の働き盛りでの「自主退職」であった。

退職後は、仏壇の前で、手を合わせて祈る姿が、見られるようになった。

春子と育子も、正一に倣い、仏前に花と線香を供えて、朝夕の祈りを欠かさずに行うようになっていた。

早期退職した正一は、大切に保持していた『外交官として、足跡を残す』という思いを、志し半ばで、自ら放棄することになってしまった。

逃亡に際して、それだけは手放さなかった日記の『足跡』も、押し入れの奥にしまって、二度と、手にすることはなかった。

家族三人が、生活を維持するために、正一は、何か、仕事をしなければならなかった。

正一は、外で働くことは避け、家の中で、一人でできる仕事を探した。正一は、得意な英語と中国語の能力を活かして、翻訳の仕事を始めた。

本当は、ソ連の戦争関係の資料を翻訳したかったのだが、ロシア語の習得が十分でないと思っていた正一は、それは、諦めざるを得なかった。代わりに、主として、アメリカと英国の、戦争の記録を選んで翻訳した。それを読むと、日本が、いかに無謀な戦争をしたのか理解できた。

正一は、自分や国の愚かさを、他国の資料によって、身に染みて痛感させられたのだった。

翻訳をする作業の中で、正一は、ニューヨークや北京で知り合ったアメリカ人や英国人を思い出すこともあった。けれども正一は、それらの友人に連絡することはなかった。正一にとって、自分の過去は、愉快に語り合えるほど、楽しい思い出ばかりでなかったのだ。

人との交際を絶ち、正一は、「孤独」という名の檻の中に、自らの心と身体を閉じ込めてしまったのだった。

翻訳の仕事だけでは、役所勤めの時のような安定した収入は得られなかったが、生活をのりすることができる程度の収入を手にすることはできた。

貧しいながらも落ち着いた生活を送れるようになった正一一家は、戦後の混乱期を乗り越えることができた。細々とした生活であったが、心穏やかに生活を送れるようになり、春子の表情に明るさが戻ってきた。

育子も、順調に成長していった。

正一も、人に煩わされることもなく、好きな釣りなどで、日々の生活を、淡々と送っていた。

谷川家にとって、平穏な十年間であった。

けれども、家族そろっての穏やかな日々の生活は、十年目に途切れてしまった。

中国・満州での過酷な生活が影響したのか、それとも、癒すことのできない心の深い傷の為なのか、昭和四十五年、五十八歳の誕生日を迎えると間もなく、正一は、この世を去ってしまったのだった。

タイム・スリップと戦争に翻弄された、苦しく、つらい人生であった。

死を迎えるに際し、正一は、春子と育子に「これで本当に死ぬことができる」とつぶやいた。

育子には、その意味が分からなかったが、春子には、朧げながら見当がついたのだった。

春子が、その言葉の意味を理解できたのは、護の妻の紅葉が春子に語った「思い出話」からであった。

紅葉は、護（実は、正一）に父・正一の墓参りを提案した時、護（実は、正一）が見せた激しい動揺の話を、母の春子にしていた。

そのことを春子に話して暫く経った頃、紅葉は、「父の死には、人には言えぬ大きな秘密が隠されているのではないかと思う。それを夫の護は、知っていたのかもしれない」と、母の春子に話したことがあった。

春子は、紅葉のその話に、納得するものを感じた。

夫（実は、護）は、憲兵隊から拷問を受けた時、「自分はあの時、一度死んだのだ」、と春子に語ったことがあったのだ。

もしかしたら、「死」について語ったその時、夫（実は、護）は、人には言えぬ「秘密」を背負っていたのかもしれない。

もしかしたら、拷問に耐えることができなくなり、しゃべってはならぬことを口にしたのかもしれない。

それが、今になっても後悔の種となっているのではないだろうか。

しかし、春子は、すぐに、その考えを否定した。夫（正一）は、そのように弱い人間ではない。

それなのに、そんなことを思った自分が恥ずかしくなった。心の中で、「ごめんなさい」と謝ったのだった。

今となっては、それが何であるのか分からないが、それ以来、人には言えぬ秘密として、胸の奥にしまい込んでいたのだろう。

それらの秘密や後悔の気持ちを背負い続けて生きてきた夫（正一）が、最後に、「これで、本当に死ぬことができる」と言って、穏やかに死を受け入れて旅立ったことに春子は安堵するものを感じたのだった。

「あなた、よく、頑張ってくださいました。どうか、安らかにお休みください」

そう言って、春子は、両の掌で、正一のほほを包み込み、正一の唇に、自分の唇を、そっと重ねたのだった。

ほんのわずかだが、唇から、温もりを感じることができた。

それを見ていた育子は、父と母の愛情の深さを感じ取ったのだった。


少年のころ、護は、父母に、どうやって日本に帰国できたのか、一度だけ訊いたことがあった。

しかし、両親ともその事に触れてほしくないという表情を見せた。

それを見て、護は、そのことを二度と口にすることはなかった。

三人が、日本の敗戦をどこで知ったのかもはっきりしていない。まだ大陸にいた時なのか、既に日本に帰国していた時なのか、父母は語ろうとしなかった。

しかし、一つだけはっきりしていることがあった。母が、護を身籠ったのは、戦後の日本であったということだった。

護は、昭和二十二年の八月生まれであった。そこから逆算すれば、母が護を身籠ったのは、戦後である事が分かる。

父母は、戦争が終わるまで、子どもを身籠ることを受け入れていなかったことになる。

更に、自分の名前が護であるということからも、父母の思いを知ることができた。恐らく、父と母は、子どもを「戦争から護りたい」という思いで、この名をつけてくれたのではないだろうか。そして、「日本を護る」という思いもそこに籠められているように思うのだった。

外交官たらんとして生きてきた父ならば、そう考えても不思議はないと思えたのだった。

それらのことからも、戦争中の父母の苦難を、護は、推し量ることができたのだった。

護は、あの悲惨な戦争の中を、生き抜き、自分を生んでくれた両親に感謝した。

しかし、戦争の苦難が影響したのだろうか、父の正一は、長生きできなかった。母の春子も、父の死後、わずか二年足らずで父の後を追っていった。

父が昭和四十五年に亡くなった後、母の春子は、護と紅葉に、初めて、満州からの帰国前後の事情と経緯を打ち明けてくれた。

母は、父の死後、昭和四十七年に、一度だけロンドンに来てくれたことがあった。当時、護夫婦は、ロンドンを離れることはできなかった。止むを得ず、春子がロンドンに出向いたのだった。

もしかしたら、自分の人生の終わりを感じ取って、死ぬ前に、息子夫婦と孫の顔を見ておきたいと思ったのかもしれなかった。母が、ロンドン訪問後、時を経ずしてこの世を去ったことを思うと、母の思いが分かるような気がした。

ロンドンで久しぶりに息子夫婦に会った春子は、日本への逃亡の経緯を、初めて話してくれた。

春子は、淡々と話を始めた。

護、紅葉、緑の三人は、春子を囲むように座って、春子の話に耳を傾けた。

「昭和十八年、拷問の場から、命からがら家に逃げ帰った夫は、私と育子を連れて、日本に向けての船に乗るため、羅津港に向かいました。三人は、羅津港に着くことはできましたが、憲兵隊の追及が厳しく、日本行きの船に乗ることができなかったのです。仕方なく、私達三人は、港の近くの村に潜むことにしました。幸い、以前、家の家事の世話をしていた女性が、家事の仕事をやめた後、港の近くの実家に戻っていて、三人を匿ってくれました。既に、日本行きの貨物船は、アメリカの潜水艦の攻撃で海の藻屑となり始めていました。気はあせっても、逃げ出すチャンスがないまま、時間だけが過ぎていきました。一年過ぎても、私達一家は、依然として動くことができなかったのです。有難かったのは、匿ってくれた満州人女性が、混乱期を、身を捨てて護ってくれたことでした。私達は、かなりの金額のお金を持ち出すことができていたので、その女性に、十分な謝礼を渡すことができました。当面は、それで、何とかやっていけたのです。ところが、戦況が悪くなるにつれて、匿ってくれていた女性の家族の様子に変化が現れてきました。女性の夫が、私達に新たな要求を出し始めたのです。「この後もあんた達をかくまうには、金が必要だ」と言って、更なる謝礼を求めてきたのです。それだけなら、まだ我慢ができたのですが我慢ならないことが目に付くようになり始めました。女性の夫が、私に言い寄り始めたのです。当初は好意を寄せてくるだけだったのですが、次第に態度が変わり、私に手を出しそうな様子を見せ始めたのです。これからもかくまってもらわなくてはならないのだからと、私は、強くは拒否せず、その都度、うまく逃れるだけに留めていました。しかし、次第に、じれてきた男は、力ずくでも私を自分の思い通りにしようとする気配を取り始めたのです。『言うことを聞かないと、憲兵隊に引き渡す』と脅しもかけてくるようになりました。それを知った夫は、これ以上ここに踏みとどまることはできないと、判断したようでした。新京を脱出してから、既に、二年が過ぎていました。夫は、これ以上、ここに留まっているのは危険だと、判断したようでした。夫は、密かに、別の漁師と掛け合って、エンジン付きの漁船で日本まで運んでもらう交渉をしました。足元を見透かして、相手は、高額な金額を要求してきました。私達は、それを聞き入れるしかありませんでした。残っていた有り金の大半を渡して、交渉を成立させました。こうして、ソ連が攻めてくる前に、何とか、船に乗ることができました。ぎりぎりのタイミングでの脱出であったのです。漁船は、それ程大きくなかったので、日本海の荒波に、揉まれに揉まれました。転覆の恐れさえ感じるほどでした。心配は、それだけではありませんでした。アメリカの潜水艦がいつ襲ってくるかもしれない恐怖心が消えなかったのです。しかし、悪天候が逆に幸いして、船は誰からも発見されることなく、無事日本の沿岸近くまで辿り着くことができました。荒波の中、船長は、小船を下ろしました。私たち三人は、小船に乗り移って、無事、着岸することができました。その間、誰からも見咎められることはありませんでした。私達を下ろすと、小船は、すぐに漁船に引き返し、暗闇の中、沖に向かって戻っていきました。漁船が無事、元の港に戻れたかどうかは、知る由もありません」

そこで、春子は一息入れた。その間を利用して、紅葉はお茶を用意した。

湯気が立ち昇って見えた。春子は、ゆっくりと茶碗を口に運んだ。

「上陸地点は、新潟県の柏崎付近の小さな漁村でした。三人は、着のみ、着のままの姿で、近くの農家に転がり込みました。身分を偽り、民間人のふりをしました。外交官が逃げてきたことが分かると、警察が黙っていない筈だからです。その家の家族は、事情を聞くと、『それは、大変だったね』と、ねぎらいの言葉をかけて、食事を与えてくれました。それだけでなく、その家に留まることも受け入れてくれたのです。村の人に不審に思われるのではと思い、遠慮したのですが、『大丈夫、東京から疎開してきた家族だと言えば誰も疑わないから心配しないで』と慰められました。私達は、有り難くその親切を受け入れました。無償の情けを受けたのは、何年ぶりだろうと、感謝の思いを強くしました。その後、これ以上迷惑は掛けられないからと、東京に行くことを申し出ると、農家の家族は、『今、東京は、アメリカのＢ29による空襲で大変なことになっているから、もう少し、こちらにいた方がいい』と言って東京行きを止められました。三人が、東京に戻ることができたのは、戦争が終わって、疎開していた人々が、戻り始めた頃でした。私達は、東京に帰る人達で大混雑の列車に乗り込んで、やっと、東京に戻ることができました。

滝野川の家は、壊れずに残っていました。憲兵隊に追われ始めてから、既に、二年以上の歳月が経っていました。私が、娘の育子を抱きしめ、『よく頑張ったね』と言葉をかけると、それまでずっと我慢していたとみえて、育子は激しく泣き始めました。それほど、育子にはつらく苦しかったのだろうと思いました。育子の涙は、留まることなく流れ続けていました」

概ね、そのような話を、母は、聞かせてくれた。

このことを、父が生存している間、他人に話さなかったのは、父のプライドを守る為であったということだった。

人に知られて嬉しい話題ではないと、母は、思ったようだった。

その上、自分達家族だけが、ソ連の魔の手から脱してきたことに、父だけでなく、母も、後ろめたさを感じていたからでもあったのだ。

父母の他にも、戦地での出来事を決して語ろうとしない帰還兵とその家族が多くいることを、当時の日本人は、皆、理解していた。

我が身を護るため人を殺してしまったこと、現地の人に危害を加えたこと、逆に、人に痛めつけられ、屈辱を受けたこと、それらを語れない人の気持ちを、誰もが、察していたのだった。

当時の人たちは、それを敢えて聞き出そうとはしなかった。

それは、いわば、「武士の情け」「憐憫の情」というものであった。

戦争の傷跡は、怪我などの形あるものとして残っただけではなく、目には見えぬ、「心の傷」

となって、胸の奥にしまい込まれる形で、いつまでも、くすぶり続けていたのだった。

これは、その後、妻の紅葉が護に話してくれたことであったが、新京を逃げ出してから、東京に着くまで、父と母は、身体を寄せ合うことは封印していたということだった。

帰国後、滝野川の家に住むことができて、初めて封印を解き、その結果、護を身籠ったということであった。

それを紅葉から聞いた護は、言いようのない悲しみと感動を覚えたのだった。

自分は、戦争の「落とし子」なのだと、強く思ったのだった。


護は、昭和五十年にタイム・スリップした長春で、その後、三年間を過ごした。

そして、昭和五十三年に、「日本に帰任せよ」という辞令を受けた。

一旦、東京の外務省本省に転入し、次の赴任地に向けて備えることになったのだ。

本省に戻った護は、「官房付き」に配属され、次の赴任地への準備に入った。次の派遣先は、アメリカということは分かったが、具体的な都市名は伝えられなかった。

護は、二年間そこで待機し、昭和五十五年、西海岸のカリフォルニア州の、ロスアンジェルスの総領事館に転任したのだった。

長春を去ることは、二人にとって、感慨深いものがあった。

護と紅葉は、思い出の詰まった家具調度類を、一点一点、丁寧に整理し始めた。

父・正一の品物は護が、母・春子の荷物は紅葉が、それぞれ受け持って整理した。娘の緑は、既に帰国し、東京の大学で、研究職に就いていた。

父の部屋を整理していた護は、押し入れの奥に、父の日記『足跡』を見つけた。懐かしかった。昭和十八年、タイム・スリップして、父と入れ替わった護に、母の春子が手渡してくれてから、三十一年が経過していた。

「お父さんは、昭和三十五年に退職した後、『足跡』を、押し入れにしまって、その後、一度も開かなかった」と、母は言っていた。

護は、各冊のページをめくってみた。

すると、最終冊の最後のページに、護は、自分宛ての、父の遺言代わりと思しき『別辞』という文章を見つけた。それは、次のようなものだった。

『別辞』

　　我が息子、護へ。

君が、いつの日か、私の日記『足跡』を手にし、この『別辞』を読んでくれることを願って、ここに記す。

私は、座右の銘の『足跡』で誓った思いを果たせず、志半ばで、外交官を辞した。

多くの在留邦人を残して、自分の家族だけを伴って、日本に逃げ帰った自分が、どうしても、許せなかったからだ。

特に、民間の人達が、逃亡の途中で、次々と集団自決を図ったことを知った時には、涙が止まらなかった。

その人達の中には、親しくお付き合いしていた近所の家族も含まれていた可能性もあるのだ。

それなのに、自分は、今、こうして、のうのうと生きている。

恥ずかしい。

情けない。

私は、慙愧に堪えぬ思いで生きている。

だが、自分の息子には、そのような思いをさせたくはない。

護、君は、どうか、外交官として恥ずかしくない「足跡」を残してほしい。

志半ばで挫折した情けない私ではあるが、一つだけ君に忠告することを許してほしい。

それは、「ソ連を安易に信じてはならない」ということだ。

日本は、ソ連の正体を見誤ったために、何十万人という生命を失うことになってしまったからだ。

だが、勘違いしないでほしい。

だまされたのは、自分が愚かであったからだ。

だました相手を憎んでも何も始まらない。

それ故、ソ連を「憎め」と言っている訳ではない。

ソ連を構成するロシア人を「恨め」と言っている訳でもない。

それとは、逆なのだ。

外交官として、ソ連に向き合っていくにあたって、『相手を深く理解しなさい』と言いたいのだ。

『己を知り、相手を知る』それは、外交の基本だ。それは、君にも十分分かっている筈だ。

君には、次のことを心がけてほしい。
一　ロシア語を学びなさい。
一　ロシア人の考え方を理解するよう努めなさい。
一　そのために、ロシアの文化を理解しなさい。
歴史、文学、音楽、絵画、バレー、文化、スポーツ、食事、その他、ロシア人の民俗に関わる事象・外交に関わる事象…。

ロシアを知るには右の項目のどれも大切だ。

ロシアの自然、地理、天候なども自分の眼と耳で体験できれば、なおいい。

地政学上の知識を得ることは、外交官としての君にとって、不可欠なことである。

それ故、もし、世界が平和になれば、ロシアを旅するのもいいだろう。

そうやって、「ロシアを知る」ことは、イコール、「日本を知る」ことになるのだから。

時間がかかってもいい。

隣国ロシアについて、理解を深めてほしい。


ソ連（ロシア）はヨーロッパの強国に幾度か、国土を蹂躙されていた。

『戦争と平和』を読めばその時の苦しさがよく分かる。

その苦しみが、ソ連の、そしてロシアの原点となっているのだ。

ロシア語が上達したら、トルストイの作品『戦争と平和』を、原語のロシア語で読んでほしい。

作品を通して（トルストイを通して）、『ロシア人と戦争』について、深く知ることができる筈だ。


これらのことを君に期待するのは、戦争に勝つためだと思わないでほしい。

相手を深く理解し、相手にも深く理解してもらえれば、戦争を防ぐことができると、私は考えているからだ。

『外交の要諦は不戦にあり』

それが、別れに際し、君に贈る、「辞」だ。
私の失敗した人生から生まれた忠告だと思って、受け止めてくれると嬉しい。
尚、私の望みを達成するには、相当な努力が必要になるだろう。
だが、君なら、それができる筈だ。
君は、過酷なタイム・スリップを乗り越えてきた「本物の外交官」だからだ。
私は、君を誇りに思っている。
私の息子でいてくれて有難う。
さらばだ。
タイム・スリップの『同志』であり、且つ君の父である
正一より

護は、父の遺言代わりの自分宛ての『別辞』を読んで納得するものがあった。
『外交の要諦は不戦にあり』
そのとおりだと思う。
『戦って勝つ』
それは、素人の考えることだ。

『戦わずして勝つ』

それこそ外交の極意である。

父は、やはり、最後の最後まで「外交官」としての心を失わずに生きていたのだ。

私も、この『別辞』を、自分への戒めの言葉として、大切に護っていこう。


護は、最後の行の表現にも、心を打たれた『タイム・スリップの同志』という言葉には、心から頷けるものが感じられた。

この言葉から、二人にしか分からない「温かさ」が伝わってくる。

父は、「子どもを愛する父親」であると同時に、外交官として「闘う同志」でもあったのだ。

自分は、父の思いをどれだけ受け継ぐことができるか分からないが、この『別辞』は決して忘れることはないだろう。

護は、自分が知っている数少ないロシア語から、「ダモイ（家へ帰ろう）」と「ヤー　リュブリュー　バス（愛しています）」という言葉を選んで、『別辞』の末尾に記したのだった。

第三部　浮遊感

15　夢のまた夢

「もしもし、もしもし」

どこか遠くで、自分を呼んでいる声が聞こえたような気がした。

遠い意識がその声に向けられた。

「起きてください。閉館の時間です」

「ん？」

ぼんやりとした護の耳に、今度は、近くから、声が届いた。

その声に促されたのか、意識が戻ってきた。再び、耳元で声が響いて、今度は、はっきりと聞こえた。

「閉館十分前ですよ」

「ん、閉館？」

護はそう言って、頭を上げた。

目の前に図書館の職員の姿が見えた。

「眼が覚めましたね。起こしてすみませんでしたが、あと少しで閉館です」

護は、今度こそ、はっきりと目覚めた。

「分かった。有難う」

そう言ってゆっくりと立ち上がろうとしたが、少しよろめいた。

「大丈夫ですか？　無理しないでください」

「有難う。大丈夫だ」

そう言って、今度はしっかりと立ち上がることができた。テーブルの上に、『かわいそうなぞう』の絵本が読みかけの頁のまま置かれていた。

そうか、夢だったのか。護は、夢を見ていたのだと分かった。

それにしても、長い夢だった。

猛獣達の命を護るための戦いの夢だった。数年・数十年に渉る夢であった。父と母と姉と、そして、妻と娘、さらには、英国人のジョンが登場するタイム・スリップの夢であった。マッカーサーまでも登場していた。

時計を見ると、寝ていたのは僅か二十分足らずのようだった。夢の中では、時間は物凄いスピードで過ぎていくものなのかと不思議な思いがした。

護は、意を決したように立ち上がった。

この本を借りていこう。

そして、家で、もう一度、夢を見よう。

護は、漸く理解した。

夢の中で考え続けていた「自分がタイム・スリップしたのには何か意味があったのだろう

か？」という疑問への回答が見つかったような気がした。

タイム・スリップは、『神の意志』であったのかもしれない。

昭和五十年から昭和十八年にタイム・スリップしたのは、『動物達を救いなさい』という、神からの啓示、神の命令であったのかもしれない。

神からの啓示を受け、イエス・キリストの伝道者に生まれ変わったノアのように、神は、『ノアの方舟』の再来を、自分に委ねたのかもしれない。

そして、それだけではないと、護は思った「この夢は、二世代に渉る『私の家族の物語』でもあるのだ」


護は、図書館を退出する前に、ふと思い立って、司書のいるカウンターに立ち寄った。

司書が、「何かご用でしょうか？」という顔で護を見上げた。

「お願いがあるのですが。戦時中のことですが、中国の長春動物園、もしかしたら、新京動物園と呼ばれていたかもしれませんが、『そこからアラスカに猛獣達が運ばれたという話を記した本』があったら読みたいのですが。調べてくれますか？」

「アラスカ、長春ですね。ちょっとお待ちください」

そう言って、司書は、パソコンのキーをすばやく叩いた。

「アラスカ」、「長春動物園」、「猛獣」等のキーワードが打ち込まれるのが見えた。

パソコンの画面が動いた。

司書から、思いがけない言葉が返ってきた。

表示された画面を確かめていた司書が、護に見えるようにパソコンの向きを変えて護に伝えた。

「ありましたよ、もしかしたらこれではないですか?」

「えっ、あったのですか」

護の心臓が早鐘のようになり響いた。

すばやく画面に眼をやった。画面に、書名と著者の名前が現れていた。

『奇跡の脱出、命を救われた猛獣達の物語　――ある日本人外交官の勇気――』ジョン・マクドナルド著　西村良二訳　冒険新社。

護は思わず声を上げてしまった。

「ジョン、君はあの事を書いていたのか」

ということは、『ノアの方舟』作戦は夢ではなく、現実のことであったのだ。

護は、設置されていると書棚の記号を確かめ、その書棚を目指した。すると、その書はすぐに見つかった。上から二段目にその書は置かれていた。

護はその書を取り出した。

四百ページを超える厚さの、重たい書であった。

感触を楽しむかのように、護は、表紙を撫でてみた。

護は、両手で抱えて、貸出カウンターに持っていった。

「すみません、この本、借りたいのですが」

清々しかった。こんなに清々しい気持ちになったのは久しぶりだった。

あのジョンが、あの事を書いていてくれていたのだ。

ジョン、有難う。

護は、弾むような気持ちで、図書館を後にした。


家に戻った護は、図書館で見た夢を思い返してみた。

不思議な夢だった。何が事実で、何が夢であるのか分からない夢だった。

そして、あのころと同じ「浮遊感」が、再び、自分の身に生じていることに、護は、気づいた。

どうしたのだろうと不思議に思ったが、疲れがあったと見えて、護に睡魔が襲ってきた。

読むのは、明日にしよう。

護は、借りてきた二冊の本を枕元に置いたまま、いつの間にか眠りについてしまった。

翌朝、眼を覚ますと、借りてきた本の内、一冊だけが、枕元から消えていた。

慌てて緑を呼び、「本をどこかに動かしたのか」、と訊いてみたが、「そんなことはしていない」という返事が返ってきた。さらに、「二冊借りてきたというのは何かの思い違いではないか、昨日、帰ってきた時、お父さんは、『かわいそうなぞうさん』という絵本一冊しか持っていなかった」と、指摘されてしまった。

護は何が何だか分からなくなった。確かに、二冊借りてきた筈だ。

緑から指摘されてしまったことが、直ちには、納得できなかった。

事実を確かめようと、護は、開館時間を待って図書館を訪れた。

そして、貸出係のカウンターで、「昨日借りた本を置き忘れていないか」と訊いてみた。

係員は、忘れ物の保管場所を探していたが、「そうした本は見当たらない」という返事が係員から返ってきた。

ますます、不安になって、護は、「それでは、昨日、二冊の本を借りているのかいないのか調べてほしい」と頼んだ。

係員は、すぐに、護の貸出状況を調べ始めた。

護は、不安そうな面持ちで見つめていた。

係員が、パソコンの画面を護に見せながら、「昨日は一冊しかお借りになっていませんよ」と答えた。

そんな筈はない、と護は不満を感じた。

「では、『奇跡の脱出　命を救われた猛獣達』という本が、今、どこに置かれているか調べてほしい」と、少しばかり、声を荒げて、再び頼んだ。

係員はいやな顔をせず、言われた本の検索に入った。

「そういう本は、この図書館には置いていませんけれど」

「そんな筈はない。昨日借りたばかりなのですよ。ジョン・マクドナルドという著者です。もう一度調べてみてください」

係員の回答は、すぐに返ってきた。

「調べましたが、そういう名の著者は検索できませんでした」

係員は、国立国会図書館の蔵書も調べてくれた。そこにもその本の名を見つけることはできなかった。

「そんな馬鹿な」

護は思わず天を仰いだ。

それを見ていた係員は、気の毒そうな顔をした。

「この人は、もしかして、記憶が衰え始めているのではないか」と、係員から誤解されたような気がした。

不満だった。自分は、記憶喪失などしていない。いたって健康である。しかし「そのことを伝えたくてもそれは叶わぬことだ」とすぐに気が付いた。

護は、打つ手を失った。そして、暫くはその場を動くことができなくなり、立ち尽くしていた。


帰国後、護は、時々、拷問される夢を見た。

ひどくうなされる護を心配して、妻の紅葉は、護を起こしてくれるのだが、眼を覚ますと、護の体は汗でぐっしょりとなっていて、放心したような様子を見せるのだった。

ああ、又怖い夢を見てしまった。やはり、あれは現実に起きたことだったのか。

眼が覚めても、護の身震いは、しばらく止まらなかった。父の正一と同じように、護も、心に深く戦争の傷跡を残していたのかもしれない。その意味では、護もまた、「戦争の犠牲者の一人」であったと言えるのかもしれなかった。

動悸を抑えようと、護は、夢に出てきた事象の一つ一つを思い返してみた。

『ノアの方舟作戦』のこと、『動物園再建計画』のこと、『陸老人』のこと、そして、『父の正一と母の春子』のこと…。

それらは、全て、夢であったのだろうか？　それとも、現実であったのだろうか？　分からない。

そのことを考えようとすると、眼の前に霞がかかったようにぼやけてしまうのだ。

理詰めで考えれば、それらは、現実であるとは考えられない。

父子に、同時タイム・スリップが起きることなど有り得ないことだ。その上、戦争中に、動物を救出することなどできる筈がない。

それが証拠に、「実際にあったという痕跡」はどこにも見つけることができなかったではないか。

こうなったら、アラスカまで行って確かめてくるしかない。

けれども最近の自分の体力では、海外は無理だろう、アラスカに着くことができたとしても、自分の足で、動物達の行方を追うことなどできないだろう。

護の思いは、シャボン玉のようにしぼんでしまった。

護は、「全てが夢であったのだ」と、諦めるしかないと、思った。

もしかしたら、自分の頭は、既に、老化し始めているのかもしれない。いや、今、感じる不思議な「浮遊感」のことを考えると、老化は、既に、相当な段階に進んでいるのかもしれない。せめて、妻の紅葉が生きていてくれたら、妻に語ることによって、自分の気持ちを整理することができるのだが…。

けれど苦楽を共にした紅葉はもういないのだ。私の思いを聞いてもらえる人は、この世に、誰もいないのだ。

妻を失うということは、こんなにもつらいことなのか。

いや、それ以上に、こんなにも寂しいものなのか。

ふとした時に、必ず傍にいてくれた妻の存在の大きさと有難さが、身に染みて感じられたのだった。

熾烈なタイム・スリップを乗り越えてこられたのは、いつも。身近で見護ってくれていた妻あってのことだったのだ。

その妻は、先にこの世を去ってしまった。護は、ひしひしと孤独を感じたのだった。

その夜、護は、孤独感に打ちひしがれたまま、ベッドに入った。

疲れたせいか、すぐに、熟睡し始めた。

夢を見た。

妻の紅葉が優しく声をかけてきた。

「あなた、何を心配しているのですか?　あなたの傍にはもう一人、あなたを見護ってくれている人がいるではありませんか」

その時、紅葉の声に重なるように、緑の声が、護の耳の中で、木霊のように響いた。

「お父さん、心配しないでください。私がいますよ。私をお母さんと思って、何でも言ってくださいね」


自分のことを心配してくれる人が一人だけいた。

それを忘れてどうするのだ。

緑がいるではないか。

そうだ、緑だ。

緑に、私と父の『足跡』を託そう。

それにしても、どうして、娘のことを思いつかなかったのだろう。

妻と娘では、「男には分からぬ違い」があるのかもしれなかった。

「娘では、妻の代わりは務まらないのかもしれない」と、護は思ったのだった。

16　雷神・風神・グロムの子

護はその日から、書斎に籠って、執筆を始めた。

それが、自分の最後の『使命』だと思って、根を詰めて、書くことに集中した。「根を詰める」は、「魂を詰める」に通じている。そのような執念を感じさせる執筆姿勢であった。

そして、数か月かけて、一つの作品を書き終えることができた。平成の世は既に去り、令和の時代になっていた。

書き終えて暫くすると、護は、著作を読み返すこともせず、眠るようにこの世を去っていった。あっけない死の訪れであった。

穏やかな死の訪れであった。死に顔には、笑みさえこぼれているように見えた。

緑には、父が、生命力の全てを使い果たしたかのように見えた。

臨終に際し、護は、何か呟いた。聞き取れないほどの小さな呟きであった。

父の最期を看取っていた緑には、「夢」とも、「象」とも、聞こえたのだった。

護は、娘の緑宛に一通の遺書を残していた。

遺書には、ただ一言、「原稿を託す」とだけ書かれていた。ずいぶんあっさりとした遺言だなと、緑は驚いた。

金庫を開けると、分厚い原稿用紙の束と、十数冊に上るノートが出てきた。原稿用紙は、死ぬ間際まで執筆していた作品だとすぐに分かった。

一方、ノートには、『使命感』という表題が付けられていた。こちらの方は、これまで見たことがないものであった。

そのノートには、何が描かれているのか、緑には分からなかった。

小説だろうか？　それとも、メモだろうか？

緑は、ノートを手に取り、ぱらぱらとページをめくってみた。

昭和四十二年四月の日付が目に入った。「日記」であることが分かった。

緑は、どちらから読み始めたらいいか、迷ったが、原稿用紙から読み始めようと決めた。死ぬ間際に、父が何を残そうとしたのかが気になったからであった。

緑は、「日記」の『使命感』を金庫に戻し、原稿用紙を机の上に置いた。


緑は、早速、手に取った。

ずっしりとした重みが、手に伝わってきた。

視線の先に、『夢の夢、そして、夢のまた夢』というタイトルが読み取れた。次の行には、『グロムの子・時空彷徨い人の物語』という、サブタイトルが記されていた。

緑は、愛おしそうに、そのタイトルを指でそっとなぞった。

初めのページをめくると、封筒が一通、挟まれていた。

中には、緑宛の数枚の便箋が入っていた。

高まる胸の鼓動に急かされながら、緑は、便箋を読み始めた。

「緑へ」

　私は、不思議な夢を見た。

　長い、長い、夢だった。

　一口では語れぬほど長い夢だった。

　その夢を人に語ったとしても、信じてくれる人はいないだろう。

　それほど、突拍子もない内容なのだ。

　それでも、私は夢を思い出して、文章にして君に残すことにした。

　私は、外交官としての「使命感」を持ち、「足跡」を残すという思いで生きてきた。

『足跡』は、父・正一の日記のタイトルである。そして、『使命感』は私の日記のタイトルである。

　できれば、いつか、そのどちらも目を通してほしい。

　そこに書かれているのは、私の『足跡』であると同時に、私の父の『足跡』でもある。

　つまり、その文章は、私と父の『生きた証』であると言えるかもしれない。

　自慢できるほどの『足跡』ではないけれど、私は、これを君に託すことにした。

　この『足跡』に書かれている『夢』の内容は、他の人に信じてもらえなくてもいい。だが、自分の子どもにだけは信じてもらいたい。

　なぜなら、『夢』の内容は、『父と子の心のつながりの物語』だからだ。

　二人の間で、時がどんなに長く隔たってしまったとしても、また、二人の居る所が、どんなに遠く離れてしまったとしても、親と子の間には、一本の赤い糸が繋がっている。

そのことを、この物語を通して、君に、改めて、理解してもらいたい。

私と君も「父と娘という親子」であるからだ。


私が、この世を去るにあたって、君に残すことができる物は、この『夢の夢』と、日記の『使命感』しかない。

渡してあげる財産もなく、このような物しか残せない私を、君は、許してくれるだろうか。

いや、きっと許してくれる筈だ。なぜなら、君は、心優しい、清廉潔白な人であるからだ。

そう信じているので、私は、この原稿を君に託したいと思う。

作品の中には、君や君のお母さんが登場する。私の父、つまり、君の祖父の正一おじいさんも登場する。春子おばあさんと、君の伯母の育子さんも登場する。そして、父である私も、重要人物の一人として登場する。だから、君に残すことができる物は、『谷川家の家族の記録』ということになるのかもしれない。

そういう思いで、読んでくれると、私は、嬉しい。

「グロムの子・時空彷徨い人」より

追記
私の母、つまり、君にとっては祖母の春子おばあさんが、父・正一（つまり、祖父）が作した『我が子（グロムの子）の誕生』という詩を、生前、私に渡してくれた。

命からがら日本に逃げ帰ることができた父は、私の誕生を殊の外、喜んだそうだ。

一般的には、落雷は、危険で恐ろしい現象だと捉えられているが、この詩を読むと、それとは異なる解釈を、父がしていることが分かる。

父にとっては、私の誕生と同時に発生した落雷を、『天からの祝福』と捉えたようだ。

そう捉える人はめったにいない筈だ。

父は、『変わり者』であったのかもしれない。

落雷と共に発生する『雷鳴と嵐』。それを創り出す『雷神と風神』。父は、『雷神と風神』を私の『護り神』と受け止め、生涯に渉って、私を護ってくれる『神の使い』として敬ったようだ。

母は、私の名前が、父によって、『護』と付けられたのは、『我が子は、神によって護られた子どもである』と、信じたからであったと、語ってくれた。

その話をしてくれた時、母は、「だから、あなたは、『グロムの子（落雷の子）』なのよ。だから、強い子なのよ」と嬉しそうに微笑んだのが印象的であった。

私は、父が残してくれたこの『我が子（グロムの子）の誕生』という一篇の詩を君に披露して、人生の幕引きにあたっての、結びの言葉に替えさせてもらいたい。

『我が子（グロムの子）の誕生』

突如、辺りが黒雲に覆われ
空に稲妻が走った
嵐のように風が舞い
桜の樹に雷が落ちた
落雷と同時に
赤子が生まれた
グロムの子の誕生だった。
グロムに負けぬ
元気な産声が辺りに響いた
昭和二十二年八月一日
黄昏迫る夕刻
我が子の誕生の瞬間だった
この子・グロムの子は
『雷神と風神』に護られて
強く生きていくことだろう
赤子に

護という名をつけた

自分の死を迎えるにあたって、自分の誕生に思いを馳せることができて、私は幸せである。

振り返れば、我が人生はいい人生だった。

有難う、緑

そして、

さようなら緑。

グロムの子・時空彷徨い人

緑は、父の最後の言葉、「グロムの子・時空彷徨い人」に導かれたように、『夢の夢』と名付けられた原稿を読み始めた。

心は急いたが、丁寧に読まなくてはと、時間をかけて、ゆっくりと、注意深く読み進んだ。そして、一晩中かけて最後のページに達することができた。

ページを閉じるに当たって、緑は、「グロムの子・時空彷徨い人」の意味を知ることができたと思った。そして、父の人生は、家族の愛情に包まれた人生だったのだと納得した。

祖父、祖母が願ったように、「父は、グロムの子として、『風神と雷神』に護られていた」と言えるのかもしれない。

だから、父は、いかなる試練にも、幾度かのタイム・スリップにも、耐えて生きることができたのだ。

緑は、確信した。

父の言うように、父の人生は、本当に『いい人生で』であったのだということを。

緑は、父の残した『夢の夢、そして、夢のまた夢』の原稿を整理し直し、一冊の本にした。

緑には、一つの目的があった。この作品を通して、父と祖父の間に、『タイム・スリップがなぜ生じたのか』を、考えてみようとしたのだ。

その為には、『タイム・スリップとは何なのか』を、解き明かさなくてはならないと、緑は考えた。

緑は、一つの仮説を立てた。

「タイム・スリップとは、『魂と魂の求め合い』である」

但し、その仮説を証明することは難しい。

それでも、手がかりはある。

『夢の夢、そして、夢のまた夢』には、父と祖父の二人が、奇しくも、「魂を求め合う」ように同じようなプランを考えていたことが書かれている。

子の護は、動物達を救う為に、『ノアの方舟作戦』を思いついた。

父の正一は、日中の友好を再び取り戻そうと、動物園再建の為に、『種の保存計画』を思いついた。

この二つが一つに合体した時、『タイム・スリップとは何なのか』が分かるのではないだろうか。

これこそ、『二人の魂が、互いに呼び合い、求め合った傍証である』と、緑は考えたのだった。

父の護と、祖父の正一との間で生じたタイム・スリップを思い返してみると、護が窮地に追い込まれた時、護の魂は、落雷の力を借りて、自分自身の身体から離れ、祖父・正一の身体に引きつけられるように、時空を一気に飛び越えていった。

祖父が窮地に追い込まれた時には、祖父の魂は、落雷の力を借りて、祖父の身体から離れ、父の護を目指して時空を一気に飛び越えていった。

その現象は、父と子の魂が「緊急避難先」として、互いの身体を選んでタイム・スリップしたと考えることも可能なように思えた。

新たに住み着いた魂を、元々の身体は快く受け入れた。

そこは、まるで、自分の身体であるかのように居心地がよかった。

そのおかげで、二人の魂は、新しい居場所で、活き活きと生きることができた。

それにしても、『互いの魂が、互いの身体に入れ替わって入る』ということは、不思議な現象である。

緑は、思った。

もし、他の人の魂が、私の身体に侵入しようとしたら、私の身体は、それを拒むのではないだろうか。人間の身体には、そのような防御システムが存在している筈だ。

しかし、父と祖父の場合、拒絶反応は、全く生じなかった。それどころか、むしろ、喜んで迎え入れたと考えられるのだ。

二人の『魂の交換』は、何の障害もなく、スムーズに行われているのだ。

それは、なぜなのだろう。

その答えは、『タイム・スリップは、魂と魂の求め合いで生じる』と考えれば、納得できるのではないだろうか。


緑に、一つの疑問が残った。

二人の身体が、それぞれの死によって、失われてしまった今、二人の魂は、どこに『ある』のだろう？　いや、どこに『いる』のだろう？　と、言うべきか。

『魂は、実体であるのか、そうでないのか』

分からない。だが、唯物論的に考えれば、肉体の消滅と共に、魂も消滅している筈だ。

しかし、魂は、単独で存在できる（している）と考えるならば、仮令、肉体が滅んでも、魂は生き続けることになる。

そのように考えるなら、父と祖父の魂は、まだ、どこかで生き続けているのかもしれない。

それは、日本古来の『幽霊』に関する考え方と同じではないか。天国にも行けず、地獄にも行けない死者の魂は、『亡者（幽霊）』になって、この世に漂っている。

もし、父と祖父の場合もそうであるならば、『父と祖父の魂は、行き場を失って、時空を彷徨っている』、と考えられないだろうか。

だから、父は、自分のことを『時空彷徨い人』と呼んだのではないだろうか。


緑は思った。

もし、二人の魂が幽霊のように『時空を彷徨っている』のなら、私の身体に入ってくればいい。

私の身体は、お二人の魂を、喜んで迎え入れるでしょう。

そうなれば、お二人の魂は、『実体』となって再び、外交官となり、新たな『使命感』を抱くことができ、新たな『使命』を果たし、新たな『足跡』を残すことができるのではないでしょうか。

そうなれば、私は嬉しいし、お二人も、きっと、喜んでくれることでしょう。


緑は、もう一つ仮説を立ててみた。

それは、『夢は、タイム・スリップの一種である』というものだった。

夢の中では、人の魂は、『時と所に制限を受けることなく』、『いつでも、どこへでも制限を受けることなく、飛んでいくことができる』。

時代を跳び越すことも、場所を移動して、飛び交うこともできる。

つまり、『夢は、タイム・スリップそのものである』と言えるのではないだろうか。

父は、『夢に生きた人』であった。そう考えると、父は、晩年、夢の中で、タイム・スリップを体験していたと思ってよいのではないだろうか。

『夢は、父にとって、タイム・スリップそのものであった』のだ。その意味で、父は死ぬまで、『時空の彷徨い人』であったのだ。

それ故、父が残した作品のタイトルは、『夢の夢、そして、夢のまた夢』であったのだろう。

緑は、父の遺作のタイトルの意味を、漸く、理解できたと思ったのだった。

『夢の夢、そして、夢のまた夢』を改めて読み終えた緑は、心地よい疲労感に包まれた。

その余韻が残っている状態で、日記『使命感』を読むのは「もったいない」と思った。

父の作品は、難解な部分もあり、父の言わんとすることを、一度、整理する必要があると思った。

当初は、すぐにでも、日記に挑めると思ったのだったが、気持ちを整理するのに意外と時間がかかり、緑が、日記を金庫から取り出すことができたのは、ひと月が過ぎてからであった。

17　日記『使命感』

日記『使命感』の束を目の前にして、緑は、迷った。

どれから、読み始めればいいのだろう?

一冊目から始めるのが、常識的な考え方であろう。しかし、緑は、あえてその方法はとらないことにした。父の作品『夢のまた夢』を読んだ今、それと関係の深そうな部分に絞った方がいいのではないかと思ったのだった。

幸い、父は、その日の文章に、タイトルをつけていた。それを手掛かりにしようと考えたのだった。

緑は、いくつか興味を魅かれたタイトルを見つけたが、その中から『護（まもる）という名前』というタイトルの文章を選んだ。

『護』という名前については、父の残した遺書に記されていた『我が子の誕生』に、『赤子に護という名前を付けた』とあったことは覚えていた。

また、母は、『神によって護られるように』という意味で祖父が名付けたと言っていた。

しかし、大人になった父が、自分の名前の由来をどう受け止めていたのかを知りたい思いは強かった。

日記には次のように記されていた。

『護（まもる）という名前』

自分が生まれたのは、昭和二十二年八月一日である。

昭和二十二年の日本は、戦争に敗れて、僅か二年後である。

つまり、自分は、「戦後派」ということになる。

その頃、父と母は、満州から逃避行を続け、やっとの思いで日本に帰国したころであった。

その時期、父と母は、どのような思いで生きていたのだろうか。そして、どのような思いで、自分を産もうとしたのだろうか。

私は、父と母から、その思いを聞いたことはない。

姉の育子もまだ幼児であったし、「父母から、生まれた経緯を聞いたことはなかった」と言っているので、自分で想像するしかない。

では、全く、手掛かりがないかというと、そうではない。

父母が私につけてくれた『護』という名前が、ヒントになるのかもしれない。

父母は、なぜ、私に、『護』という名前を付けたのだろう。

ここからは、自分の、勝手な想像になる。

最初に考えなくてはならないのは、
父母は、私を、『何から護ろうとしてこの名前にしたのか』ということだ。

当時は、敗戦という形で戦争が終わった時期である。

多くの日本人は、戦前、戦中を通して、暗くつらい時代を生きていた。

戦争は、敗戦という形で終結したのだったが、人々は、そこに、明るい未来を予感し、期待していた。

自分の父母も、同じように受け止めていた筈だ。

とするならば、名前に「明」「望」「希」という一字を入れてもよかった筈だ。

しかし、父母が選んだ一字は『護』であった。

そこに、父母の強い願いが込められていた筈である。

では、父母は、我が子を、何から護ろうと考えたのだろうか?。

状況から推測すると、「戦争から護る」「命を護る」と読み取ることが妥当なように思える。

勿論、「日本という国を護る」と読み取ったとしても間違いではないだろう。

「国が破れるということが、どんなに悲惨な状況をもたらすものなのか」と思ったとしても、間違いではないだろう。

父が、外交官であったということを考えれば、「国という概念」が命名に当たって出てきても何の不思議もないからだ。

例えば、「護憲」「護国」「護民」「護衛」「護持」などの意味を持たせたと考えても不思議はない。

しかし、自分は、その説は採らない。

否、採りたくないのだ。

自分は、父母が、そのような「大義」に基づく命名をしたとは思えないし、『もっと、個人的で身近な感覚で命名した』と思いたいのだ。

それ故、自分の『護』という名前は、『戦争から護る』『命を護る』といった『個人的体験の範疇の言葉』として用いられている」と受け止めたいのだ。

これまで、自分が関わってきた人達も、きっと、そのように考えてくれる筈だ。

小学校の担任だった大石先生、妻の紅葉、子の緑、動物園の陸青年、誰もがそう思ってくれる筈だ。英国人のジョンだって、父の子である私のことと私の名前の意味と由来を知ったなら。同意してくれる筈だ。

自分が、一人の人間として、やり遂げることができたことは、唯一、『動物園の動物達の救出』ではなかったか。

どうして、あれ程困難で、危険なことに関わることができたのかを思い出してみよう。

それは、『動物達の命を護りたい』という、ただ、その思いからであったからではなかったのか。

紙芝居で知った、『動物達が、軍によって虐殺されたことへの怒り』からではなかったのか。

そうだ。それ以外のことはなかったのだ。

『護』という名前には、『動物達の命を護る』という以外の意味は考えられないのだ。

神は、その使命を自分に与える為に、『護』という名前を自分に与えてくれたのだ。

『命を護る』

それこそが、護という名前の意味であったのだ。

そこまで考えが及んだ時、遠くの空から、雷鳴が轟くのが聞こえたような気がした。

季節外れの雷鳴であった。

護は、稲妻が光った方向に向かって、手を合わせた。

「お父さん、お母さん素晴らしい名をつけてくれてありがとうございます」

「私は、護という名前と、『グロムの子』であることに、誇りを持っています」

「雷神さん、風神さん、有難う。『これからも、私を護ってください』」

了

※注1　この作品の中に、土家由岐雄著『かわいそうなぞう』（金の星社）の一部を、二箇所引用させていただいています。
※注2　この作品はフィクションです。登場人物、場所、時間、事件等は、筆者の創作によって書かれていて、必ずしも、事実と一致するものではありません。

著者プロフィール

小堂 了一（しょうどう りょういち）

主な経歴　昭和十八年、東京都北区滝野川生まれ。
早稲田大学第一文学部卒。
埼玉県公立小中学校教員、
在外教育施設（日本人学校）二校六年、
退職後、公益財団法人　十年。

夢の夢、そして、夢のまた夢

―グロムの子・時空彷徨い人の物語―

2023年５月15日　初版第１刷発行

著　者　小堂 了一
発行者　瓜谷 綱延
発行所　株式会社文芸社
〒160-0022　東京都新宿区新宿1－10－1
電話　03-5369-3060（代表）
03-5369-2299（販売）

印刷所　株式会社フクイン

ISBN978-4-286-29087-4